佛珠

林喜乐 著

陕西新华出版
太白文艺出版社·西安

图书在版编目（CIP）数据

佛珠 / 林喜乐著. -- 西安 : 太白文艺出版社,
2022.8（2024.1重印）
ISBN 978-7-5513-2123-5

Ⅰ. ①佛… Ⅱ. ①林… Ⅲ. ①中篇小说－小说集－中国－当代②短篇小说－小说集－中国－当代 Ⅳ. ①I247.7

中国版本图书馆CIP数据核字(2022)第112388号

佛珠
FOZHU

作　　者　林喜乐
责任编辑　靳　嫦
封面设计　郑江迪
版式设计　建明文化
出版发行　太白文艺出版社
经　　销　新华书店
印　　刷　三河市嵩川印刷有限公司
开　　本　889mm × 1194mm　1/32
字　　数　235千字
印　　张　13.125
版　　次　2022年8月第1版
印　　次　2024年1月第2次印刷
书　　号　ISBN 978-7-5513-2123-5
定　　价　68.00元

联系电话：029-81206800
出版社地址：西安市曲江新区登高路1388号（邮编：710061）
营销中心电话：029-87277748　029-87217872

目录

佛　珠

一、三出破布木

按约定时间，上午十点整，我到了西部大学新校区，骑着力帆电动车在校园转了半圈，找到了3号博士楼。尽管我特意买了电动车专用的绗缝挡风罩，戴着皮棉帽，耳朵还是冻得快要掉下来，皮护腿根本不起作用，双脚僵得像醉汉一样站不稳。认清2单元门牌，按过5211房号，对讲门铃许是冻坏了，刺刺啦啦乱响，不能通话。我躲在门洞里掏出手机，冰棍一样的手指总是按不准数字，折腾了半天，总算拨出去了，占线，再拨，还占线。

住在这里的客户在叔叔店里定做了一串佛珠，要求三天内做好送到。她定活那天，正赶上叔叔给我下了一笔大单，她又不给宽限时日，我只好劳累自己，连着干了两个半天，毛活总算出来了。

只是这个客户要盘好的，佛珠装进锦袋里，不离手地揉搓，害得我这两天半夜醒来都忘不了揉上一会儿。她是个挑剔的人，我只有尽最大限度做好，至于她满意不满意，就难说了。

入冬有一段时间了，雾霾像天空的面纱，白天黑夜都罩着。秦山少了许多夏天翠绿的颜色，呆头呆脑地站在校区南端的雾霾里，和现在的我一样，看上去有点儿瑟瑟发抖。我的心情像今早的天气，阴沉中冒着冷气。早晨八点左右，我全副武装没走出多远，嫂子就打来电话，略带哭腔的嗓音，随时都有可能哭出来。估计在她的世界里，除了哭声很少有其他声音，许是这个世界让她处处作难又万般无奈，才用哭腔诉说自己的不幸吧。果然她就哭着说："你哥哥被开除后没事情做，参与了一家资金管理公司的借贷业务，正干得起劲儿，猛然就被政府查封了。你哥哥哪里想得到，老板会裹钱逃走。正在担心，存款户就来家里闹了，指着你哥哥鼻子骂他是骗子。问题没法解决，他烦恼得天天酗酒，醉了就打我骂我，我的筋骨都快被打断了，你再不回来劝劝，我就活不了了。"她压着嗓子，害怕别人听见似的，哭腔中充满了痛苦和失望，好像我不去救她，她就活不过今天了。

刚要再拨电话，2单元的电子门突然被推开，一个穿着蓝红相间的彩条睡衣的小男人站在门口。我看着他，他看着别处。他的头发像湿过水拧干的圆形拖布软软地垂下来，头顶上却有三五根倔强地奓着，惺忪的睡眼在冷风中像极了结霜的红提葡萄，三天没睡觉似的。

他脸上透着漠视一切的表情，却暗含着垂头丧气的倒霉相，苍白的脸一个劲儿往睡衣领上贴，盯着力帆电动车问：“你打电话了？”

门口只有我一个人，还能有谁打电话？虽然他是试探着问，却可以肯定是我打的电话，因为他身体往门侧让了让。

“5211？”

“对，上去吧。”

定做佛珠的不是他，是一位女博士。那天她去唐市古玩市场看佛珠，在叔叔店里我认识了她。叔叔让我陪她，闲聊时知道她是韩语博士，应该和我年龄差不多大，一头秀发直垂到了尾巴骨。她戴着蓝边近视镜，镜片后的双眼是画了眼线的，脸色白净得没有一丝血色，举止强烈地表现出在知识里泡大的那种得体有度的修养，不是浓妆艳抹风风火火的女子可以相比的。她说话总是很慢，语气却从来没有犹豫，很肯定地表达自己的见解。我的建议她句句都听了，句句都否定了，是一个坚持自己主见的人，许是知识带给了她这种自信心。

看样子，博士要看遍店里的所有佛珠串。叔叔瞥见她一路戴下去，按经验判断是个不识货的。他过来推荐美洲绿檀，说这种材质密度高，香气深邃，寓意也好，一百三十八元的价格又不贵。我低声说淘宝价也就十块钱，叔叔瞪我一眼。博士脸一红，摘下眼镜擦了擦。估计是感谢我说了真话，她笑着瞅我一眼，我却突然发现，她像极了我上中学时暗恋过的女同学咏玉，不由得对她耐心大增，甚至讨好起来。

上初二时学校突然分校了，我去了离家较近的市一中，咏玉分到了六十八中，我从此再没见过这个暗恋对象。直到现在，我时不时还能想起她那时憨憨的样子。

擦过眼镜后，博士伸手就拿起一串破布木材质的佩珠。我立即介绍这款珠子是世界著名的树木品种，中文名叫三出破布木。博士一愣，估计一听是国外的材质，马上有了兴趣，仔细看起来。我站在一边，怎么看她怎么像咏玉。可是，咏玉上学时脑子慢，不可能读到博士。她扭头问我材质品性，我赶紧介绍破布木的木质性硬，纹理美观，是近几年佛饰市场的新贵，很受藏家青睐和破布木粉丝的追捧。

她最终决定用这款材质做一串十三颗的佛珠手串，并要求三天后交活，还要送到她家里。尽管叔叔说时间太紧，我还是答应了，谁让她像咏玉呢！我心里已经开始叫她咏玉了。

进门后，看见“咏玉”斜靠在沙发上打电话。她也穿着同色睡衣，头发没有那天在店里看见的顺溜，还是戴着蓝边眼镜，只是说话不再是文绉绉的，而是尖着嗓子嘻嘻哈哈。她脚边是泡沫拼图拼出的狗熊图案，我站在图案边，慢慢拆下臃肿的皮护腿，脱下皮棉帽，抬头觉得下颏有水珠，估计凝在胡子上的冷霜化了。

“咏玉”和对方在说讲课的事情，估计我在面前的缘故，她把声音压低了，尾音是甜甜腻腻的那种，有点儿发嗲地说：“这个价也可以，不过就换成硕士去讲了。”对方似乎不满意硕士讲课，又讨价还价起来。

房内有檀香味道，一进门就闻到了。没人让我坐，我就站着，这里那里胡乱瞅，就发现书架上有拳头大小的镂空香薰，炊烟般的烟丝缠缠绕绕地飘散开来。“咏玉”叉开右手五指，在头发里叉来叉去，这个举止也像我那个女同学，尽管她那时叉头发的小手有点儿脏，动作却和眼前这位博士有神似之处。

电话终于打完了，她一仰头，看我的眼神里有点儿笑意。起身时，宽大的睡衣前襟一张一合，倏忽间露出了白得刺眼的大腿，我心里突然一紧，赶紧低头看别处，却无意间发现她小肚子有点儿凸起。怀孕了？那天在唐市我确实没有发现她有身孕。

“带来了？”她问。

我点点头。她似乎并不着急验收手串，而是走到书桌旁拿起一本白马王子的炒股书《量线看盘》，又坐下来，翻开来放在膝盖上，有一句没一句地问我做佛珠的过程。其实，我的工作很简单，接到活后，按照顾客预选的材质，根据对子珠大小的要求，用那台南京诺元9寸带锯开料，然后用刀具把长方体的料材做成圆珠，钻完眼用打磨机磨面，用抛光机抛光，下来手盘，最后穿线打结就完工了。她这手串按要求打了凤尾结，配了两颗2厘米酸枝木记子留，就做好了。当然，这是一般手串的做法，做佛珠就另当别论了。

说着话，我从怀里掏出热乎乎的手串递给她。她把手串套在左手弯曲的四指上，用大拇指一颗一颗地捻了一遍，对着灯光内行一样观察纹路。看了一会儿，侧头问那个小男人："漂亮吗？"小男子赶紧笑了笑，说很漂亮。他的表情和刚才在楼下时完全不同，没有了冷漠，也没有对我视而不见的那种傲慢，变得讨好起来。

"我也觉得漂亮。""咏玉"戴上这串珠子，来回转着白皙细柔的手腕看来看去。当然，对她的手腕来说，这串珠子大了些，稍不注意，就掉到了肘部。她一副内行神色，说："姜黄色不仅艳丽，也很高贵，凤尾结寓意也好。"我附和她的说法，说现在还没有盘到最佳状态，戴上一段时间，光泽就会柔和起来，不像现在些微刺眼。

"咏玉"放下炒股书，问佛珠材质异同对人体的影响。我没吭声，不是我不知道，而是我着急收了钱走人，不光嫂子那边有事，电动车放在楼下也不放心，上次去陕西日报社送活，那辆新日电动车就被偷了。

“戴上吧，快去打饭。”“咏玉”把佛珠递给小男人，然后从桌斗拿出两个小盒子，说，“一定要热饭，凉的我不敢吃了。”

小男人应声出了门，“咏玉”打开盒子让我看她的藏品。“你给看看，这两串珠子好不好？”她递过来一串，“这是我读研二时，一个老师送的。”

我看了看，心想这老师还真舍得。子珠是正宗的加里曼丹老料沉香，珠粒密实饱满，表面的自然光泽足以体现油脂含量的丰富，线纹清晰漂亮，味道醇厚清香且富有穿透力。以我的经验判断，足有七分沉水，沉水级老料可是老玩家引以为傲的藏品。“这串8毫米的佛珠，总重不超过30克，很灵巧，多半是防城港的工艺。”

“哇，你真神了，那一年，他去广西时带回来的。”“咏玉”满脸惊讶和佩服。

“这就对了。”我得意起来。

“值多少钱？”

我一愣，看来博士也逃不脱对价值的渴望。“我们店7毫米那串卖价四五万，你这是8毫米的，多卖一万还是可以的。”

她含笑点头，收了起来，边说：“总算还值点儿钱。”说着话，笑容从她脸上退了下去，有点儿若有所思的样子。

“第二串是十八颗的纯天然红玛瑙，就是常见的满肉柿子红，也就两三千元。”

“不至于吧？我师哥说下了血本的。”

她的睡衣只是用带子束在腰间，前衩的缝隙时不时就露出两道白光，我尽量不去看，却总管不住自己的眼睛。“咏玉”完全是毫不在意的样子，拿着红玛瑙手串，满脸若有所失的表情。

“骗子！”她嘟囔一句，白皙的面庞上瞬间落满了霜色。我赶紧站起来，做出要走的样子，正巧，她电话响了。

“咏玉”称对方老师，连说几声“好好好”就挂了电话，扭头给打饭回来的小男人说：“培训班你去上课，导师说接了税务局一个外包活，调研回来要写论文。”

“我是硕士。”小男人轻声说。

“没人检查你文凭，一帮子初中生，硕士教教也就可以了，也值得当回事。”

小男人笑着没吭声。

我拿了钱告辞出来，幸好，电动车还在。近中午了，好像比早晨还冷。我胡思乱想起来。这个“咏玉”绝对不是我暗恋过的那个咏玉，她过于凌厉，社会关系也复杂，我那个咏玉只知道低头削铅笔，是多么单纯的小姑娘啊！

二、还俗

做佛珠属冷门手艺，西安市内的同行不多。在大水坑古玩市场我见过一个瘸腿老者，他用的是传统手工工艺，绝对硬功夫，谁不服只能说谁嘴硬，对纯手工工艺，我深有体会。西安古玩市场中，唐市起步较晚，却最上档次，我的合作伙伴就在这里开店，就是我叔叔秦天德。他开的名叫“佛悦”的铺子，专售各种材质各种款式的佛珠等佛品，这只是看得见的生意，看不见的是他兼营国内外各种做佛品的料材，这才是他的大生意。

叔叔是彻头彻尾的生意人，自合作以来，他始终站在生意人的角度，对我做的活挑了不少毛病，我不好说什么，毕竟叔叔是长辈。我们的合作他掌握着主动权，除了做活要用他的料材外，关键我的生意大多是他介绍的。叔叔认识的人多，三教九流啥人都有，这些人都是他潜在的生意对象。只要揽到活，我就忙开了，很少说东道西。

佛家有云，用铁为数珠者，诵经一遍，得福五倍；但用木槵子为数珠者，诵经一遍，就能得福千倍。可见，做佛珠的材质很重要。叔叔向来注重这一点，所以他给顾客推荐佛珠时，经常在材质方面大讲特讲，并专讲最贵的。对于莲子、水晶之类的材质他不屑说，专介绍小叶紫檀、乌木、沉香。反正经他一说，顾客就被忽悠了。

事实是现在做佛珠的料材，远远超过了佛家七宝的范围，少说也有成百上千种，什么料材贵就选用什么。我在佛学院时，就接触到了百余种料材。做佛珠，我无师自通。在佛学院时做佛珠是爱好，现在成了吃饭的手艺。掌握这门手艺，与哥哥也有关系。当初，他一个劲儿地劝我考佛学院，其实我最想上医学院。哥哥不同意我的选择，他说眼下做和尚最实惠。我高考那年，父亲已经去世了，长兄如父，谁拗得过他？母亲哭着反对，也没能改变哥哥的决定，我的意见他就更不当回事了。

他严厉地宣布："这个家，我说了算！"

听哥哥这么说，我愣了，脑袋里一片空白。我是逆来顺受的性格，对任何要求、命令，甚至歧视、谩骂、讽刺、诽谤、诬陷、侮辱等有意压制和恶毒攻击，都会在嗤之以鼻后逐渐接受，并不表现出来愤懑和反抗。哥哥的性格我了解，他习惯撕破脸吼叫，我却从来不和家人翻脸，宁愿自己受伤害也尽量让哥哥心里舒服。我劝妈妈，就照哥哥的意思办吧。

于是，我报考了距离西安最近的法门寺佛学院，学习的是佛教艺术专业，研读佛教绘画、音乐、造像等。授业法师清尘经常讲："要用艺术化的方式倡导和传扬佛学。"我做的佛珠就有清尘说的这种功能。我一直觉得自己天生就有做佛珠的基因，纯手工就能把不规则的料材做成圆圆的子珠，比佛珠机做的还要标准。我毕业那一年，法门寺举行了一场佛指舍利赴欧洲供奉恭送法会，佛学院组织学员做了十三件法器，借法会时机开光，并说选中的法器有陪同佛指舍利出游的机会。这种佛缘难得一遇。有些学员的家属也参与了进来，甚至聘请专业的佛品工艺大师设计制作。我不知道怎么办，给哥哥打电话商量，他说用泥捏几个圆球就行了，我知道哥哥在胡说。靠不上他，只有自己想办法了。我去找清尘法师，他说做佛珠最简单也最难。我以前做过的几件手珠，他印象很好，说我对佛珠的理解突破了简单的外形，他这样说我也不太明白。我白天做佛珠时心中有个太阳，晚上做时心里有个月亮，没有太阳没有月亮的时候，心里就有金木水火土这些行星的颜色和外观。我没给清尘说这些，他肯定猜不出来。

他建议我做一串挂珠，并非常郑重地从他的收藏中，拿出了四截 20 厘米长短的红豆木，其中两截是根部，两截是从枝杈上截取下来的。这种材料质坚硬，呈红色，花纹有序。他说不要过于看重料材，佛家看重的是虔诚，是做佛珠时心静如水和心净如水的心态，有这样的心态，做出的佛珠才会有持重感。我欣然接受了清尘的建议，要用他的料材做一串月亮般的佛珠，因为我总看见月亮里有佛的影子。

在佛学院那几年，我学的全是手工开料、把圆、打眼、抛光，特别费时间，我喜欢的正是在这种缓慢过程中，让一个个珠子在我手里诞生。漫长的半个月后，一个星期天的晚上，在学院七叶树林边的制作间里，在朦胧的月光下，在做惯了佛珠的手里，一个个行星般的珠子诞生了。红豆木色泽柔和，有着木星那样的花纹，像刚刚诞生的生命一样新鲜，静静地躺在我手里，似乎要告诉我诞生的感觉。没有开灯，在淡淡的月光下，我看了她们很久，总共三十六个小小的“木星”。我给这串挂珠取名为“木韵之光”。

我也不知道为什么取这个名字，在我之前，也没有给佛珠取名的惯例。我拿给清尘看时，他长时间没有说话，只是一颗颗地将珠子从他捻过三十多年佛珠的手指间慢慢滑过。他不说话我也不知道该说什么，过了很久，他才问：“叫作‘木韵之光’？”我点点头，他略带微笑的脸上明晃晃地挂着眼泪，沙哑着嗓子，像自言自语又像对我说：“该叫这个名。”

“木韵之光”顺利去了欧洲，我毕业时，她还没有结束远游。清尘给我的毕业评语是：你用佛珠传达了佛的慈爱。我捧着这句话，兴冲冲地让哥哥看时，他说：“那么好的佛珠，给了你多少钱？”哥哥这句话很突兀，震得我脑子一阵阵发麻，然后就是一片空白。和哥哥说话，我脑子经常是一片空白。

我拿着毕业证和给自己做的一串佛珠去了觉福寺，做了一名执役僧人。我什么活都干，对自己的业修非常认真。来到觉福寺，并非因为这里是名刹，纯粹是因为它距离母亲住的地方近。来这里没有两个月，哥哥来看我，我说不用看我，离家这么近，说回去就回去了。不过我还是很高兴，给他打来斋饭，他不吃，小声说让给他三百元。可是，我的斋薪只有一百多元，只领了一个月，还没有积蓄。哥哥似乎不相信我的话，说他当年坚持让我当和尚，就是为了发财，并警告我，是他供我上的佛学院。那年开学时，他和嫂子的确给过我七十七块钱，但之后的四年里，再没给过一分，我断断续续靠做佛珠给自己挣点儿零用钱，幸亏佛学院免费项目多，不然早辍学了。哥哥说他供我上过学，也不是完全没有依据，我只好不语，由着他说我。我的脑子里空空的，只想着没钱给他，很是惭愧。

母亲知道哥哥逼我，隔天就拖着长满骨刺的双腿，摇晃着、咳嗽着、叹息着来寺里看我。我劝她别来，待在家里休息，我会回去看她。母亲总说，人老了，除了得病也没啥事情，待在家里心慌，就出来转转。我给母亲拿些零用钱，劝她去医院看看，母亲睁着永远噙满泪水的眼睛，哽咽着说："还是我小儿子好，做了和尚也不忘娘。"

母亲来寺里次数多了，认识了不少我的同门师兄弟。大多时候，她并不让我陪她，自己一个人去寺里东瞧瞧西看看，说看得多了，心里就会畅快些。既然多看心里能畅快，我就由着母亲去转悠，也不用去管。

不知道啥时候，她和首座无根大和尚就混得熟了。估计是觉得大和尚心慈面善，她就一股脑把自己的苦水倒给了他，说我当和尚是被逼的，自己有一身病，又说哥哥惹了一场官司，还说嫂子教女无方，就一个女儿，还整日在外面瞎混。无根听了安慰她，给她排解长期郁结在心里的疙瘩，她就认定这个大和尚是好人，不管人家是闲是忙，进寺也不来看我，直接就去僧堂找无根。亏得无根性子好，每次都能让她倒个痛快。

有一次，无根找我，还泡了淡淡的绿茶让我喝，我立即惶恐起来。在寺里，我这身份和无根相比悬殊，中间职位林立，级别森严，我们两个根本挨不上。他找我还泡茶，我就想是不是母亲惹了什么事，又想一个哼哼唧唧的老太太，能惹出什么事来？心里正在打鼓，无根笑着开了腔。

他说他与我母亲熟悉，我家里的困难他也知道一些；说我哥哥这两年官司缠身，自是他积怨所得，没能力赡养老人也是事实；又说我母亲说她老无所依，听得他心酸。他说了一大通，最后才绕到正题，让我考虑还俗去赡养老人。他说修行以善为先，赡养老人是最大的善事，也就是最大的修行。他的话听得我心惊肉跳，还俗可是一件天大的事情，无根定得了吗？

见我犹豫，无根说：“行善勿等，尽孝勿迟。你尽快离寺回家，你母亲等着你，别让老人家失望。”

母亲的确需要照料，总说浑身骨头疼，一辈子没舒心过几天，总是抠掐着对付日子。她现在老了，八十岁了，连得病都没力气了。这段时间，母亲更显老态龙钟，一步三摇的背影时不时就在我眼前晃悠。我赶紧照着无根的建议，去找住持法戒禅师，不巧的是法戒外出做法事了。

等了三四天，住持还没回来，想到母亲的样子，我焦急起来，直接去找禅让住持位子不久的退院老和尚。无根应该给退院老和尚说过了，我一进他禅房报上法名清玄，老和尚就笑了。

“噢，清玄呀，进来吧。”老和尚直接说，“慈父之恩，高如山王；悲母之恩，深似大海。对父母善，则根壮叶茂，反之则根断树枯……”

老和尚细细说了半天，明摆着是给我做思想工作。我说：“您的意思我明白，我就是要还俗养母，只是住持不在寺内，我来恳求您的准许，之后才能申办还俗手续。”

老和尚笑了，说：“去吧，行善积德，比什么劳什子手续都重要。”

我说：“伺候母亲百年之后，还想回来。”

老和尚捻着我做的那串沉香持珠，笑说：“随缘吧。”

于是，我就还俗了。

在觉福寺里，我执役的事情没干几件，主要干的还是做佛珠的差事。寺庙和学院一样，设备简单，做佛珠也是传统的手工工艺，我一眼能看出大水坑瘸腿老者有真功夫，就是因为我有过五六年手工做佛珠的经历。纯手工效率低，浪费料材，成本自然就高。手工做出的佛珠，满足不了本寺使用。将来要是能重返觉福寺，我就给寺里捐一台现代化数控佛珠机。

现在回想起来，在觉福寺做佛珠，都是缘分。我说过，在佛学院时我就开始做佛珠了，圆溜溜亮光光的佛珠，能带给我许多遐想。宇宙是圆的，太阳月亮是圆的，行星是圆的，佛珠是圆的，佛应该也是圆的，一切都在以某点为圆心的轨道上运行。这样想对不对，我也不知道。无根说过：“想不通的事情想三遍，再想不通就放下，缘分不到，想也白想。”于是我就不想了。

进觉福寺不久，我动手给自己做了一串挂珠，无根眼尖，说我做得好，就安排我专门去做佛珠。做佛珠的地方，在觉福寺新开的别院内，和寺院连通的月亮门上挂着“游人止步”的木牌。我的工作间门口挂的是一块白底竖牌，刻着两个黑色柳体字——佛宝。

工作间里有灯，有电扇，很像木匠铺，木工用具一应俱全。挂在墙上的是各类锯子，放在墙角的有用于削、砍、凿的刀具。工作台不比台球案小，地上铺满了刨花和锯末。四五年里，除了吃饭睡觉，我基本都待在这里，以对佛的虔诚和对佛珠的珍爱，不停地开料、把圆、钻眼、打磨、抛光、穿线。在不断的重复劳动中，我感到自己像佛珠一样圣洁起来。

木架上摆满了我做的各种佛珠，灯光下佛珠乍长乍短的光亮犹如佛光一样围绕着我，我就有了成佛的错觉，心里清净极了，单纯极了，轻快极了，连带整个身体也轻盈起来，有着清尘说的心静如水、心净如水的感觉，眼前有了一汪澄清的湖水，耳边也有了叮咚的泉声。我幻想，母亲不用去找无根，天天待在这里，自然会百病全消，体健如初。

还俗后，我住在母亲那套房子左近的黄庄。这村子我小时候就熟悉，不同的是，近多年，四周崛起的危崖一般的高楼把黄庄湮没了，住在这里时刻都有隐隐约约的压迫感。不过黄庄距离母亲、觉福寺、唐市都不太远，来来去去挺方便。只是村里人多车多，房东招来的房客也多，整日乱哄哄的，完全没有了“佛宝”里那种忘我的清净氛围。

和叔叔搭手做佛珠，挣点儿小钱供母亲和我开支。其实，母亲并不介意我挣钱多少，能还俗，她就非常高兴了，笑声多了，叹息少了，连骨刺腿都轻快起来了。她说不用替她操心，倒要给我操心。起初我还不明白，两三个月过去，她张罗回家一个大姑娘，我才明白她说替我操心的意思。

这姑娘名叫兰丽君，母亲说是给我介绍的对象。打兰丽君进门起，母亲就完成了一件大事似的，放心地躺下来休息了。可是，这一躺就再没起来。不是因为暂时的腰酸背痛，而是多年病入膏肓的沉疴痼疾绊倒了她。躺在床上，她看看兰丽君，看看我，略带苦相的脸上满是卖弄能耐的那种笑，甚至有点儿得意。

这个兰丽君有轻微口吃，眼里还特别没活，不知道招呼客人，只知道隔上一会儿就问我妈：“姨，你……你好些了……了吗？”听见问候，母亲就高兴，笑容装饰着她沟壑纵横的灰灰黄黄的双颊。

坐在母亲床边，我偷眼打量这姑娘。她长着一张气球般的圆脸，眼睛总是眯成小缝；头很大，还留着哪吒那样的发型，面色接近鸽牌西瓜子儿，整体看更像烤焦了的燕麦老面包。母亲是满意的，兴许在她心里，一个还俗和尚，有女人愿意嫁就已经阿弥陀佛了，还有什么好弹嫌的。

我面对母亲满意的笑，也对她笑着重重地点了点头。我没理由不点头，我不想母亲死在为我找对象这件事情上，如果我不愿意，她绝对又会瘸着腿到处去求人给我介绍对象。

哥哥对母亲和我做过的事情没有一件是满意的，总是吊着脸发脾气，我和母亲总是不吭声，他也没办法。我刚还俗那阵，他就赶到母亲这里来发过一通脾气，理由是熬过几年，当上了首座、堂主什么的，就能捞钱了，何必嫌苦还俗。我和母亲只是笑，并不给他解释什么。这次可能听说兰丽君进了门，他大清早就来了。我和母亲做好了挨训的准备，没想到，他的态度好得出奇。

“看来老妈很满意你们两个的婚事。”他站在母亲床边，手一挥说，“赶在老妈百年之前，哥哥给你把婚事办了。”

嫂子一直坐在旁边，上上下下觑着兰丽君，嘴一咧，眉毛一挑，似笑非笑地说：“你哥哥说得对，赶紧结婚是大事。”

哥哥附到母亲耳边说：“妈，你歇着，我出面给你小儿子办婚事，高兴吧？”

母亲笑而不语。嫂子说：“当哥哥的给弟弟办婚事，传出去多大的体面。谁让你哥哥是老大呢？帮老妈管家理财，打狗喂鸡，里里外外多少事情，不是你哥哥得力，这家早烂了。”

哥哥堆了满脸的笑，口气竟然有点儿温和，说：“当哥的嘛，就要多吃亏，日子才好过。”哥哥高兴了，我当然也高兴。他又说：“办婚事需要花不少钱，妈，把你的存款全部给我，还有老二，你的钱也给我，到该花的时候了。”

母亲一直闭着眼睛，说话也不睁开，含含糊糊道：“说得好。”说完这半句，再不往下说了，闭着眼睛咳嗽，这咳嗽明显是虚张声势。哥哥难得软下口气说：“要不然，你再考虑考虑，赶明我就开始张罗。现在这年月，农村人办婚事也得花十万八万。把家里的钱集中起来，由我统一支配。”顿了一下，口气又严厉起来，“听见没有？”

兰丽君眯着眼睛左瞧瞧右看看，不知道给哥哥嫂子倒茶。不倒也好，让他赶紧走，有他在，我和母亲说话也不畅快。长时间没人吭声，哥哥怏怏地离开了，走时还说：“必须按我说的办！”嫂子影子一样跟了出去。

为了让母亲安心，下午我带兰丽君去东大街买了两身衣服，让她穿给母亲看。尽管她那体形像皮球，穿得花花绿绿的，母亲看见照样高兴。当着母亲的面，我给了兰丽君一串佛珠，故意郑重地说：“这串佛珠可珍贵了，不敢弄丢了，丢了珠子，就不要你了。”兰丽君刚开始笑，听了我后半句话，脸上的笑容瞬间消失了，手里摆弄着珠子，满脸想拿又不敢拿的为难样子，逗得我心里直乐。母亲埋怨说：“别逗丽君。”侧头对丽君说，“拿着吧，别听这坏小子瞎说。”

天黑尽了，兰丽君刚要走，叔叔提着一篮子水果进了门。他问了母亲的病情，给母亲宽了宽心，然后使劲儿夸兰丽君有眼力，说有手艺的人都是活宝，怎么用也不增加成本，不像货物总有成本，还经常增加，很是烦人。他极力夸赞兰丽君和我是天造地设的绝配。我不爱听这话，起身去了厨房，瞥见兰丽君赤红着脸，听得津津有味。母亲淡淡地笑了笑，岔开话问他生意情况。

叔叔开始絮叨自己的生意，听来听去都是不赚钱，闲话塞满了屋子，胀得我耳朵疼。最后兰丽君也坐不住了，打断叔叔的话对母亲说："姨，我……我先回……回去了，赶明……明再来看……看你。"母亲说你慢走，她满意地出门去了。

"老二去送送！"叔叔大声说，"没眼色，主动点儿好不？"

我慢慢腾腾地下了楼，到楼下一看，吓了我一跳。兰丽君就站在单元楼门外的冬青边，她怎么猜到我要下楼来？我原本是下来转转，骗母亲高兴，这下子成真的要送了。

等到再进门时，我在门外忽地听见叔叔说："老嫂子，看我给你出的主意咋样，老二这不是还俗了吗？虽说你多跑了几步路，无根到底还是被你感动了。你多了个儿子，我有了个帮手，多好的事情！你都不知道他做的佛珠有多漂亮，有了他，我这生意还有啥愁的？哈哈……"说话时，叔叔得意得直笑。

母亲说："不管怎样，我是不能少了这个儿子。他干事情专心，人也老实，没有花花肠子，你再看看老大，唉……"

晚上，母亲咳嗽过一阵，蜡黄着脸，让我坐在床沿上。她伸出比老榆树的树皮还要干枯的手，摸着我的小胳膊，有气无力地唠叨，说她能看出来，我不满意丽君这姑娘，虽说这女子长相一般，可身体结实，只要我多迁就，日子好赖过得下去。我哼儿哈儿着胡乱答应。母亲喘了一阵，又说兰丽君眉眼长得确实有些差劲儿，也许心是好的。

和母亲拉话闲聊，还从没说过女人，她今晚一个劲儿说女人，我倒不知怎么应付了。亏她想了这么多，似乎劝我不要过于看重女人的长相。其实我理解母亲，她是怕她死后，我在女人这件事上折腾，她知道我没钱，经不起女人花。

我笑了，安慰她说："丽君人不错，能过日子就是好媳妇。"

母亲摇摇头说："你呀，别忽悠你妈。你妈人老了，眼花了，心还是亮堂的。这孩子真和你过不下去时，你也别勉强，人这一生，要活得自在些，轻松些。无根常对我说，不管啥时候，不纠结就是最好的状态。你觉得哪些事纠结不清时，就撒手放弃。人活一世经千件万件事，别为一件两件伤损了元气。"

看来母亲从无根那里学到的东西还真不少，能在重病中挺这么多年，也许正是无根开导的结果。

我暂时推掉了所有的活，天天在家陪母亲。兰丽君偶然露一面，就匆匆离开了。哥哥笑着来催钱，我的意思是，不着急结婚，母亲的病倒是眼前的急事。和哥哥磨了半天牙，他说看病也得把钱集中起来由他统一支配。

母亲坚持不去医院，说自己在这老房子里住了六十多年，她要像父亲一样，老在这里，决不死在医院，我同意母亲的说法。哥哥生气我和母亲的想法，说不拢，气哼哼地走了。

母亲经常犯迷糊，清醒的时间越来越少。嫂子偶尔拿来一把葱、两根黄瓜，动手做她最拿手的葱花拌汤。她进门先看母亲一眼，就去厨房做饭，吃了饭坐下来，开始唠叨她打听来的兰丽君的情况。

“兄弟，这女娃子不敢要，亏你还给她买了衣服，送了佛珠。八字还没一撇，买什么衣服嘛，老妈糊涂了你也糊涂了？嫂子不是拆你婚姻，这娃在石狮没干正经事。在你之前，她家里给她介绍了一个小伙子，是我同事的大儿子。兰丽君当时还在石狮，两家的家长都愿意让小伙子去石狮找她，意思是在一块儿打工好有个照应。可这兰丽君，一会儿说自己快回来了，一会儿又说去了深圳，花样百出，目的就是阻止小伙子去找她。你想想，兄弟，干了好事会怕人见吗？紧着宣传还嫌嘴少。干了难以见人的事，一双眼睛看见都嫌太多。因这兰丽君推三阻四，我同事起了疑心，推掉了这门亲事。人家不拾的粪，你拾回来，心里不憋屈吗？”嫂子在学校工作，可能受环境影响，心思多，心眼怪，舌头长，除了想发财说是非和学生家长吵架外，基本没啥强项。说起兰丽君的私事，她的强项表现得特别明显，连迷糊的母亲都被她那长舌搅醒了。

“翠云，回去吧，老大进门吃不上热饭，又该怨你了。”母亲坐起来将头发往后理了理，神情大振，睡了许多天养足了精神似的，一揭被子，要下床来。她竟然真下来了，还一个人去了趟厕所。天神哪，妈妈这是怎么了？

嫂子低声说："回光返照，不敢离人。"

这天晚上月亮挺好，佛珠那样圆，窗玻璃上蒙着淡黄的光。母亲让撩起遮了半边窗户的布帘，说好久不见月亮了，看一眼多记些这神物的影子。她说父亲爱在月下抽烟，我小时候爱在月亮地里瞎跑，说了许多不着边际的老话。月亮移到中天了，她还没有一丝困乏，眼里的光，倒比月光还亮。

说到没话了，母亲右手伸进怀里，掏了半天，捏出来一颗珠子，放在我手里说："拿好了，这是最后一颗。"

一挨手，我就知道是颗金珠，没有我做的佛珠饱满滑润，表面有涩手感，摸得出有一层不薄不厚的包浆。我还没揣摩透母亲的意思，她又说："你奶奶娘家过去是富户，解放那阵子家破了，我进秦家门时，你奶奶给了一串金手链，有十一颗这样的珠子，一直藏着。五八年，你爷你奶，说不行很快就都死了。那年冬天冷得出奇，砖都冻裂了。你大伯提出让咱家另起炉灶，给我和你爸分了三十斤小麦、七十斤玉米和一面土窑。当时咱家住在曲江寒窑那边，日子可怜得和王宝钏一样。你叔叔当时还小，两道鼻涕常年挂在脸上，来咱家不是让我缝衣补裤就是蹭饭。分家时说好你大伯管你叔叔，可你叔叔还是成了没人管的野孩子，东跑西窜的。你叔叔当时十三四岁，正是吃饭长身体的年龄，咱家穷得没有粮食，没办法，就把这串珠子拆开卖了一颗。到了你哥哥出生那年，正是大饥荒年月，家里没有一把米，你哥哥饿得哭都没了声，瘦成了南山的毛脸猴，为了活命，你爸悄悄去黑市上又卖了一颗。”

还没听过母亲说家史。她慢腾腾地说几句，歇一阵。我右手的拇指和食指捻着金珠，心想这颗金珠做顶珠太小，做记子留却只有一颗，能派上什么用场呢？

我正在走神，母亲又说：“你爸是下放到区供销社食堂改造的右派，管你爸的干部常来家里谈话，为了你爸少受折磨，得好酒好肉招待，没办法，还卖过一颗。五六十年代那几年，咱家生活困难。当时我怀了你姐，等生下她来，我都快要死了，比现在的情形还糟糕，瘦得一口奶水都没有。你姐哭了，我就给她嘴上抹清水，眼看是活不成了，你外婆说这样下去不是办法。我一急，给你外婆一颗珠子，她颠着小脚偷偷托人卖了，这才从黑市上买了红糖和鸡蛋回来，救了你姐一命。没承想，三岁那年，你姐还是夭折了。你和你哥哥年龄相差大，除了你姐，在你前面妈妈还生过一个孩子，身体搞垮了，缓过多年，才生了你。我还是没有奶水，你爸想买一只羊用羊奶喂你，又卖了一颗。七七八八的事情几箩筐，都是靠这串珠子救活了一家人。卖来卖去，如今就剩下这一颗了，留给你，别让你哥嫂知道惹出是非来。往后，你掂量着过日子，不过，也不用害怕，天无绝人之路。只是你哥哥这么多年不知中了什么邪，眼睛只看得见钱，和家人情分都淡了。不过你不惹他，他总不至于故意伤你。”

妈妈说得我心里酸酸的，眼睛都湿了。我让她休息，她说不困，口齿倒比往常利索。她又说我不小了，来这世上有年头了，既还了俗，就得见识女人，兰丽君表面忸怩，实际开朗，我和她处处关系也是好事。说到这，母亲哧地笑了。

这老太太还挺幽默，她清楚我知道她笑的意思。她又说秦家香火不旺，哥哥生了个女儿，天天还见不上面，眼看生儿子是指望不上了，往后我要有了媳妇，就抓紧生个儿子，她也就这点儿牵挂了。

“任务完成后去妈坟头上说一声。”母亲说得很轻松，我却着急起来。这事看似简单，要完成其实挺难。

天刚亮，哥哥拿着铺盖来了，进门就让我回黄庄去。母亲在哥哥进门前，兴奋点过了，又迷糊起来。哥哥住了下来，俨然是这座屋子的主人，随时发号施令。见我不愿离开，他说要开始给母亲准备后事。我说人还活着，准备后事不妥。哥哥说万事提前准备都没错。嫂子拿来了寿衣，哥哥说，人有气身体软和，先把寿衣穿上，免得身子凉了不好穿。我坚决反对，哪有给活人穿寿衣的!

母亲这时醒了，有气无力地说："穿吧。"

我哭了，她说："别哭，完成不了生儿子的事，也没啥，我儿活得自在就好。"

过了两天，母亲就去世了。

我哭得晕晕乎乎的，心想那天月夜她还和我说东道西，怎么说走就走了。我捏着金珠，咽喉像漏风的破风箱，呼哧呼哧地哭得停不下来，完全没有成年人的矜持。我尽量使劲儿哭，因为我不想把眼泪留给以后的日子，母亲让我自在活着，这会儿大哭特哭我觉得就很自在。

母亲的骨灰埋回了老家。所有事情办完，哥哥却住在母亲房里没走。他到处放话，说嫂子经常和他吵架，还是住在母亲这里清静，不回去了。

哥哥结婚二十九年来，吵架是他们婚姻生活的主要内容。哥哥在社会上有一帮狐朋狗友，他天天和他们黏在一起，嫂子讨厌他只顾朋友不顾家的做派，经常和他吵得昏天黑地。哥哥为避免吵架住在母亲家里，其实是好事情。

哥哥偷看我，眼神怪怪的。我搞不明白他的眼神是什么意思，就说："那就住着吧，嫂子不会为吵架撵到这里来的。"

哥哥笑一笑，又斜眼瞟我，说："兄弟说得有道理。"

哥哥刚住下来，我就接到了兰丽君让我去她家吃饭的电话。母亲的事兰丽君尽到了一个准儿媳的责任，我很感激，甚至心里劝说自己娶她得了，嫂子捕风捉影的话不见得就是真的，再说，那是认识我之前的事情，管得了那么多吗？

兰丽君一个人在家，冰锅冷灶的也没做饭。她把自己画成了秦腔中的大花脸，软着声一个劲儿偎我，哪个男人扛得住女人主动，是不？我俩进展得正顺利时，她的电话却响了，惊出我一身汗。她披上浴巾接电话，我听见是一个男人的声音，那声音先笑了一阵，然后说想她。兰丽君乜我一眼，骂对方神经病，扔下电话说打错了。

我不认为是打错的，谁能这么好骗？心想难道真如嫂子说的，她是做皮肉生意惯了，改不掉水性杨花的性子？我觉得云里雾里，心里乱极了，一下子没了主意。好好过日子的想法，瞬间被这个电话摧毁了。

我笑了笑，默默离开了。她送我的最后一句话是："你这人，肚……肚量太……太小。"

半年后，她带给我的龌龊感还没消除干净。

夏末时，我去摩天城附近给客户送金丝楠佩珠。在南三环4S店集中的天使路上，我看见兰丽君和一个秃顶老男人上了一辆DS试驾车。我自然不会过去打招呼，过路人一样离开了。

三、蛇纹木

这两年只要得空，我就去佛具佛品用材集散地——西木头市逛逛，偶然就能买到一半根不错的料材。两年下来，我买了三个不大不小的小叶紫檀根，还有三五块红酸枝、花梨木、鸡翅木，不算贵但也不便宜，尤其是红酸枝。当然不是满大街手指粗的红酸枝枝杈，而是纯粹的老挝红酸枝。花梨木能差些，没有海南黄花梨好，是便宜点儿的紫属花梨。鸡翅木不错，缅甸的。这些料材中，相对好些的，要算鸡翅木。有了存料，偶尔碰到叔叔看不上的小生意时就能应付。

叔叔做的都是大生意，气派也跟着大了起来，长年穿对襟文化衫，戴金丝边眼镜、佛珠和指环，留披散到半脖子边的长发，最近还蓄起了小胡子。这种打扮，交到的文化朋友就多些。这些文化人当然不屑和我说话，他们一般是携着女友或助理来叔叔店里，旁若无人地坐在后厅聊一些不着边际的话题。这些人通常说话声音不高，举止端庄，态度认真，不由得你不敬仰，高贵得让人想起他们就会产生自卑感。叔叔对这些人是客气的。他们定做佛珠从不讨价还价，虽然买的次数少，但出手大方，付款利索。我知道婶婶瞧不起叔叔，她常说这人没意思，口气是淡淡的那种，并没看出她对叔叔有多少不满，更没见过他俩吵架。他们的裂隙都是叔叔那个男人一样的干女儿惹出来的，这一点我还能看得出来。

这个女汉子一样的干女儿，名叫娟子，高喉咙大嗓门，走路甩膀子，脚跺下去一个坑，长年穿巡洋舰皮靴、迷彩裤，留男式短发，抽烟、喝酒、下棋、打牌无所不会。她还和一帮古董贩子，隔三岔五就吆五喝六地划拳喝酒，年龄不小了还是单身，我和婶婶都不喜欢她。娟子的优点是肯干活，叔叔就喜欢她这点。他经常自豪地说："海南线是娟子一个人闯的，西安市场一半以上的佛珠，都是娟子从海南贩回来的。"

娟子不分场合地和叔叔倒腾，婶婶管不了，待在唐市受气，想一想，还不如眼不见为净，一狠心，分了些货物就搬去了大水坑。和文静的婶婶比起来，娟子就是个毫无教养的泼皮，不过，这个泼皮却会做生意，你说气人不！

在唐市一千多个铺位里，叔叔这间算得上最大的，他将店面隔成了前后厅。前厅的玻璃柜和博古架上摆货，接待一般顾客；后厅是朋友们聚谈的去处，装修得古香古色，家具都是仿古式样，雕龙刻凤，看得人眼花缭乱。厅中间摆了一张工夫茶台，朋友们坐在这里喝茶聊天，话题一旦引到佛珠，叔叔就会郑重地打开角柜，戴上白绒手套，神态恭敬地端出一个红檀密扣盒，双手小心地探进盒里，捧出一个长方形锦面小匣，像母亲轻放熟睡的婴儿，缓缓将锦匣放在准备好的缎面上，轻轻打开拇指大的铜锁，屏住呼吸，请出一串一百零八颗的蛇纹木佛珠。他的动作恭敬得有些夸张，不像是让大家欣赏佛珠，倒像是要供给身边的弥勒佛。

“知道什么材质吗？”每次叔叔都这样问。在座的朋友们互相瞅瞅，不敢轻易说出口，唯恐说错，折了自己在这行的面子。

“蛇——纹——木。”声音虽不大，但每个字都充满了得意。

在座的人就会惊讶地重复：“蛇——纹——木？蛇纹木！”

“哇……乖乖……”

这时叔叔就更得意了，用狼毫笔仔细刷一遍，说：“是觉福寺的无根大和尚开过光的。”

赞叹之声就更盛了。

如果文化人看了，会谈论它的文化含义；生意人看了，就会讨论它的价值。有人说自己打拼多年的家底，恐怕值不过这串珠子。叔叔故作神秘，不透露真实价格。收起来后，他就大谈佛珠与文化、与人性、与生意的诸般联系。如有挺不住的人当场订活，我立即就忙开了。他们当然不知道，这串蛇纹木佛珠也是我的手艺。

做佛品的料材中蛇纹木绝对是佼佼者，这种料材出自名叫蛇桑的树种，颜色呈褐红色，光泽强，花纹奇妙，耐腐蚀，抗虫蛀，切面光滑，装饰效果极佳，世界巨富比尔·盖茨位于西雅图华盛顿湖畔的豪宅就是用这种木材做的内饰。叔叔深知蛇纹木的价值和地位，这串佛珠自然成了他的心头肉。如此贵重的藏品，婶婶并不稀罕，他们的关系继续僵化。婶婶搬去大水坑后，两个人很少往来。说实在的，婶婶对我挺不错，其实我并没给她帮多少忙，倒是叔叔用我的时候比她多。

和生意人相比，婶婶是大气的那种，不像叔叔总是斤斤计较。因此，没事我就喜欢去婶婶店里坐坐，有活了也搭手帮忙。和叔叔一样，婶婶店里也有宝贝，只是她不认识罢了。货架下的柜子里有一套她永远记不起来的做佛珠的圆形刀具，她从没注意过这套圆刀的材质，叔叔当然也不懂，才让婶婶当作一般圆刀拿了过来，扔那儿就忘了。这套圆刀其实是价值连城的宝贝，当然，这只是我的个人看法。

这些婆婆妈妈的事情先不说了。我租住的黄庄要拆迁了，村街两边的墙上，印满了张牙舞爪的囚在圈里的“拆”字，要蹦出来似的。叔叔原来在南郊有一间当库房用的小通间，里面有小厨房、小卫生间，用了多年，因距离唐市过远，库房就搬到了较近的糜家桥，南郊的通间便空了出来。我想临时住过去，叔叔肯定不会拒绝。我给叔叔一说，都做好接钥匙的准备了，叔叔却明明白白告诉我，那房子娟子要住。我一愣，怏怏地说，那就让娟子住吧。

我又去找哥哥。母亲去世后，哥哥借嫂子和他吵架，住进了母亲的房子，我想腾给我一间总可以吧。敲开房门，开门的不是哥哥，是一个烫着卷头发的中年女人，问我找谁。我尴尬地笑笑，以为是哥哥临时找的女人——他有这种爱好。我问秦柏生在不，女人说："秦柏生怎么会在这里？他把房子卖给我了。"

把母亲房子卖了！我一点儿都不知道。做有利于自己的事，哥哥的做派是保密性强而且下手快。到这时候，我才理解哥哥赖在母亲房里不走的真正目的，什么避免和嫂子吵架的说法，都是借口。

他瞒着我卖掉母亲的房子，我没估计错的话，是怕我分钱。他这种担心纯粹多余，我是不会要一分钱的。多年来，哥哥一直低估我，低估我的原因，是他自己站得太低。我知道没有必要再找哥哥了，自己的事情还得自己解决。母亲临终前说天无绝人之路，我也相信这句话，不就找间房子嘛，多大点儿事。

大型机械已经开进了黄庄对面的杨树村，村子里尘土飞扬，作业声不断，眼见要拆过来了。租房子虽不是大事，可混到没有亲人帮衬的份上，我一向宽广的胸怀，偶然还是感到有点儿凄凉和悲哀。

四、福龙小火车

忙忙碌碌中，冬天就到了。叔叔给了一件活，我正准备动手开料，哥哥打来电话，让我去他家吃火锅。我不喜欢这种麻麻辣辣的吃食，又找不到理由推辞，随便嗯了两声，哥哥说就这么定了。吃这种饭，对我来说等于饿肚子，再说了，虽然还了俗，可我一直还保持着禁食肉食的习惯。我能想到的办法是，吃饱后再去他家。

出了黄庄，我顺道去瓦胡同在一个海南人手里收了21.16克大叶檀料，不怎么值钱。这块料柔软度和细腻度都不错，只是品相差了点儿，中间有一个死孔，影响出活率，只是价格适中就收了。走在路上，正在琢磨如何利用这块料，在村口碰见了哥哥的女儿卉卉。这孩子和一个染着蓝头发、戴着单耳环的男青年相拥着走过来，瞥见我，也不叫二爸，只问我来这里干什么，我随口说找朋友。她没有表现出亲人之间温暖的亲情，令我吃惊不小。这孩子小时候总爱缠着我，没少尿在我身上，现在咋这么寡情呢？我赶紧说："你爸准备了火锅，一块儿回去吃饭。"我没正眼瞅那小年轻，又说，"一块儿回去吧，别让你爸等急了。"

卉卉说："哪里吃不到火锅？"说着话，脚下移动，和蓝头发拥着走了，把我一个人晾在了村口。

我一路上想，这孩子没救了，和父母能有什么深仇大恨？好像两三年都没回去过，这孩子到底怎么了？走着想着，想着走着，也没想出个道理。一抬头，看见了藏书塔，路边那段唐代土墙还在，政府用铁栏栅围了起来，到了这里也就快到哥哥家了。哥哥家和母亲的老房子相隔两条小街，半盏茶工夫就能走个来回。我绕到父母住过的老楼下，逗留了半天，当然没再上去。我总觉得妈妈在那扇窗子后面看我，可定睛一看，妈妈就不见了。我站在淡淡的阳光下一直抬头看，妈妈始终没再出现。我很失落，一步一回头地离开了。

进了哥哥家门，嫂子正在忙碌，说哥哥去买酒了。坐在客厅转角沙发上，透过白玻璃看见嫂子挽着袖子，在整理菜盘、菜篮、花生酱什么的。从侧面看，嫂子已经很老了，垂在一侧的头发懒洋洋的，像招了牛蝇的牛尾，有气无力地摆动着。她的肤色像酱染了一样呈黑红色，在我的印象中她曾经蛮白净的。她咧嘴说话时，嘴角竟忽闪出一道金属光泽，想来是某颗牙戴了牙套。嫂子刚五十出头，本不该这么老的。

“你哥还没回来，你先坐着，菜马上就好。自己倒茶喝，我腾不开手。”

凭良心说，嫂子对我是不错的。大致在20世纪80年代初期，她顶替她母亲的班，在区小学教书。只要我去学校叫一声嫂子，她就会笑着塞给我两三块零钱，我一个月的零花钱就有了。初三毕业时，同学们合影留念，她给我做了一条卡其裤子，还买过一双鞋底有透气眼的蓝色球鞋。类似这样的照拂，还真不少。比起哥哥，怎么说呢，我掏空脑袋，至今没想出哥哥一件半件照顾我的事。有那么一回，他打我之前，说好打三拳，临时减去了一拳，我只挨了两下，如果算照拂，也只有这一件。

我站起来转了转，没话找话，问卉卉最近回来没有。嫂子笑盈盈地说："昨天还在家里。"我瞅着她一笑，知道她在撒谎。不过，说破了是自讨没趣，也就没说在瓦胡同碰见卉卉的事情。

她问我和兰丽君还有没有往来，我说早没往来了。她隔着窗说另找一个也好，这女子行为不端，指不定将来会惹出什么祸来，早断了是好事，不过要设法另找一个，不能耽搁久了。还说母亲临终给她有遗言，让操心我的婚事。她说的这一节，母亲好像没给我提起过。

"你哥哥只顾朋友，家里什么事都不管，你这婚事，没听他提过一句，成天压在我心里。没办法，嫂子就是爱操心的人。"她收拾碗筷，忙进忙出，不停唠叨，说她学校有个同事的姨表妹前几年死了男人，她见过，是个干净利落的寡妇，没拖累，一个儿子都上初一了，眼看过几年就是能挣钱的人。又说寡妇和兰丽君比，年龄是大了点儿，可人实在，像我这种情况，不要太挑剔。

又唠叨哥哥是个游手好闲惯了的人，总算老天开眼，最近和朋友合伙摆摊做女鞋生意，计划挣些钱，清理资金案子的遗留问题。我琢磨，哥哥是个心比天高的人，能做这种街边生意？不可信。但我没说破，她还以为我相信了。

说起资金案子，当时我还在佛学院，四大皆空啥事不管，知道的不多。大致情况是，哥哥上班的手工业社倒闭几十年来，他一直无所事事，在社会上结交了一帮朋友。前几年，他的朋友里有人开了一家资金管理公司，他反正没事，就去当了一名业务员。拿到第一个月工资后，情绪高涨，本来就是不沾家的人，这下好了，昼夜没了人影，给嫂子说在外面跑存款。听说第二个月工资到手后，基本像疯了，逢人就说资金公司的好处。在他全心全意拉储蓄时，公司老板却卷着存款逃了。检察机关找上门时，他还被蒙在鼓里。市电视台公布了涉案人员名单后，家人才知道哥哥闯了大祸。他名字下对应的是八十三万，全家人傻眼了，没辙了。

他们两口子本来是隔天就要吵一架的人，为这事，吵得老鼠都不去他们家了。一家人走投无路，天天揪着心过日子。噢，对了，估计卉卉就是那个时候离开家的。后来，母亲对我说，到父亲去世之前，集全家之力，给存款人弥补损失五十一万七千二百元，还剩下偌大一个坑没有填平。

火锅冒着热气，嫂子殷勤地给我夹菜，她的手也显出了老态，如同卤鸡爪。这个把青春献给我们家的女人，青春一去不复返了。她新染的栗色头发，也遮挡不住日子磨损面颊留下的痕迹。眼袋像漏气后干瘪的气球，布满了褶皱。锅中升腾的水汽，使她的双眼有着蛋清与蛋黄搅匀后的混沌。记得刚进我家门时，嫂子还是有姿色的，特别活泼好动，最爱洗衣服，一周能洗三次，还爱哼唱那首《在希望的田野上》。

我们的未来在希望的田野上
人们在明媚的阳光下生活
生活在人们的劳动中变样
老人们举杯孩子们欢笑
小伙儿弹琴姑娘歌唱
……

几十年过去了，嫂子的生活并不像歌曲里唱的那样美，她的希望像游魂一样在田野上空四处飘荡，除了侄女，哥哥没带给她任何值得一提的东西，或许苍老是他送给嫂子的唯一礼物吧。

哥哥是海量，大口喝酒，我却滴酒不沾，劝他少喝等于没说，他从不把我说的任何一句话当回事。他总放不下做哥哥的架子，经常以老大的身份向我发号施令。我尊敬哥哥是老大，才不反对他，但并不代表他说话做事就是对的。

“听我说，老二，这个家，前途是好的，我已经有了计划，一定要尽快致富。”不知哥哥什么时候也戴上了佛珠，我瞟了一眼，就看出是杂木的。他点上一支呛得人睁不开眼的烂烟，满嘴喷着酒气，连笑容也染上了酒色，“现在是聪明人的社会，骗人的人日子倒好过，为啥？就是因为聪明。自家人互相欺骗也不稀奇，为啥？谁都想过好自己的日子，是不是？”他一说这种不着边际的话，我就知道他快醉了。

放下酒杯，他说要给我看一样东西，歪歪扭扭去房子拿出来一本绿皮书，嫂子小跑几步拿来了一支晨光笔芯。哥哥把我面前的菜碟推到一边，菜碟里堆得老高的青菜滑到了桌上，哥哥一把抓起来放到了自己的碟子里。他在裤子上擦擦手，翻开绿皮书用手压着，并不看我，大声说：“在这里签字。”

嫂子把笔芯塞给我。

我不知道他要干啥，随口问：“这是啥？”

“签吧，问啥哩，好事情，发财就靠这个了。”哥哥变脸一样，这会儿满脸的严肃。不过，我不怕，他这种脸色我见多了，再说，我又没惹他，母亲说过，我不惹他，他就不会故意伤害我。

“签的啥东西，总该问一句吧。”虽然这么说，可我听出来了，自己的声音有点儿怯。

“兄弟齐心，粪土变金，快签！”哥哥强拉我的右手过去，明显不高兴了。

我问着，犹豫着，忐忑着，在哥哥指拨下勉强签了自己的名字。签完后，他合上本子，交给嫂子，嫂子抱上赶紧跑进了房子。

“让你明白一下也好，这是泰山担保公司的还款声明，你签了字，就是声明在我还不起贷款时替我还款。”哥哥说得很认真，我的心情由忐忑变成了冰冷，但哥哥的脸色却温和得有些醉人。

在我的追问下，他才告诉我，说管理南湖游乐园的部门，允许个人投资娱乐设施。他要和朋友合伙购一列福龙小火车，投放在游乐园里，这是陆上娱乐的大型设施，来钱特别快。哥哥说得畅快得意，我却听得满心冰凉。

其实他拿出还款声明时，我就预感到对我不利。几十年来，他一直在做梦挣钱，母亲的房产本不知道押给银行多少次去贷款，现在又让我签字，我又不忍心不签。如果我拒签，他说的福龙小火车就买不回来，赚钱的愿望就实现不了，他失望了我也不会高兴。不过这种签字方式有些别扭，明显把我当成了傻子。

嫂子满脸含笑地坐在哥哥旁边，张口又说寡妇的事情，我厌恶起来，连连制止。她听不明白话似的，寡妇长寡妇短地喋喋不休。

我从不喝酒，那天却特别想醉一回。拿起茶杯倒满酒，不说话，一口喝下去，一天一夜没醒来。

破了酒戒，佛会惩罚我吗？估计不会，我现在不是出家人。

五、奇楠

这个冬天在龌龊、窝囊、窝火中一天天挨了过去，哥哥是否贷到了款我不知道，我只是偶然会想，万一他还不起，我肯定更还不起，只能让逮起来算了。

眼看着春天落上了迎春花的枝头，我一个人到半坡、南湖、终南山乱转悠，借此散发久淤心中的闷气。叔叔总是打搅我，时不时就来电话，又让我做一串五十四颗子珠的藏式佛珠，他说子珠直径 2 厘米，所有配饰全带，材质选用老料沉香。说完用料，问我这样的配置开价多少合适。我说算过账才知道，叔叔让我尽快给他报出准确价格。

按照叔叔的交代，这串藏式佛珠至少包括一个佛头，一颗母珠，一颗顶珠，五十四颗子珠，两颗隔珠，两颗弟子珠，两个计数器，外加背云、隔片、卡子。组成并不复杂，关键是用什么材质，这是决定佛珠价值的主要条件。

叔叔告诉我，买家是刚崭露头角的女星邱飞萍。我说没印象。

“就是刚成名就闹离婚的那个。”他以知情人的口气说，“嘴特大，塞得进去自己的拳头，有印象吗？”

我知道，他说这些是为了炫耀自己的人际关系，我不接话。他一个人兴奋了半天，最后才拐回来说：“邱飞萍这串珠子，一定要用最好的沉水香，你要拿出最得意的手艺，绝对不能出任何纰漏。飞萍说了，这串珠子要送人，作为对方五十四岁的生日礼物。人家只要最贵的。”

叔叔建议用沉水香，却没有现成料，目前他手头最好的料是海南黄花梨。这绝对是好料，但绝对不是做佛珠的顶级料，这些事叔叔都知道。他只说他有黄花梨，没说一定要用这款料。尽管他说了用沉水香，却不敢保证短时间能进到货。他沉吟时，我说越南奇楠坚决不能用。

“当然能用，谁说不能用？只是这圣物谁有啊？”

叔叔这人不大气，总打自己小算盘，不管和谁说事，你说东他偏说西，你指南他偏打北。因此，我只要说越南奇楠不能用，他就会说能用。我也不能说自己手头有奇楠，只能说大庄料材贩子手里或许有，如果有，可以拿过去让他看看，叔叔总算说了一句可以。

如果真用奇楠，这串佛珠的保守价至少在一百万。

西木头市是佛品料材聚集地，也是一个富有传奇的场所，这里遍地是陷阱，遍地又是黄金。如果想发财，来这里，一定有机会。

因来到这里而破财甚至破产的人，也不在少数。发财破财的决定因素，只有一条，就是眼力。决定眼力的因素也只有一条，就是是否懂料。

大庄料材被看走眼的不多，但卖价昂贵。大庄欺散客，买几十克百十克的散户，料材庄家根本不理你，想讲价只能落白眼，只有叔叔这样的用料大户，庄家才给一杯茶喝。像我这样的，最好别去讨人嫌。

离开大庄，当然照样能买料。散布在西木头市角角落落的小贩蝼蚁一样多，这些人鬼鬼祟祟的，特别能侃，都会给自己的料材编一个动人的故事，其实他们手里只有一小段鸡翅木，或者一块黑乎乎的木头，硬说成是乌木。真真假假难以看清，上当受骗司空见惯，自然捡漏的也大有人在。发财还是赔钱拼的就是眼力，别无他法。

三年前，应该是落叶季节，我清楚记得自己坐在西木头市一角的梧桐树下，一片半黄的叶子落在了我的头上。其时，我正在听一个头上只有稀疏几根头发的年轻人说他姐姐的故事。他姐姐是一个豪宅区一家富户的雇工，豪宅里只有一位主人，还是个未嫁的大姑娘。他姐姐说，主人善于交往，经常宾朋满座，昼夜不断。家里经常举办各式各样的聚会，动辄就是大笔的花费，主人对此毫不在乎，却偏偏吝啬雇工费，一拖半年不发工资。他姐姐心里很不平衡，就瞄上了豪宅里的储物间，这里不仅储藏了大量高级补品，还有许多不知名的珍贵收藏。有块黑不溜秋的东西，上面正好有标签，不知主人是从哪里拍回来的。他姐姐看着值钱，顺手就带了出来，委托他卖了，顶替拖欠的工资。

故事是这样的，动人也好不动人也好，我不在乎，我只在乎料材的品位。他编造故事的能力差了一些，可他手里拿的真是一块奇楠，隔着木盒也能闻到奇楠独有的甘甜味道。上面挂的标牌写明是 179.83 克，拍价六万五。我瞪大眼睛看来看去，直觉告诉我这是真品越南奇楠。

小伙子很警觉，只让看不让动手摸，还只给看半眼就赶紧闭上盒子，说气味跑完就不值钱了。我顾不上笑他无知，只想摸一摸，不然心里不十分踏实。

我试探性地问他："能否拿出这块木头让我认真看一遍？"他反复问我要不要，我说："货对就要，不对就不要，你不让看清楚，我决定不了要不要。"

他犹豫了一下，自语道："反正是卖的东西。"

我说："反正我要摸一下。"

他说："摸了不要，给一百块钱摸费。"

从气味判断，我有五成把握，用一百块钱判别真伪，绝对不贵。我点头，算是答应了。

他神秘兮兮地打开盒子，我伸手一握，嗅了嗅气味。

他催我："好了，只能摸一下。"

我说："好吧。钱在我上衣口袋，你自己拿一百元出来。"

"你为啥不拿？"

我趁他抬眼看我口袋的机会，用指甲轻轻在切口上掐了掐，心脏立即狂跳起来，没错，是越南奇楠。我赶紧放下，抽手出来。

"你的意思是不要？"

"我的意思是太贵。"

"不贵，这东西可值钱了。"他瞧着我，又盖上盒子，"你这人，买东西不利索。"

"真假我拿不准，宰我也别心太狠，便宜点儿，我可以考虑。"我站起来，踱了几步，装作为难的样子。心里在想，奇楠外表就是这模样，黑黝黝的形似烧焦的烂木头，这是油脂在醇化过程中形成的外表，是不同于沉香的新物质，虽貌不惊人，却价值连城。如果切一块奇楠像口香糖一样咀嚼，会有黏牙感，咀嚼到最后，没有丝毫残余。这种圣物在宋代时，已经是"一片万金"。今天的国际价，每克高达人民币一万五，六万五能买到这块料，捡到的绝对是大漏，天大的漏。

我故意不着急，担心一着急他加价。那天，老天绝对照顾我，这块黑乎乎的东西，没人多看一眼，更没人围过来起哄，虽说市场里人不少，可他面前就只有我一个人。按我的经验，不能说六万五要，也不能说六万要，说一万也不行。还价太低，他不卖；还价太高，他的欲望瞬间膨胀，你说六万，他马上就要十万。市场里经常有说好了价又反悔的，不是吵起来就是打起来。

“你说多钱？”他急了。

“你说多钱？”我不急，只是嗓子眼一阵阵有干涩感。

“六万，不能再低。这家欠我姐工资多，卖少了，就亏大了。”

“这烂木头又不是顶工资的。”

“什么话！我姐又不是贼，卖够了自己工资就行，人家家里的一根针也不会拿。”

“你和你姐都是好人，我也是好人，好人不骗好人。嗯，如果要的话，你送货不？”

“你又不是拿不动。”他有些嘲笑我。

“老兄，”我装作很老练的样子，“生意不成，你有料在；生意成了，你有钱在。跑路有费，又不会跑崴脚，为啥不送呢？”我想的是，如果离开市场时没人跟出来，说明他没有帮手。

“提前说好，小巷子不去。”

“好，好，不去小巷，都是大路。”我答应着和他并排出了市场。走不了两步，他就嘟嘟囔囔地催问：“还没到呀？我不去了。”

“马上到，就在前边。”

离开市场有一站路了，我试探地问："没现金……"

"支付宝也行啊。六万拿走，别折磨我了，我姐还等钱给孩子报班学二胡呢。"

到了五味什字派出所门口，我站在派出所的门牌下，微信支付了六万元，抱着盒子转身进了派出所。

现在回想起来，当时有些晕，是真晕，走路轻飘飘的。回到黄庄，削下一点儿末末嚼了嚼，我简直要哭了，绝对是正品。天啊，就这样到手了。

我把奇楠拿到叔叔店里时，他正忙于推销娟子贩回来的要价昂贵的次料佛珠。我满不在乎地说："看看吧，还要按时给人家还回去。"

叔叔用自己的方法对这块料做了鉴定，肯定了材质的真实性。他说："给你朋友说，每克不能超过一万五，我要百分之二十中介费。"

我说和朋友商量一下，叔叔让抓紧。他怎么也不会想到，我是奇楠的料主。

回到黄庄，我开始设计配料，虽然母珠只有一颗，但必须选用配得上奇楠的材质才行，首选的自然是沉香。我初步决定，选用海南岛的虫漏香作为备选料。虫漏香色泽沉厚，香味浓郁，价格也适中。佛头、弟子珠、隔珠用沉水级的水盘头比较合适，这种香质地较软，柔和性温，与奇楠手感相近。然后用老银背云、牛骨隔片、纯铜计数器、鹿角顶珠。重要组成部分定调了，其品质基本就定调了。

我反复推敲这串佛珠的各个细节，尤其是辅料的颜色、纹理、香型、手感和奇楠的反差度与近似度，比如虫漏香些微发黄，和奇楠的紫褐色有视角上的差距，不过反差并不刺眼。辅料一定要选用叔叔店里的料材，用他的料，他才乐意牵线搭桥。刚打好腹稿，忽然哥哥打来电话，说他到了黄庄村口，不知我住哪家，让我去接他。还没来得及问啥事，他就挂了。

老远就看见哥哥和嫂子站在村口抻长脖子朝村街上望，嫂子手上还提了一个白色塑料袋。村口来往的人多，我站在面前了他两个才看见。还俗以来，这是哥哥第一次来看我，我有些小激动，在村口花二十五元给他买了一盒红猫香烟。回房子的路上，哥哥说好久不见，想和我喝两杯，说说心里话。他明明知道我不喝酒还说找我喝酒，其实就是找我说事，他说话就爱拐弯抹角，这毛病一直改不了。我张嘴问福龙小火车的事，哥哥说刚投资好，修地铁的就把通往南湖游乐园的路封了，来来去去不方便，暂时没人，生意停了。

我给他宽心，说封闭一段时间就会重新开通。嫂子跟在后头，用她惯常的哭腔说："三年，问过了，需要三年才能通路。唉，干啥啥不顺，快没活路了。”

进房间坐下，哥哥随手拧开了带来的太白酒，给自己倒了半纸杯，一口干了。他一主动喝酒我就紧张，清醒时说不出来的话，喝多了都能说出口，万一又搞什么声明还款的勾当，我可受不了。

我说：“先说话吧。”

哥哥眼睛向上一翻，笑了。嫂子连连摇手，说没事没事。随后她又说：“先前准备给你介绍的那个寡妇不守妇道，放着好好的女人不做，竟不顾脸面，去了臭名远扬的万缘会所搞服务，对外说是洗脚捶背，傻子都知道那里面是干啥的。”

好像这寡妇丢了她的人似的，嫂子瞪着眼骂得很认真。她忽然有了笑意，夸我有先见之明，多亏当初没有答应，不然先人都让羞死了，人丢得没影了。又自责自己糊涂，没看清寡妇的为人。

说着话，哥哥已经喝得差不多了，我看他一眼，他也在看我，嘴里直打酒嗝。

“兄弟，哥有件难事需要你帮一把。”他一抖右手腕上的杂木佛珠，开口说的这难事，我知道与钱有关。

我站起来打开抽屉，取出我的钱匣子，从中拿出在佛学院时就开始用的钱袋子。这是普通法会上用过的黄色香袋，我从袋子里拿出仅有的三百元，很豪爽地放在哥哥手边，说：“拿去吧，不用还。”

哥哥脸一沉，一口又喝下去半杯酒，点上一支红猫烟，才说：“你侄女要结婚了，找了个有出息的女婿，独自开了一家理发店。只是理发店的位置不太理想，谋划着要搬到人多的地方去，需要两万元。我们已经说好了，我投资搬迁费，算我的股份，挣了钱有分红，亏不了你老弟。”哥哥可能感觉还没喝到最佳状态，又喝了半杯，头一摇，脸更红了。

嫂子插空说：“不结婚不行了，两个孩子真是，唉……”

我已经没有钱了，两手空空的，他就算在我屋里翻一遍，也是白动手。我闭上嘴，一声不吭。

“唉，孩子生下来已经三个月了，我和你哥哥这两天才知道，不张罗嫁出去，咋见人哩。”嫂子的哭腔有点儿瘆人。

“说这干啥？”哥哥身子往后一靠，差点儿闪倒。我这里没有沙发，就三个木凳，还没有靠背。

“老弟，给哥拿两万元，好赖就这一次，够不够我只投资两万，不够的部分两个孩子去想办法。”

“原来不是结婚用钱？”我问。

“说了半天还没听明白？都有孩子了还结啥婚？白花钱，有钱直接投资生意多好。”哥哥刚说完，嫂子就反对，说：“不举行仪式不行！像啥话嘛！”

“兜里没钱说话等于放屁。”这是哥哥以前说过的话，所以我没资格说话。扭头看我这间冬冷夏热的房子，家徒四壁，三分之二的地方堆着做佛珠的设备，三分之一的地方支着一张单人床，一张简易矮方桌，三个木凳，别无他物，就这个环境，还住不了多久了。杨树村已被夷为平地，拆迁黄庄就在旦夕之间，我连自己落脚的地方都解决不了，哪里还有闲钱？如果真给侄女结婚用的话，那就另当别论。叔叔欠的加工费不少，要回来一部分给哥哥就是了。

“给句话，老弟，咋样？”哥哥又点上一支烟，神态严厉起来了，看来酒喝到位了，“说话呀，老妈去世时，没让你花费多少，明白不？”

“你的意思是不办仪式了？”嫂子不放心地追问。

“咱俩有话回家说，听见没有？”哥哥一吼，嫂子瞪他一眼，暂时蔫了。

我有时就纳闷，做哥哥的怎么能这样？母亲去世时，我下决心让她躺在柏木骨灰盒里。柏木油脂大木质暖，母亲怕冷，用柏木正好，花九千元买了一个。买好后，哥哥换成了九百元的桐木盒子。我以为他是为了给我节约开支，可直到现在，骨灰盒的差价还没给我。我宁愿吃亏，也决不会向他要钱，今天他却这样说，难道是忘了这件事？再说葬埋母亲总共花了两万一，我花掉了全部积蓄一万六，不知哥哥这句“没让你花费多少”的话，怎么理解？

“这么多年你一个人过活，没多大开支。我已经给叔叔打了电话，他说给你介绍的活不少，生意还过得去，两万元对你来说不是大数字。咋样？不行的话，哥哥给你带点儿利息。哎，说话呀！”哥哥突然提高了声音，看来，他喝酒的目的达到了，“你一个人攒那么多钱干啥？有钱先让哥哥用，听见没有？”

如果我说给侄女结婚有钱，投资生意没钱，哥哥肯定马上改口说给侄女结婚。肯定的，不用试。所以我说：“这样吧，让卉卉小两口找我谈谈。”

“啥？”哥哥瞪起眼睛，“不放心你哥哥？这世上，我是你唯一的亲人，你连亲人都不认，当和尚那几年经都白念了！”

他拽起嫂子，喘着粗气磕绊着出门去了。嫂子阴着脸，攥起三百元，顺手提走了哥哥吃剩的半袋子海带丝。我没吭声，卉卉真来找我，该出钱时一定出钱。

哥哥下楼去了，我隐约听见他骂我：“攒钱娶尼姑吗？”

他们走了，我放完烟气，关上门，对自己说权当哥哥没有来过，我有钱和没钱，都能过日子，哥哥没钱就不能活了。我叹息一声，静下心又开始设计那串佛珠。每个步骤我都要想清楚，这种高端交易，一旦哪个环节出了问题，我可受不起损失。

我一直在等待开发这块奇楠的机会，如今终于让我等到了。动工之前，我全力预防它清雅的香味受到次品料的污染，谨防串味而庸俗化，就把它封在真空袋里，并专门买回一个养鱼的玻璃缸，填满土将奇楠埋在里面。土壤是宽厚、温和、仁慈的，和土壤接触，奇楠德自厚，气自长，胸自广。奇楠本性温，如和土壤长久相处，其香甜清雅之气自当回味无穷。

每每在夜深人静的时候，我会微笑着目视鱼缸，想许多心事，甚至想这块奇楠是一个美丽少女的化身，她受了某种魔咒，沉睡在鱼缸里久久不醒，等着像我这样的手艺人去唤醒她。尽管她现在还在沉睡中，可她那令人遐思不断的美妙的纹路，纯净甜美的芳香，圆润待放的身体，无不令我神魂颠倒。我肯定自己着了魔，每次面对鱼缸，微笑地想象这块奇楠的前生后世时，都会看见朝阳般的清丽之光从鱼缸的土层中熠熠闪出，光芒托着一串紫色泽润的佛珠，在空中飞旋，并轻轻落下挂在我瘦弱的脖子上。处于凡尘俗世中，我身心顿觉清爽起来。

享受这种爱恋般的精神陶醉，能让我鼓足生活的勇气，无论遇到埋怨、心酸、屈辱、无奈或孤独，只要想到奇楠，想到她无与伦比的美丽，想到她与我相依为命的温暖，我都会血脉偾张，浑身充满力量，心间溢满慈爱。对哥哥的斥责、叔叔的刻薄都会无原则地原谅，想象人世间充满了爱，想象哥哥变得像佛一样慈祥，嫂子没有了丝毫怨气，叔叔大度到一次结清了欠我的全部手工费，想象婶婶回到了唐市，卉卉回到了久违的家里……

每次从想象回到现实，我心里都有极大的落差感。我知道，奇楠和我都在等待机会。好了，现在机会就在眼前，我需要全力以赴对待这件事。

六、X19与铁桦木

设计完工后，我开始检查机器。令我忧心的是，现在用的这台佛珠机的机油味太浓，齿口老化，噪声超大，看上去有一副倚老卖老、对万事都无所谓的赖皮嘴脸，它实在配不上开切奇楠。用它来开料，犹如给流浪汉披上了一件价值不菲的西装，极不般配。

因此，我考虑更换一台高性能佛珠机，不过，我又担心新机器的刀具过于生涩、干硬，冰冷的铁味较重，未磨合的锯口、刀口、齿口、钻头都像含毒食品一样，只是看上去很美，徒有其表，并不实用，作践了奇楠就得不偿失了。因此，添置机器也须格外小心。

市面上能见到的佛珠机、磨砂机、抛光机等，多数只有工具的性能，普遍缺乏灵性设计。对于做佛珠来讲，最好的佛珠机加工精度只能达到0.1毫米，这种精度太低了，对昂贵的料浪费太大。圆齿刀具，拿开料的刀片来说，又多是左右斜齿，100齿的刀头，最薄的只有1.6毫米，切开的锯口至少1.8毫米，飞溅的锯末，哪一粒不是绝无仅有的奇迹般的料材的组成部分？奇楠如何浪费得起?

买一台称心如意的佛珠机，成了我的心愿。我挖出奇楠，看着她熟睡惹人怜的样子，难过极了，用一般刀具切割她，如同把心爱的女儿嫁给了乞丐。我静下心来，逐个选择机器，看了万象A12、A15、A20 佛珠机和便携式数控机床。这套机器并不贵，只要两万元左右，外形像绗缝机，蹲在墙角随时准备搏斗的样子，有一股蛮横不讲理的架势，我不喜欢。郑州产的 T3 多功能微型佛珠机及工具，要价只有三千五百元，到底能不能用，我心里没底，仅朱红色外表就像炭炉子一样，呆头呆脑毫无灵性，这类机器最好别碰，免得影响临战心情和信心。

在我没日没夜忙碌地选择机器时，叔叔打过来电话说，你哥哥和你嫂子又分居了。对他们来讲分居绝对不奇怪，在我印象中，他们结婚二十九年来，扳指头能算清的分居至少有七次。所以，他们此举，我一点儿都不在意，甚至觉得无聊透顶，讨厌极了。

我无心关注他们，给叔叔说，手工费必须结清了，卉卉结婚要用，我买机器也得用。叔叔打岔说：“你哥哥住在他们家的单元房里，你嫂子租房出去住了。”

我催促叔叔多次，总算要回来了一部分，直接给了嫂子两万元。我叮咛她不用还，这是我给卉卉的一点儿心意，嫂子说多年来总算没白疼我这个弟弟。我提醒她别让哥哥知道，小心被抢了去。嫂子瞪起眼睛说："谁敢抢我就和谁拼命，你哥哥如果不给卉卉办结婚仪式，我就自己办。"

对我来说，这些都是小事，购买合意的佛珠机才是大事。这几天我对各个型号的佛珠机进行了全面比较，最后决定购置一台福州产的 X19。这台机器主轴精度 0.001 毫米，就是说加工精度比一般佛珠机提高了 100 倍，加工件长度可达 300 毫米，主轴转速每分钟 50 至 2500 转，电机功率 600 瓦，工作电压 220 伏，频率 50 赫兹，重量 80 千克。这些参数足以证明这台机器耗电少，噪声低，精度高，还便于携带。

尽管购置明细表里注明配有五把 6 毫米至 25 毫米的刀具，可我一把也用不上，这套机器不能用厚度 1.6 毫米的旋转刀片，我要给它配上一套景德镇生产的开料陶瓷切割刀。陶瓷切割刀与合金旋转刀片比较起来，硬度高，耐高温，抗磁化，抗氧化，尤其锋利度是钢刀的 10 倍。用陶瓷刀片开切奇楠，浪费几乎为零。此外，我还要为这台 X19 配置一套毫无金属呆板相和冰冷状的纯木质成球刀具，和奇楠接触的不用一件合金工具，从源头上杜绝僵硬感。

前面我透露过一次，婶婶的镇店之宝是一套木质刀具，连叔叔在内都打眼了，从重量和外表颜色看，的确和涂了耐磨层的普通钢制圆刀没什么两样。一套五件圆形细齿刀具，价格超不过一千元。但这套木质圆刀，仅成本价就超过了二十万元，不要惊讶，因为这是一套货真价实的铁桦木圆刀。

近来三天，我推开一切闲杂事，天天去大水坑给婶婶帮忙。过去是隔三岔五去一趟，婶婶觉得正常，现在天天去，婶婶瞅我的眼神都透着警惕性。

“闲了？”

我摇头。

“没钱了？”

我还是摇头。

“你叔叔献殷勤的那个女演员的活，交差了？”

我没笑，很认真地回答：“还没动手。”

“噢，那你不干活乱跑什么？”

“你平常对我好，我来帮帮忙也是应该的。”我不知道怎么会这样说话，我本来是有话直说的性格，什么时候转了性子了？这个变化让我吃了一惊。

“哦？”婶婶满脸狐疑，“别学你叔叔，做人要实在。”

我没吭声，装着抹柜子，打开那套铁桦木圆刀看了看，刀具还整齐地摆在木盒里，一套五件全新，没有磨痕，品相相当好。

我一阵激动，把盒子抱到茶几上，细细擦起来。这套刀具是俄罗斯圣彼得堡船坞厂用铁桦木制作的。用这种木头的原因很简单，就是硬度好，铁桦木比钢铁硬一倍，子弹打上去丝毫不受损。在世界木材界，铁桦木硬度首屈一指。因此，用这种木材代替金属就成了理所当然的选择。

我轻描淡写地给婶婶说："这套刀具我拿去用用。"

婶婶看都没看，手一挥，说："拿去吧。"这一挥似乎也有让我离开的意思。母亲在世时常说："闲话一句害死人。"我紧紧闭上嘴，抱着刀具赶紧离开了。出了店门又想，不给婶婶说清楚真实价格，似有欺骗嫌疑。想来想去，我觉得说明刀具价格又不是闲话，又折身回去了。

"咋了？"婶婶正在看电视，不看我，问了一句。

我笑笑，把装刀具的盒子放在柜台上，说："婶婶，这套刀具是什么材料做的，你清楚吧？"

"管它什么材料，你有用就拿去吧。"

"我还是要给你说清楚，这是铁桦木刀具，很值钱的。"

婶婶看看我，问："值钱怎么了？"

"你知道值多少钱？"

"值多少钱？"

"二十万左右。"

婶婶打开盒子看了看，又合上，说："就是二百万，你也拿去用吧。"

她盯着电视里的选秀节目，脸上没显出来丝毫惊讶之色。我说："婶婶，我用这套刀具，是给那个女演员做佛珠，生意成了，给你二十万刀具钱。"

"行啊。"还是没有惊讶之色，她是不是以为我说的是梦话。

"那就这么定了，生意不成的话，刀具还是你的。"

"快走吧，别叨叨了，影响我看电视。"

婶婶的反应出乎我的意料，管不了那么多了，拿着这套令我兴奋的刀具回到家，摆在小方桌上，和昨天快递到的陶瓷切刀放在一块儿，心里特别受活。瞅瞅静卧如处子般的奇楠，我慢慢合上了眼睛，心里在祈祷，但愿一切顺利。

X19还需几天才能到货，利用这个空闲我算了算。奇楠子珠直径2厘米，标准重1.883克，五十四颗共101.682克，为了把稳，按奇楠现时最低市场价每克一万四千元计算，共一百四十二万余元。水盘头和虫漏香做的佛头、母珠、顶珠、记子留等只算料钱，什么牛骨、藏银以及加工费全免，盘玩的锦袋、五彩绳统统白送，总价一百五十万元只少不多。

核对了三遍，这笔账没有错误。我拨了叔叔的电话，刚听见阿鲁阿卓唱"让我们回去吧"，我就挂了。这么重大的事情电话里能说清楚？说不清还有可能产生误会，给以后结账带来麻烦。挂断电话，我决定立即去唐市一趟，面对面给叔叔说清楚我的意思。

娟子这孩子，俨然把自己当成了女主人，叔叔也不管。她穿着一条紧绷屁股的迷彩裤，四仰八叉地躺在叔叔展示佛珠的后厅的沙发上，嘴角流着涎水，睡得死沉。我进店时，她就是这副德行，叉开腿睡得咿咿呀呀的。不过娟子做梦时发出的声调，还是有着女人的味道，醒来后指定又会变回女汉子，像我这样孱弱瘦小的男人，在她眼里，还不是小猫小狗一样。

叔叔忽然进店来，见我看着娟子出神，惊问："干啥哩？"

我忙说："等你哩。"

"等我哩？啥事？"

我很快厘清思路，表达清楚了要说的意思，重点强调佛珠总价一百五十万，邱飞萍需预付百分之三十的货款。

没看出叔叔有惊疑之色，他毕竟是内行，清楚奇楠的价格。

叔叔头向外一甩，我跟他到了外厅。我们说话时，娟子死猪一样始终没醒。到了外厅，叔叔声大了些，说："这么多年了，还没这点儿经验？像邱飞萍这种有社会知名度的人会赖你账吗？"

我说："与知名度无关，我是按照生意程序做的。再说，我也得给朋友预付部分奇楠款，你的沉香附料，不是也需要钱吗？"

被我一呛，叔叔吊着脸把邱飞萍的经纪人龚先生的电话给了我，让我自己联系。我说不给预付款就不能开料，因为我知道这一刀下去的价值。叔叔说已经耽搁了些时日，预付款的事打个招呼，不管给不给，抓紧干活。

这一次，我不打算听叔叔的，必须等到预付款到账才能开料。晚上，我给自己泡了一杯绿茶，边喝边想预付款的事情。叔叔曾说，玩古董这个圈子，从来都是雾里看花，要看真切那是难之又难。正因有了这层朦胧感，许多不良商家才以次充好，唯利是图，以致发展到现在，已经演变成了尔虞我诈，诚信早被利益挤出了市场。叔叔说像我这种脑子慢的人，是比奇楠还缺的稀罕物。我知道他在讽刺我，我脑子并不慢，妈妈说过，我是个性老实。老实人做事之前，就需要先考虑好每个细节。和龚先生通电话前特别需要先想好要说的话。

我知道像龚先生这种名人身边的人，一般都趾高气扬，不好交往，不过再难也得先探探口风，盲目干活的结果，一般都会栽进去，所以这个电话必须打。

“谁？”男中音里略带沙哑。

“您好！”

“你是谁？”

“我是秦天德的侄子……”

“他侄子，找我干啥？”挂了。

这个龚先生毫无耐心听别人说话，这不奇怪。这种人我见得多了，哪里都有，拒人于千里之外，就会觉得自己很酷，其实都是草包。不是草包，自己怎么不去当明星？

不怕他挂电话，我给他发短信。为了吸引他看下去，我把邱飞萍的名字写在前头，因为邱飞萍类似他奶妈，对他绝对有吸引力。

短信的内容是这样写的：龚先生，您好！邱飞萍女士委托秦天德先生制作佛珠一事，我和您联系的原因是，我是具体做佛珠的师傅，和秦天德是叔侄关系……

我写短信的手速不快，半天都没写完，结果一不注意把这半条短信先发了出去。我一惊，发就发了，接着再写吧。

还没顾上再写，电话响了，看号码是龚先生。

“龚先生您好！”

“咋回事？”还是那个略带沙哑的男中音。

“是这样，这串佛珠主料用……”

“佛珠咋回事？”

“龚先生……”

“干活的师傅有什么好说的？”

“让我说句话呀，龚先生！”我有点儿生气了。

“怪事情！”又挂了。

发了半条信息，通了两次电话，交流结果等于零。唉！气得我笑了，不过信息还得发。对待龚先生这种人，我想没必要客气了。

我又编了一条短信：五十四颗子珠用料奇楠，配料沉香木，总价一百五十万，预付五十万。

我把银行卡号也发了过去，后面还跟了一句话：预付款到账开始干活。

电话又响了，还是龚先生，拒接，爷也耍大牌。反正你知道啥意思了，你走你的鸡道，我走我的狗道，想让爷改道，难！

龚先生没办法，也给我发来一条短信，大致说康庄书的生日就要到了，胆敢耽搁邱飞萍送礼，我后半生就别想安宁。

我回了一条信息，口气也不软：预付款必须打，想按时拿到佛珠就尽快打钱，说别的没用。

发完这条信息，我就不理他了。第二天下午，X19到货了，悬了半个月的心才落了下来。

七、奇楠佛珠

等了两天，预付款还没到账。我给叔叔说了，叔叔让我抓紧干活，其他事情他来办。我最怕的就是叔叔说这句话。“其他事？”除了货款还能有啥事？“我来办”的意思，按以往经验判断，就是把所有货款都汇进他的账户，那我肯定又白忙活了。

我赶紧阻拦说：“我把账号已经给了龚经纪，反正看不见钱，我不开工。你也别代收，我要自己收账。”

“是吗？你有本事收账吗？”叔叔不高兴了。

收不到钱，至少我有奇楠在，若是叔叔收了钱，我就什么都没有了。不过，我没揭穿他，反正不见钱不干活就是了。

在我焦急等待预付款时，失联多时的哥哥打来了电话，语气比那天没借到钱时缓和了些。他说母亲的三周年就要到了，让我做好准备，到时候一块儿去东郊老家上坟。我满口答应，主动说雇车和祭品都算我的，哥哥说他也是这样想的。

两天后，我和哥哥一块儿回了老家。站在老家的原上，可以俯视整个市区，景致倒是很美，就是这地方没几个亲人了。同门中的三生哥对待在外的亲人不错，每次上原回家，他家都是歇脚点。今天回来，我带给他一串佛珠，三生哥看了一眼，笑着说：“地里活多，手一会儿在土里一会儿在粪里，戴不住这玩意，农民也不兴戴这个。”

哥哥伸手亮了亮自己的佛珠，说：“老二给的你就戴上吧，积德行善就靠这玩意了。”

三生哥说："要靠人积德行善哩，能靠珠子啥？"

我跷起拇指赞同三生哥的说法，他红着脸又说："哥胡说哩，对佛不敬了。"

我说："佛永远不会怪怨任何人，戴佛珠，只是个形式。"

三周年很简单，本门三五个孝子去村公墓上香、磕头、圆坟，一个小时就祭奠完毕了。村子里的坟墓，大多散布在这面坡上。三生哥说："咱村的坟墓恐怕保不住了！"这话吓了我一跳，忙问怎么回事。

原来政府要在东郊原上建设一个国际民用飞机采买市场，有传言说要平坟，这几年拆迁力度大，村里的坟肯定保不住了。有人说每个坟头赔付三千元，一次性买断，只许平掉不许迁移。村委会私下放出话说，这是拆迁办的意思。

回城路上，哥哥说母亲的是新坟，坚决不能平掉，让我想办法筹款，他要在万花公墓给母亲买一块墓地。他非常严肃地告诉我："这是行孝的大事，一定要办好。"之后又非常愤慨地骂了一通制定平坟政策的人。一瞬间，哥哥的态度让我大为感动。

我问哥哥准备出多少钱，他瞪着我，说自己最近正在筹划买一条客运路线，还需要我资助，迁坟所需的费用由我全部承担，等他以后有钱了，再还我他该承担的那一份。还说在不影响迁坟的情况下，尽量给他多准备些买客运路线请客送礼的钱。

“我暂时没有钱。”我不高兴哥哥这样说话，吊着脸不再理他。

“兄弟，你有孝心不？”哥哥抖着右手腕上的杂木佛珠，脸能吊到脚面上。

我不吭声，到十字路口下车时，哥哥大声喊：“赶快准备钱！”

我忍不住了，说：“有钱捐给寺院也不给你，哼！”

哥哥骂我：“狼娃子！”

我没理他，径直走进了即将被拆的黄庄，心里轻快极了。我想的是，买墓地也不急在一时三刻，等拿到邱飞萍的钱再买不迟；真等不到钱，我就把母亲的骨灰带在身边，和我在一起，我相信母亲一定开心。

从老家回来的当天下午，五十万元预付款突然到账了。龚先生随后发来的信息是：好吃难消化。

我没理他。

关掉手机才能清净，我现在就关掉了手机，要静下心来完成这串令我神魂颠倒的佛珠。

屋子是小了点儿，可我还是买了半箱老坛酸菜面，十袋涪陵榨菜，十六个鸡蛋，五个西红柿，七根大葱。吃食虽然占去了狭小空间的一个角落，但算起来还是挺值的，起码不用去街上排队吃饭，会省出不少时间。我思前想后，又去交了一百元电费，然后去洗澡，把全身搓得和西红柿一个颜色时才罢手。

我做活的习惯是关上屋门，敞开窗户，这次也不例外。关门开窗，然后安装调试 X19，从轴承飞速旋转的声音判断，机器的各个部件都很精良。X19 增加了我的信心，装上陶瓷切刀，试切了一根杂木，切口的平整度不亚于抛光面。铁桦木旋刀旋出的圆珠，球面上完全没有合金刀具旋割后留下的压光感，也没有高速摩擦出的似有似无的焦煳味。我一阵窃喜，洗过手，怀着虔诚之心，揭开了包裹奇楠的黄绸子。

在大水坑我见过一对夫妻，开动机器半小时就能做成一挂手串。他们只是用机器做木球手串，与佛珠这门手艺没有任何关系，纯粹是为糊口。我的每道工序不是按部就班去做，而是根据料材设计程序，因此，料材不同，干活的程序也会跟着调整。大水坑的夫妻不管材质异同，千篇一律地保持一个固定程序，实在作践了这个行当。奇楠绝非俗料，大水坑那对夫妻的手艺对奇楠来讲就是毒药。

我尽量排除杂念，保持“清静如水，清净如水”的心境，集中精力判断奇楠的纹路走势，第一刀划出精准刀线十分重要。是否将料材使用得恰到好处，决定于第一刀，第一刀尤其对子珠纹路的走向有着决定性作用，因此这是决定成败的一刀。我用了半天时间研究奇楠的纹路和形状结构。窗玻璃将落日的光线反射到了室内墙上，形状像头觅食的北极熊，我才知道这一日将要结束了。也是在这个时间点上，我划出了第一刀的刀线位置，整块料在我眼里已经是切开的长条状了。每条料可以做几个子珠，如何材尽其用，我已胸有成竹，开切时绝不会因计划不到位而手忙脚乱。

“北极熊”隐去了，夕阳退尽，天色暗淡下来。夜色是从窗玻璃上开始蔓延的，瞅着车灯在玻璃上漫射形成的弯弯曲曲游走似蛇的光线，我决定动手开料。陶瓷刀保持着预想中的锋利，在X19 佛珠机 600 瓦输出功率的动力下，将不规则柱状奇楠切成了七条等同的长方体。在 LED 灯光下，每道切口都泛着幽幽紫光，这种尊贵的色泽，给我带来了充实的窃喜和实在的信心。

X19 的性能在开料过程中发挥得淋漓尽致，其转轴的稳定性是其他品牌的佛珠机无法相比的，0.001 毫米的加工精度能准确地切割在预画的每条刀线上。奇楠温顺得像依着心上人的姑娘，心甘情愿地任我摆布。将它切成条状时，我内心因不忍而有点儿酸楚。陶瓷刀没有炫耀自己的锋利，默默地切割奇楠，当整块料被切开时，我自己好像也被切割开来。

我并不急于做出子珠，而是将七条奇楠并排摆在桌面上，一遍遍打量、抚摸，像善待重聚的女友，心里溢满了关切和疼爱。切割是成功的，全部顺纹，每一刀都恰到好处，我很满意这次切割。今天的任务，在吃完两袋老坛酸菜面之后，宣告结束。

我以为能睡个好觉，没想到的是，这个晚上辗转反侧，总是忍不住起床看看躺在桌上的奇楠，莫名其妙地担心切痛了她。刀口上并没有渗出油渍，每一条奇楠都很安静，没有想象中的疼痛感，整齐的刀口反而有隐隐的兴奋，有被尽快做成佛珠的向往和冲动。我蹲在桌边凝视着，猛然有了和奇楠对视的错觉，令我汗毛乍竖却有了奇楠变成美女的渴望。在我手里，定要让奇楠羽化成蝶。

第二天我早早起身，背着手走了两站路，放松一下略微紧张的神经。应该说，一切都在掌控之中，每一步都会在预计中完成。回到房间，我立即启动了 X19。

奇楠含油丰富，细腻质软，X19 的高速转轴带动旋刀飞转，铁桦木与奇楠在摩擦时发出低沉悠长的乐声，似乎是在歌唱。我一时觉得这肯定是默契的相遇，是酣畅的交流，飞溅的碎末犹如凌空飘飞的花絮，为这场知己的相聚营造出了欢欣的氛围。

奇楠在这种欢欣的氛围中变成了一个个圆润饱满的小球，兴奋地在抛光盘里不停地滚动，像第一次睁开眼睛面对世界的孩子一样，给我带来了极大的安慰和满足，我还是第一次经历这种奇妙的感觉。

连日的兴奋和满足，竟然令我没有丝毫饥饿感。老坛酸菜面没减少几包，就完成了最后一道穿系彩线的程序。准确地说，用了五天时间，佛珠在预期的计划中完工了。

果真像我预先设想的那样，黑黝干涩的奇楠果然脱胎换骨了。子珠密实圆润，香味淡雅，色泽像紫色柔纱后的夕阳，感觉有如无骨纤手，让人不忍释怀。做好佛珠的当日，天空不紧不慢地下起了小雨，我站在窗前，伸手去接房檐滴落的雨滴，心里一阵温馨又一阵难舍。在有些灰暗的天光下，反复查看子珠的每个部位，越发觉得她完美无瑕。做人有缺陷而总感遗憾，这串佛珠没有人的欲望和膨胀的私心，她的表里完全是一致的，从佛珠角度讲，她没有任何瑕疵。持在手里，循环捻着每颗子珠，我猛然有了一个想法：要预备一件“嫁妆”，做一个材质不错的木盒来盛装这串纯净高贵的佛品。

我现在的存料里，大块料不多，够做一个盒子的材料，手头只有一种，就是太行山崖柏。做卯榫扣盒，这种材质具有足够的硬度，可以承受凿卯、打眼、刻画这样的工艺，当然不用一根钉子。我做盒子虽不是内行，但绝对可以做出来。有了这个想法后，我坐不住了，拿出崖柏，开始画线，立即动手开料。

佛珠做完后我就开了机，叔叔不时打来电话催问进度，我用需要继续盘珠来拖延时间。叔叔知道奇楠油脂含量高，盘不好就会光泽暗淡，给人不干不净的灰暗感，要盘好就需要时间。我三天做好了盒子，在盒了的 面上雕了两个小和尚抬着一桶水，这桶便是密扣。其他三面刻了简单的线条，想营造古朴之美。我特意在盒内做了一扇方格隔挡，拉开隔挡，才能看见静卧在里面的奇楠佛珠。

三天时间里，龚先生又是催促叔叔又是威胁我，我说都做好了，你付款吧。叔叔知道我对他有了戒心，又不好明说。为了让叔叔放心，我给他发了微信图片，他回复说："的确非常高雅。"

第二天，实在是个令人心情舒畅的日子。我正在房间把玩佛珠时，手机提醒有短信，打开一看，果然是汇款到了，七十万。我立即通过支付宝给婶婶转了三十万。惊喜之余，我又忧心起来，因为这串珠子留不住了。

婶婶回电话问："说好的二十万，怎么给了三十万？"我是把这串佛珠的辅料款给了婶婶，虽然辅料是叔叔的，可他们是一家人，因此我没解释，含糊地说："你就收下吧。"

我并没着急送活，只想多留两天，像这种绝品，一生也见不了几回，更别说奢侈地拿在手里把玩。龚先生没理我，我也落得清闲，全心全意在房间陪着佛珠。到了晚上，叔叔就怒不可遏地打来了电话，我仍用盘活推托。叔叔喊："你要怎么样？你想怎么样？"

我不吭声，挂了电话。

这些天里，我都是戴着佛珠睡觉。天刚亮，风吹得窗外的树要断了一样，我赖在床上，就听见风声里夹杂着急促的敲门声。起初没听确切，静静一听，就听见了叔叔的声音："开门！我知道你在里面！"

冒这么大风来取货，叔叔也是和我拼上了。我擦了擦珠子，把它放进盒子里，装作刚刚睡醒的样子开了门，叔叔瞪着眼蹦了进来。

"侄儿，你是我爷！姓龚的这会儿在我店里发飙哩，你在这里倒清闲。"叔叔真生气了，眼睛能喷出火来。

"配了个盒子，耽搁了两天。"我淡淡地说。

"谁让你多此一举。"他一愣，又问，"配了盒子？什么材质的？值多少钱？"

"崖柏。"

叔叔一把从我手里抢过盒子，打开检查了一遍，说："配上盒子也不会加价。"

"配上显得高档。"我不愿意让奇楠佛珠赤身裸体地嫁出去，坚持让带上盒子。

叔叔进门时的怒气渐渐消了，也不着急离开，拿着佛珠凑在窗前认真瞧起来，嘟囔着说："材质好，手艺也好，就是要价低了。哎，最近奇楠升值，每克一万六，怎么着也得让姓龚的加钱。"

他看了半天才将佛珠装进盒子，对我说："难怪你不舍得出手，可谁让你没钱留下呢！"他抱着盒子说，"剩下的货款我来要，你不用管了。"叔叔笑了，我也跟着笑了。

还有三十万元余款，我不准备要一分，叔叔说他来要，我听明白了，这是全部算作中介费了。至于加钱，那是他的本事，我管不着。

八、最轻的木头

接下来的日子，我仍在断断续续做佛珠生意。住在西部大学新校区的女博士——还记得吧——就是我叫她咏玉的那个客户，似乎对有些死骨味的三出破布木不感兴趣了，别出心裁地要定做一串最轻材质的手串。我试图说服她选用鸡翅木，我的藏料里还有够做十三颗1厘米直径手串的边角料，可她坚持用轻木。

街道上听不清电话，我就把电动车停在太白立交下的涵洞边，继续劝她，说轻木虽然虫不吃，蚁不蛀，可毕竟太轻，不压手，没有厚实感，有点儿虚，与常人心理不对应。

"咏玉"一句话呛得我没法再说了："是你出钱吗？"

我赶紧说："好，好，那就轻木吧。"我能想象她生气的样子，讨好地问，“用国内轻木还是国外轻木？”

“咏玉”不耐烦地说：“哪个贵用哪个，这还用问吗？”

我想，那就用印度群岛的白塞木吧，这材质有“世界轻木王”之称，每立方厘米只有 0.12 克。叔叔店里有这款料，只是不知道定的什么价，不过听“咏玉”的口气，不在乎价格，这就好办了。

送佛珠时，我有意拐到了觉福寺，去找无根和尚聊了聊。无根说退院老和尚圆寂了，寺里正忙这件事，让我改天再来。我大致说了自己这几年的情况，无根肯定我尽孝是一件大功德。出乎意料的是，他说如果我想回寺的话，可以找他商量。这一惊非同小可，我当即跪了下去。

到了西部大学 3 号博士楼 2 单元门前，我按了按对讲门铃，这回门铃连刺啦声都没了——这么久了还没修好。我又打电话，下来开门的不是上次那个小男人，而是一个更年轻的男生，满脸孩子气，看着最多是大二的学生。

女博士还是老样子，总在忙于打电话，她的肚子当然早平了，可屋子里没看见孩子，也没发现她有半点儿养孩子的迹象。她似乎成熟了些，笑声还像以前那样清脆，说话的语气仍然很自信：“小语种还是流行的，一个韩语博士比一个县长值钱。”

不知对方说了什么，她高兴地说：“那好呀，我在六十八中上过学，熟悉那里。”

我旋即一惊，她在六十八中上过学？难道她真是我暗恋过的咏玉？我愣愣地看着她，心脏剧烈跳动起来，快要窒息了。

打完电话，“咏玉”瞟了我一眼。我盯着她，双手颤抖地递过白塞木手串，她笑着掂了掂，问：“是最轻的吗？”

“是，世界上最轻的就是这种白塞木，不过，你……你是……”我感到自己有点儿语无伦次，冲动地想问她是不是咏玉。

“没骗我吧？上次的三出破布木可不是最贵的材料。”

“噢，上次不是最贵的，这次绝对是最轻的。”我嗓子眼有点儿干，始终盯着她的眼睛。估计她发现了我的失态，转过身去背对着我，把手串给那个小男生戴上，拉着他的胳膊，柔声柔气地说：“这材质吸汗性好，你讲课不是爱出汗吗？”

我不知道她这说法是从哪里听来的，我没听说过轻木吸汗性好。因其轻，用来做冲浪板和船身倒是有的，用来吸汗，我还是第一次听说。不过，我顾不得想这些问题，只想知道她是不是咏玉。

“以后上课时不用紧张，都是一帮子初中学生，哪会知道你不是研究生。”“咏玉”说，“胆量大，气势就大，谁还敢问你的学历？”

她转身递钱过来，对我说：“你可以走了。”

“我……”

“怎么啦？说好的价呀！”

“噢，是这个价。”

“没事的话，我们要出门了。”

我退出来，到了楼道里，隐约听见“咏玉”说：“这个人，真是……”

我没坐电梯，慢慢走下楼来。我真不希望她是咏玉，咏玉是甜甜的、绵绵的，不爱说话，总在低头削铅笔，可爱乖巧极了。现在这个咏玉怎么说呢，太凌厉了吧!

九、出家

从婶婶店里拿来的那套铁桦木圆刀，在做奇楠佛珠时发挥了意想不到的作用，是我用过的所有圆刀中最理想的。我最近千方百计联系俄罗斯圣彼得堡海军造船厂，这家企业能用铁桦木生产刀具，那是不是也会生产佛珠机？联系上再说，万一联系不上，或者人家根本不生产佛珠机，那就用 X19 代替，这是没有办法的办法。

这段时间，我着魔一样想尽了各种办法，甚至注册了世界军事迷俱乐部会员，到处打听圣彼得堡海军造船厂的情况。军事迷们知道的内幕的确不少，可是没人知道该厂是不是生产过铁桦木佛珠机，大部分军事迷根本不知道佛珠机是什么机器，还有人嘲笑我是神经病。

我止在起劲儿联系时，三生哥到处找我。为了专心找佛珠机，我把手机关了三天，打开一看，吓了一跳，三生哥打了二十七个电话。我想多半是母亲坟墓的事，于是赶紧回了过去。

三生哥非常生气，说你哥只领钱不办事，你是不领钱也不办事。我一时半会儿没弄清楚怎么回事。

三生哥气鼓鼓地说："拆迁通知下来了，活人挪窝，死人平坟，没有商量的余地。这两天领过钱的，都在争先恐后刨自家祖坟。"

我不忍心亲手刨母亲的坟，委托三生哥代庖，说赔款归他。三生哥声音更大了："没听清楚吗？你哥哥领了赔付钱却不管事。全村坟都刨完了，我一着急，替你把七娘的骨灰盒刨出来了，临时在村外的土窑里放着，你赶紧拿走。那里放的骨灰盒多，乱得很。"

哥哥怎么能这样！我强压住怒气，慢声说："三生哥，我给你三千元，我妈的骨灰盒你负责送到我手里。"

"那你快些，我这就去土窑看着。"

我放下电话，去银行取了现金，骑上力帆电动车，以最快的速度冲向了东郊。

又是冬天，干燥的冬天，不见雪不见雨不见风，灰不溜秋的天空充满了雾霾，不管走到哪里，都像踩在口香糖上一样，脚下总是黏黏的。我始终联系不上圣彼得堡海军造船厂，没办法，只好把这台正用的X19捐给觉福寺。

冬天也有好日子，能看见秦山，说明空气质量不错，我选了个这样的日子，租来一辆五菱宏光厢式货车，拉上X19和力帆电动车，抱着用棉布包裹的母亲的骨灰盒去了觉福寺。在去的路上，我想无根要是为难我出家的话，我就说免费给寺院做一批货真价实的鸡翅木佛珠，因为我现在有这个实力。想到这个主意，我心里轻快极了。

这一天阳光灿烂，空气通透，就是特别冷。司机说我有先见之明，还知道出门抱个暖手宝，我笑着没吭声。其间叔叔打来电话，说从邱飞萍那儿多要钱不可能，剩余的钱虽然都要回来了，可那是他的中介费，做奇楠佛珠用过的辅料，还没给他结账。

按照叔叔的个性，他肯定留下了崖柏盒子，再说我把辅料款已经给了婶婶，这事我也不想给他解释，就故意和他捣乱，拉长声音答非所问地说："那个盒子——"

"你啥意思？"

"我又出家了。"

"你……"

"我……嘿……"

在二次元等我

一、三角面

一连数天，我爬下床就开始折腾小西的眼睛，设计了三种方案都不理想。今天早晨，我正在纳闷，一束光悄然从肩后射过来投在了显示屏上，我起身伸了伸懒腰，一把扯开帘子，阳光像一群焦急等在门口的孩子，哗一下扑了进来，令我有猝不及防的惊讶。不过 A 市的光线里永远飘浮着无数灰尘，我不喜欢浮尘喧宾夺主又虚张声势地在光线里嚣张地乱飞，让人觉得外面的世界很乱，于是又一把拉上窗帘，内心旋即恢复了惯常的淡然和平静。五六天或十多天来，我一直把自己囚在这间斗室里，完全没有时间概念。除过吃泡面，我双眼几乎没有离开过显示屏，工作节奏像杰克逊的舞步一样快速且紧张。

小西是北京快意计划研发公司设计的动漫形象，是 B 站的签约主播，知名 UP 主。我喜欢这个形象，是因为她的眼睛像何月明的眼睛，灵动着湖水一样的秀色。我的想法是把小西的眼睛改成何月明那样的，就连续用 3DS MAX 软件在眼域增加点数。这款软件功能强大，在点阵布局上能随心所欲地操作。将眼睛局部放大五十倍，可以看到点阵布满了瞳孔、巩膜和虹膜。起初，我用四角面刻画她的眼部，就是将距离最近的四个点连成一个面，无数个肉眼看不到的四角面构成了眼部整体。忙碌了四五天，效果总不理想，怎么也体现不出何月明那种令人心旌荡漾的眼神，我都有些灰心了。

这间屋子和我以前租住在桥畔村的那间斗室一样，拉上厚厚的遮光窗帘，屋内就没有了黑夜白昼之分，只有悠长的寂静在室内蔓延，世界在这种寂静中几近消失。在寂静的包围中，我呆视着四角面拼合而成的这双眼睛，内心有说不出的失望和酸楚。

我只有一张何月明的电子照片，不是标准人像照，而是一张有人像的风景照。可能是宏传给我的，人像有点儿小，放大后的眼睛严重失真，虽然可以感知到她眼部的特征，但用 3DS MAX 却很难表现出这双眼睛的神采。发了一会儿呆，我决定先画出何月明的眼部素描，再依据素描重新布设点阵。

四角面所占面积比四点中任意三点连成的三角面面积要大，

二次元平面成图时，在眼域点数不变的情况下，三角面数量要多于四角面数量。也就是说，三角面成像的精细度要高于四角面成像的精细度，显示效果肯定比四角面效果要好一些。基于这样的考虑，我决定改用三角面构图。放弃四角面构图，等于放弃了显示屏上这双陌生又可爱的女性的眼睛。

我将风景照放大到不至于失真的大小，凭着对何月明这双眼睛刻骨铭心的记忆，很快在 A4 纸上完成了眼部素描，然后将 A4 纸用吸铁石固定在白板上。注视着黑白分明、炯炯有神、调皮灵秀的这双眼睛，我轻声对自己说："对了，就是这种感觉。"

我将这双眼睛按照生理结构进行了详细划分，然后我又打开了 3DS MAX 软件，逐域布设点阵。点的稀疏取决于眼部生理结构的需要，重新布设的点数如群星繁密。为了确保成像的精准度，共布设了十八万个点，也就是六万个三角面。三角面在放大五十倍的效果下，像一面面迎风招展的三角旗。怎么看几何布阵和几何图形都有些呆板和生硬，可想到这与何月明的眼睛有关，呆板生硬的感觉就会随之消失。

瞳孔十分重要，因此我在这个区域布设了三万个点，拼成了一万个小到可以忽略的三角面。正是三角面的疏密排列，让这双眼睛的瞳孔有了深不见底的深邃感和水晶般闪烁的纯净之光。正在精雕细刻之时，不知怎的我想起了小时候妈妈给我缝裤子的情景。可能为了显苗条吧，裁缝总是把裤裆做得太紧，这当然就容易开缝了。家里没有缝纫机，妈妈就一针针缝着，间或嗔一句“土匪”，我就呵呵笑了。妈妈的骂声有着浓浓的人间烟火的味道，让我感到很温暖，也很享受。当年，妈妈用针线密集地缝合我频繁开缝的裤裆，现在我用鼠标刻画小西越来越灵动的眼睛，所用心思应该有相同之处。不过，我没骂“土匪”，而是小声念叨着“宝贝”。

素描起到的作用的确不可小觑，我用点和线连成的三角面代替了素描中浓淡相间的一根根线条，传神感就是从这些三角面的疏密布局中呈现出来的。调整完最后一个三角面，我小心地放下鼠标，没敢立即缩小显示比例，而是轻轻站起来扯开了窗帘。窗外是没有孤鹜点缀的落霞，在天的尽头，晚霞绽放着最后的光彩。暮色在窗玻璃和楼顶上有预谋似的开始升腾，晚霞渐渐退去。这些景象对摄影者来说，或许是可以拍摄作品的难得瞬间，但对我来讲，却是心绪低落的开始。一甩手，我又拉上了窗帘。

静静地注视着显示屏，我还是不敢缩小显示比例。这段时间，总是忘记喝水，干裂的嘴唇猛然一痛，又裂开了一道口子。我有了跋涉在沙漠里的极渴感，一口气喝光了一瓶纯净水，接着饥肠发出了哀叫，这是我最熟悉的埋怨一般的声音。只有饥渴才能让我感到身处现实之中，除此之外，在 3DS MAX 的强大功能下，我觉得只有小西才是触手可及的现实。继续精雕细刻，感到自己有故意拖延时间的嫌疑，似乎不敢面对这双即将苏醒的眼睛。第二天黄昏来临的时候，我怀着给自己一个惊喜的心情，极力控制住嗵嗵心跳，将显示比例调到了正常状态。何月明的双眼在显示屏里注视着我，带着微微笑意，好像有话要对我说却欲言又止。我盯着这双眼睛，感到显示屏在逐渐消失，眼前只剩下两汪清澈的湖水。这一瞬，我的心跳骤然停止。

从桥畔村搬到现在居住的这个地方后，这是我完成的第一项工作。我十分清楚自己的目标，就是要将何月明和我的一段微信对话恢复到视频里。受北京快意计划研发公司授权，我有做过三期小西视频的经验，感觉每次都是在拼命中完成的，这次也不例外。像往常一样，我正在专心工作时，余光瞥见手机屏幕亮了，突如其来的亮光，吓了我一跳。

我犹豫着放下鼠标，瞅了瞅手机，绚丽的色彩仍在变幻。“会是谁呢？”这间房子在A市南郊大王村一条巷子尽头，因是将要改造的地方，所以整个村里没有几家租客。我的房东是一个行将就木的老太太，安静得像一粒微尘，使劲儿动也折腾不出多大声响。可以说，居住在这里是大隐隐于市最理想的地方。当然，我不是隐居，只是图房租低廉罢了。住在这里，除了拆迁公司，不会有其他人来敲门。今天，却有人打电话，一遍遍顽强地打，应该是比较铁的朋友，多半是宏。

手机屏幕再次亮起来后，我伸手拿过手机一看，原来是妈妈。

“你在哪里，儿子？”

“在工作。”

“你这孩子，总记不住妈妈的话。隔三天两天和妈妈通一次电话，很难记吗？”

“噢——忘了。”

“再忘就把你锁在家里，不许出去了。”这是妈妈的习惯，在她看来，对孩子的惩罚最严厉的莫过于锁在家里这一招。我小时候玩疯了总忘记回家，妈妈就吓唬说要把我锁在家里，却从来没有锁过。

“这两天回家一次，好吗？妈妈给你找了一个姑娘，你见上一面，如果看上了，就开始交往。你也老大不小了，该谈个对象了。”妈妈的口气总是绵软的，连说“土匪”时也一样。

“噢，又找了一个？”我盯着显示屏上何月明的眼睛，看到了何月明奔跑在草坪上的身影，也听到了她走出教室时嘻嘻哈哈的笑声。

“喂，儿子，听见没有？”

没错，这就是何月明的眼睛，湖水般清澈，没有一丝一毫世俗的混浊感。面对这双眼睛，烦恼、困惑、不如意都会倏忽消失。

“听见没有？儿子……”

我曾经迷失在这双眼睛里。

“儿子……说句话呀！”

何月明在小西的眼睛里瞬间复活。

二、何月明

在A市的多所大学中，L学院是一所艺术院校，美女如云。何月明对我总保持着男女同学之间应有的距离和礼貌，对隔壁体育学院的毛胡子却有着无尽的热情和主动。大学四年，我始终暗恋她，白天得不到她妩媚的一笑，就只好依赖晚上的梦境了。

何月明并不是个安静的女孩子，在L学院也不算特等美女，特等美女大多集中在表演和舞蹈专业。比如全校男生公认的朱丽波、葛彤云、齐依依都有超模般的身材，她们美色不同，各领风骚，漂亮可人，倾校倾城。我当然有自知之明，从来不会去做出力无果的事情。瞅准何月明，是觉得我们或许还有可能。

我第一次看见她，是在足球场的草坪上，她和几个女同学嘻嘻哈哈踢足球玩。我绕着草坪散步，球就滚到脚边来。她跑向我，大声喊：“踢过来！”我故意不踢。她跑过来问：“啥意思？”

这是我第一次看见她的眼睛，第一反应就是湖水灌满了月亮，从此便注意上了她。我很快了解到，她身高一米六八，体重五十一公斤，1991年出生，2009年考入本校，独生女，父母都是公务员。她皮肤白皙，面若桃花，发如柔丝，性格开朗，聪明伶俐。我尤其喜欢那双镀了月光又饱含深湖之色的眼睛，被这双眼睛注视，有被彻底理解的轻松和解脱感。

她和我同级，是学戏剧影视文学的。对于这个专业的女生来说，并不需要出众的容貌，不过何月明在这个专业，就像朱丽波在表演专业一样，独占鳌头。

我一直关注着何月明的动向，她和哪些同学外出、出去玩什么我都知道。在舍友宏的帮助下，我对她的言行更是点滴不漏，毫末尽悉。观察她让我充满了兴奋感，我很快掌握了她的交际范围，周璐璐和郭菲菲，就这两个小闺蜜。她们去的无非是服装超市、小餐馆、休闲公园、博物馆、书店、影院这些地方。当然，她看电影多是和毛胡子一块儿去。在我掌握的信息里，她真正交往的男生只有毛胡子一个，嘻嘻哈哈的男生倒是有几个，不过都没有超越同学间的界限。这种性格我特别喜欢，起码专一，让人放心。虽说朱丽波她们有沉鱼落雁之容，可她们在社会上交友广泛，传言多是有钱有权的人物，天天车接车送，绯闻不断。她们自己却像没事人一样，哼着歌在校园的大道小道上飘过，志得意满，把握了人生似的。这种花瓶女人，男性校友们不约而同地敬而远之。

因此，我对何月明更有了超乎同学交往的热情。我学的虽是数字媒体专业，却把大多精力用在了研究戏剧理论方面，甚至发现自己对这个专业有浓厚兴趣，其实我知道这是因为何月明。我简单又直接的动因是，没有共同语言不好交流，这让我成了戏剧影视专业之外最刻苦的学生。我在研究她所学专业的同时，还要给自己制造机会。因此，我吃饭时与何月明经常碰面，还能坐在她的对面，并成功加了微信好友。当然，这都是有意而为之的结果。

我给她发的第一条微信是这样的：月明，布莱希特、哥尔多尼和李渔，哪个人的戏剧理论更接近你的思想？

“他们都是世界级戏剧理论大家，你这样问，是辱没我还是贱看大师？”出师不利，第一次就拍到了驴蹄子上，后来的交往果然越来越不顺利。她与毛胡子的感情十分稳定，我怀疑自己没有找准支点，四年中，没撬动过一丝一毫。我努力的唯一结果，只是让她知道了我对她一往情深。

谋划最成功的一次，是书店里的“不期而遇”。都是耐心给了我机会，终于等到她一个人走出了校门。从她的专业动向分析，我很容易就做出了她要去书店的判断，并判断出她要找戏剧理论书籍，于是我就在放置戏剧理论书的区域等她。这类专业性书籍的数量一般不会太多，守住面前这几个书架，一定能等到她过来。

“找哥尔多尼？”她用右手食指在书脊上划着慢慢走过来时，我轻声问。

“你怎么在这儿？”她说话的神态竟有在女澡堂看见裸体男人的表情，使我顿觉无所适从。

“找欧文·戈夫曼。”估计她感到了我的尴尬，又说，“他有一本《日常生活中的自我呈现》，我好像上次在这里看见过。”她从我面前划着书脊走了过去。

宏是我们公认的恋爱专家，他给我说过，追女人脸皮要厚，没有矜持和尊严，练就了唾在脸上都不擦的基本功，就没有追不到的女人，除非你追的是石头。有了这个闪念，我赶紧跟上去，轻声说：“这是社会心理学著作，应该在二楼。”她停下来，看我一眼，我瞬间为这双眼睛倾倒。

“在二楼？”她问。

“戏剧理论区域没有这本书，应该就在二楼心理学书架上，因为这本书完全可以当作社会心理学来读。”她还盯着我，我甚至看到了湖面上荡漾的水波，感到自己快要融化在她的眼睛里了。

“上去看看？”不管她有没有邀请我，至少没有拒绝的意思，因为她说这句话的升调语气否定了拒绝我的可能。

果然在二楼找到了这本书，我贸然推测这本书在二楼，又担心找不见，加速跳动的心在自得中刚刚恢复平静，她就拿上书和我拜拜了。我也大方地和她拜拜，装出要继续看书的死样子。

她走了，我心里骂宏，为有意而为又毫无结果感到异常失落。一湖水光在她走后就消失了，我坐在书架尽头靠墙的拐角，随便抽出一本书捧着，默默平衡没有被另眼相待的失衡心理。忽然冒出我其实只喜欢她眼睛而不是她整个人的想法，心里灰塌塌的，一个下午在空落落中耗磨过去了。

我只喜欢她的眼睛的想法并没有形成固定概念，眼睛只是一个亮点，皮肤、头发、手指、肩头、嘴唇都是亮点，她的身材也是亮点，我即刻否定了只喜欢她的眼睛的想法。在我有点儿笨拙的恋爱经验中，我意识到何月明是难以追到的，这一点在从书店回学校的路上我已经形成了定论。她没有和我交谈的任何兴趣，更没有了解我的想法和冲动，只当我是一个极普通的追求者罢了。接下来怎么办？这是有解问题，答案就是放弃。可是我不甘心，旋即展开了微信追求。

“你好，我是数字媒体专业的大明，咱俩名字里都有一个明字，真是缘分。”再加一个憨笑表情，我心怀忐忑地发了出去。

看了不下十回手机，总感觉她该回了却始终没回，等到失望时，突然有了回复：“这么说，我和国内数百万人都有缘了。”后面加了坏笑表情。

这是没法接下去的回话，我绞尽脑汁回了一句：“缘分有远近之分，是吧？”

这次回得快：“别费劲儿了。”

我是坐在宿舍窗台上看见这条回复的，当时真想跳下去。我就是搞不懂，五大三粗、满脸黑须的毛胡子有什么好，他不过就是体育学院篮球专业的学生嘛。我心里虽发狠，却赶不走她眼里湖水般的波光。我这个样子，或许就是人们常说的没出息吧。我沮丧极了。

我在咒骂毛胡子时，有了了解他的想法。体院和 L 学院只隔两条街，因此 L 学院的男同学经常去体院和体院学生切磋足球、篮球、羽毛球，就算我跟踪毛胡子，也不会引起任何怀疑。在体院，当我看见鲁智深一样的毛胡子时，也看见了挽着他的胳臂在操场散步的何月明，我都有追过去揍毛胡子一顿的冲动。

我的消息渠道不畅，信息极为有限，只了解到毛胡子是 A 市人。为这事，又不好发动太多人去打听。我只求助了宏，宏慷慨答应，说加上一顿麻辣烫就没问题。我狠了狠心，答应了他。三天后，就有了消息。

毛胡子，真名苟二强，A 市驴蹄街鹅掌巷人，家中独子。他的家庭经济条件优越，A 市“苟家凉皮”是其父开创的家族企业，已有五家连锁店。还有消息说，何月明是在荒草坡凉皮店与毛胡子不期而遇的。那天，店长、店员对毛胡子的接待标准和规格，完全是老板级的，毛胡子当时给店里所有的客人免了单，何月明是受惠者之一。之后，何月明频繁出现在体院北区的运动训练系，两人偶然相遇多次后，就有了必然的结果。之后还有消息说，他们二人不是荀约何看电影，就是两个人在体院游泳池表演鸳鸯游。这时候，我有些后悔，得到的消息对我来说全都是负面的，没有一句是荀何二人闹别扭之类的，我又沮丧起来。

四年里，我只有过这么一次说不上恋爱的恋爱，说是暗恋吧，却有过三两回不怎么像样的沟通。何月明在恋爱中学习，在学习中恋爱，我在她眼睛如湖水般荡起的涟漪里攻读数字媒体，不再研究李渔和戈夫曼了。我对何月明的感觉，就像燃尽的木材，表面看已成死灰，拨开还可见通红的火种，一旦条件允许，极有死灰复燃的可能。不管有多少复燃的可能，在校期间，什么可能都没有。从表象看，何月明经常兴高采烈地离开学校，满面春风地回到宿舍。他们享受着爱情的快乐，伴随我的却是枯灯，还有砖头一样厚的各类著作。

对我而言，能沐浴在想象中的湖水里就满足了。当印象模糊时，我就去饭堂碰碰运气，要是碰上了何月明，对那双眼睛的印象就会得到一次加强，直至刻骨铭心，然后独自在湖水中一次次做精神遨游，这就是我的暗恋经历。在自嘲的落寞中，毕业倏忽临近，一晃就到了离校时间。当宏传来何月明被甩的消息时，我极度兴奋。宏说毛胡子要回自家企业历练，历练前甩掉了何月明，原因暂时不明，并肯定地说何月明不会离开 A 市。我相信他的消息，因为他的女朋友瓶子与何月明做了四年舍友，消息绝对可靠。我随即决定留在 A 市，不去杭州了，尽管我和位于那个美丽城市的一家网络科技公司已经签了工作意向，可我心意已决。

离校前两三周，我在校园见过何月明一次。当时下着雨，路两边的梧桐树有沐浴过后的清新感。思慎路上没几个人，我匆匆走过，与她擦肩而过才发现是她。她举着粉色透明小伞，透过伞我看见她的面部有些模糊，可我们还是认出了彼此。我没做任何考虑，脱口而出问了一句“什么时候离校”。何月明将伞倾斜到一个可以看见我的角度，回了一句“噢，是你呀”，然后继续往前走了。她看我的瞬间，我觉得湖水的波光有些黯淡。

我站了会儿，直到她缓慢而行的背影被梧桐树干完全遮挡，才离开那个至今记忆犹新的邂逅处。她没有回头，迟缓的走姿和我对她的一贯印象大相径庭。这当口，宏传来一个令我窒息的消息，说她刮过宫，并举手发誓保证此事的真实性。我像吃了一把钢针，内心有千疮百孔般的难过。现在想想，我那天看到的应当是何月明刮宫之后的背影。难怪她那双湖水般的眼睛在雨天里沉静无声，雨水似乎在湖面上打起了无数水泡，每个水泡都像一声叹息，而不是平素里的一串笑声。她的遭遇，让我对可怜有了新的领悟，兴奋的心情在“新的领悟”中缓缓平静了下来。

离开学校后，我在A市还不发达的动漫行业应聘了现在的工作，这个行业在杭州、北京、成都都相当有前景，但在A市却像学步的孩子，歪歪扭扭、颤颤巍巍地走不平稳。我虽然留在了A市，却把何月明的事情暂时搁置了，我不太确定是不是因为她为毛胡子刮过宫。

有一天晚饭时候，宏来找我，他说自己落魄了，没有应聘到工作。多亏他在校时喜欢画画，水墨画还过得去，只好先在一家小两口开设的兴趣班里打工，混饱肚子再说。他还说，困惑是他这种天天面临失业的人的专利，兴趣班的女老板说：“宏老师，水墨班的学生少啊，怎么回事？得找原因呀！”宏认为这是逐客令，就困惑了，来找我喝酒，酒灌进肚子里，就把困惑忘了，大谈何月明，找我的目的似乎是报告何月明的近况。他说，谈谈别人，尤其谈谈不如自己的人，困惑就会减少一些。

他说看在我用酒肉招待他的分上，自当言无不尽。他口里的何月明离校后，对毛胡子初情不改。毛胡子以凉皮连锁店少老板的身份在拓展市场时，何月明以应聘者的身份进了荒草坡凉皮店打工。少老板高高在上，意气风发，每到一家店如巡幸般大张旗鼓，提前三天通知就下来了，员工如面临人生抉择般无不重视。女员工在工服上没法施展手脚，就在化妆上下功夫。店规要求员工化淡妆，不得使用红色系以外的口红，眼影不得使用夸张的颜色。在这个规定范围内，她们尽心尽力地描眉画眼。

荒草坡店接到少老板办公室的巡查通知后，女店员们不亚于举办走秀专场般疯狂起来。何月明来这里打工，起初用意是为了证明爱的执着，从入店到现在大半年的时间里，她听到过不少关于少老板的风流韵事，以致她来凉皮店打工的目的成了笑话。当时和毛胡子交朋友，她的确是看上他家经济宽裕。自己出身于小县城的公务员之家，父母经常为两三百元大吵大闹，她就天真地认为，如果有钱的话就不会吵了。她不想复制父母那样的家庭，认为找一个有钱的男人一定会比父母过得幸福，这成了她根深蒂固的想法。可她万万没有想到，凉皮店里潜伏着大量和她抱有同样想法的竞争对手，大家虽不明说，可都在用心打扮。而且，她这个店里还有某大的校花，相比某大，自己毕业的学校就没法提了。她有时想，和自己热恋时，在凉皮店里苟二强是不是已经有了若干个相好？在校时，她从来想不到这类问题，就算有人给她爆料毛胡子糜烂的生活，她也绝对不会相信。她的自信来自众多男生偷瞄她的眼神，来自无数男校友变换着花样的示爱问候，来自毛胡子热烈的拥抱和从不皱眉的消费。现在想起来有些好笑，她过去还经常为毛胡子大手大脚花钱苦口婆心地劝说，还给毛胡子制定过限制花销的规定。尽管已经认识到了自己的可笑，可她仍像其他女店员一样在认真化妆，她解释不了自己的用意，却又瞧不起像花一样竞相开放的女同事们。

毛胡子如期而至，谈吐间，远见卓识尽露；举手时，风流倜傥尽显。他口若悬河，展望凉皮霸业，其基本意思可以概括为，五年拿下国内，十年挺进欧美。毛胡子左边一个俊男，右边一个靓女，还有四五个高管陪同，其形象完全是一个建树颇丰的企业家。何月明站在中排听训，毛胡子看她的眼光与看其他员工毫无二致，她对毛胡子也有了明显的陌生感。临走时，毛胡子指指身后，微笑着对她说，有什么要求给他们说。毛胡子的笑脸很诚恳，每条笑纹里都充满了关爱，即使对他有千仇百恨的人，都会被他关爱的眼神化解。在何月明的印象里，每次求爱毛胡子都会用这种眼神，让她不忍拒绝。

何月明胃里泛上来一股酸水，她立即明白，自己该离开了。

三、3D 视频

我在公司干的活本来是手游创意，公司瞄上 3D 动漫市场后，我就干起了动漫制作，从设计脚本到完成视频上传 B 站，我是主要的策划者和执行者，做一期看似简单的视频，累死累活几十天。

有时候，都不知道这么拼命图个啥，也从不追问目的，只一门心思做好视频，吸引粉丝。在虚拟世界，我一贯看好小西，尤其北京快意计划研发公司给了我优越的合作条件，赋予我选择故事的决定权，我就想到用小西的形象讲述与何月明有关的故事。

等到完成小西的眼部设计后，我就将她带进了我单调的生活。她每天早晨会在六点二十分学百灵鸟叫，然后在 iPad 上学着鸭子步喊："懒虫，起床了！"如果我要外出，她会说："预报有雨，伞在门后，别忘了拿回来，上次已经丢过一把了。"饭前她会问："想吃什么？我给你叫，可惜现在我还给你做不了，等我厨艺长进，给你煮泡面吃，嘻嘻……"

我把小西放在床头，每天见面心里踏实，对做这期视频也充满了信心。一想到视频内容，何月明就会在我脑海闪现，我就会想起与她的那段微信对话，这段对话也就成了制作这期视频的脚本。

我：早上如果有人送一杯热饮，想来挺幸福的。

她：有人送过了，是一杯冒着热气的黑米红枣粥，还有一份亮光光的凉皮。

我：你幸福了？

她：正如你说的。

我：看来我的燕窝麦片只好喂自己了。

她：哈哈，你应该是第无数次喂自己了。

我：你不喜欢，也是没有办法的事情。

她：黑米红枣粥很好吃。

我：听起来是补身子的孕妇粥。

她：滚——拉黑你！

我：哦——

何月明说拉黑就会立即拉黑，但隔上两三个星期吧，又会恢复聊天。我第一次体会到被拉黑的沮丧和被恢复的惊喜后，赶紧道歉。后来还发生过几次，这次拉黑应该也不例外。可是，事情总是有例外的，这次拉黑直到毕业都没有恢复，估计她忘记把我移除了。

这段对话由小西一个人完成，内容基本不用改动。我设计的情景是，小西坐在宿舍架子床上翻看手机，边翻边把我与何月明的对话说出来。需要的道具有房子、架子床、被子、桌子、椅子、台灯、书本、盆景、手机、拖鞋，还有一束稀疏的光线透过窗帘缝隙，斜照到对面的墙上。当然，做出全部道具，没有可能也没有必要：没有可能是时间成本太高，没有必要是可以从网上买到道具。我决定，需要动手做的自己做，需要买的花银子买，反正有公司报销。

这期视频中，小西没有过于复杂的动作，除了表现何月明的得意和我的失落外，就是坐在床边或在室内走动，手脚都是常规动作，只有说到“滚”时，右手会配合做一个往外推的动作。要完成“推”的动作，依照3D动画特点，至少需要六十帧以上的连续画面，才能完成一个完整的“推”的动作。当然，不能借用电影二十四帧的表现手法，因为过于简单潦草，动作就会失真。我打开3DS MAX软件，在没有时间概念的租住屋里开始做起始关键帧，这是起手“推”时的第一个动作。

严格来说，3DS MAX是做游戏的软件，制作3D动漫，就其功能来讲绰绰有余，比做电影的Maya软件要强大许多。打开电脑犹如走进车间，移动鼠标的手也有操作数控机床的感觉。在开始做关键帧的前一个小时里，我基本没有遇到麻烦，但接下来就被宏搅乱了。我不愿意有人到我的租住屋来坐，这里是我的私密场所，包括同事都一概被拒，因此我只能走出租住屋与宏见面。

宏近来令我有些讨厌，他上完画画课，就要约我坐坐，估计是我总请他喝啤酒的缘故。今天，宏再次喊我出门时，我决定这顿饭不带酒，再说，经常喝，我脆弱的收入也承受不了。

“唉，她失踪了。”宏一开口就满脸愁容，“怀着我的孩子不见了。”

“哦？”我有点儿惊讶。

“喝杯酒吧？”宏开口喊，“服务员，两瓶啤酒！”

我没阻拦，给服务员强调只要一瓶，我说我头疼喝不了。

“我喝两瓶也行啊。”一瓶酒下去，宏放松了，“爱跑哪跑哪，有些女人嘛，总想攀高枝。再来一瓶！”

他是借我的酒浇自己的愁。遇到这等事，别人帮不上忙，他要喝酒，我只好两肋插刀了，于是说：“你放开喝，别醉了就行。”

他喝兴奋了神聊起来：“老先人说过红颜薄命吧？你想过没有，红颜为什么总是薄命？我认为是因为红颜不甘心把自己的美貌消耗在一个男人身上，这是她们普遍薄命的主要原因。瓶子长相还可以吧，起码是一个好看的女人，暂且不论性格，当然更不谈学识，大学四年，她连老师都没认全。不过，她有张文凭就行了，还真指望她干什么惊天地泣鬼神的事情吗？如果她能多等两年，我一朝发迹，还愁什么呢？我二舅在A市多少还投资了三五个楼盘，最近说好了，我去他们公司上班，土木预算干不了，销售总干得了吧。瓶子就没这福分，上星期刚跑，这星期我二舅就给话了。看看，这就是红颜薄命的现实例证。等我哪天发达了，瓶子就算哭着要回来……”

他歪着头看我，问：“如果是你，让回来不？”

我知道他开始借酒胡言了，赶紧说：“不让，不让。”

“对了！好马不吃回头草。”宏的手机响了，听对方说了几句，他立马清醒过来，“那……那也不能亏我呀，半个月了，怎么才给三百元？胡老师，胡姐，这也不能全怪我呀！喂，胡姐，水墨画本来就是小众艺术，再给个机会吧！”

估计对方挂断了电话，宏收起手机说：“此处不留爷，自有留爷处。”又一杯啤酒下肚，他好像忘了要去他二舅公司的事情。

我没有把同学拉黑的习惯，感觉拉黑同学太绝情。尽管何月明多次拉黑我，我却没有拉黑她一次。大不了装作没看见信息，宏被我暂时定为“没看见信息”这一类。

被宏搞乱的思绪需要重新整理，我把全部精力放在制作关键帧上。思路再次清晰起来后，我回到了小西的空间。酒不醉宏宏自醉，他看见酒就有了醉意，喝两口就有了醉态，不知道他的神经是被开除他的胡姐整脆弱了，还是这罪过应让瓶子来承担，我对他的事情没有兴趣，小西还等我给她设计动作呢！她在我的设计中一次次复活，使我一次次有了真切的现实感受。

小西的手“推”出去喊“滚”的起始关键帧于某一天早晨太阳又从窗帘缝隙射进来时完成了。手“推”到最后，就需要制作终止关键帧。和起始关键帧比较起来，终止关键帧要麻烦一些，须先设计手势经过的路线，然后给终止关键帧手势定位。在制作过程中，我奇怪自己一直没有困乏感和饥饿感。我命令自己下楼去吃小笼包子，喝一杯微热的绿豆小米粥，故意去路边花园走了三圈，跟做晨练的大妈们扭扭屁股，又跟跑步的老年男人喊了两嗓子“一二三四”，不觉间神清气爽，连薄雾般的霾都可爱了起来。

有时我会想，宏说的醉话不可全信，也不可不信。他嘴里的何月明还在凉皮店打工。他告诉我何月明所在的荒草坡店的准确位置后，出主意说，你去吃凉皮吧，保不准是何月明给你端上来的，就算不是她给你服务，看见她绝对没问题。我想的是，既然她已经被甩了，为什么还要去毛胡子手下讨饭吃呢？我不可能去吃凉皮，对她自贱示爱的做法也颇感不妥。

我把这些想法暂时抛在了脑后，顺利完成手势终止关键帧后，用 3DS MAX 的补间功能将两个关键帧连了起来，构成了一个完整的“推”的姿势，配上表情后当是完美画面。屋子、架子床、书桌等模具我只用了半天时间就在网上买全了，将这些东西组合在一起，让小西在房间里走动或坐在床沿、桌边翻看手机都是容易做到的，使用 Unity 就能搞定。

有点儿麻烦的是特效，就是光线问题，凡与能量有关的设计，比如火焰、阳光、月光、爆炸光等，只能由粒子特效技术来完成。具体说就是需要用粒子特效完成阳光形状与明暗程度，这就需要编程。这束光成了这段视频中必须攻克的难点。说是难点，只是相对而言，会者不难，需要的只是没人打扰的时间。我为自己有这间寂静得让人恐慌的屋子而得意，感谢房东，她像猫一样行动无声；感谢政府，一纸拆迁令，少了很多租户；感谢宏，这几天没来骚扰我。我第一次发现，拥有一个安静环境，需要感谢的人还挺多。

在我全力以赴做光效编程时，手机却连续振动起来，我一怒之下要关机时，却看到是妈妈打来的，她有啥事这么着急找我呢？她知道我是宅男，放在过去，类似大门不出、二门不迈的小媳妇，没有必要为我的安全担心。妈妈来电多是说教，还有老生常谈的吃喝穿戴问题，和她说话基本可以用“哦、好、对、行、拜拜”来应付。我以前开发过一款叫作“百事答”的小程序，应付妈妈的电话绰绰有余。我急忙从 iPad 上打开“百事答”，边应付妈妈边和程序对接起来，让妈妈和程序去对话。这样做内心虽然有些愧疚，可不这样做，编程思路非被打乱不可，这也属无奈之举，妈妈能理解的。我心里说，儿子很好，很听话也很卖命，您就放心吧。

关于光线特效的构思，其初衷是为了渲染室内气氛，让小西的虚拟空间更生活化。为了增加真实感，在所有视频中我都尽量植入生活元素，比如落叶，按季节开放的小花，还有平常用的纸、笔、雨伞、茶杯、鞋、袜、手套等，让小西的虚拟环境无限接近我的生活环境。多少次我都误以为小西生活在立体的三次元空间，而我的生活简单到了小西所处的二次元平面状态里。

她在二次元状态下的所有言行，虽受我控制，可我觉得并非我有意让她说什么话做什么事，而是她在自己的思维状态下自然说出来做出来的。她的思维来自我，我往往在制作她的视频时会脑洞大开，会认为比平常活跃的这部分思维其实是小西的思维，是她在左右我把她做成什么姿态，让她唱什么歌，跳什么舞，和大家聊什么话题。我越来越认定小西是真实存在的。

我往往在忘记了时间概念的空间里不分昼夜地工作。连续投入一项工作，因精力高度集中往往会产生短时间的意识模糊，加上希望小西复活的强烈愿望，就产生了真实生活与虚拟状态交织的幻觉。小西本应在显示屏上活动，可有好几次我觉得她像 3D 电影中的人物一样，胳膊腿伸出了显示屏，且对我调皮地一笑。起初出现这种幻觉时吓了我一跳，可长时间不出现这种幻觉，我又觉得失落，甚至会小声呼唤她的名字，让她走出显示屏来，在这间屋子里面带微笑地来回走动，还会揭开墙角的纸箱看看，会用手捏起我换下来长时间没洗的内衣闻一闻，然后用手在鼻子前扇，嘻嘻笑着，问我为什么不洗衣服，又问许多可爱的问题。比如，有一次她竟问我的意中人是谁，我说是她，她脸红了。像所有会撒娇的女生一样，她说："你忘不了何月明，我就不和你好。"然后又安慰我，"你自然会做出选择的，我也知道你会选择谁。"

如果她说该回去了，我就会端着笔记本看上半天。有时我会突然醒来，她在我惺忪的睡眼前，不慌不忙地跳着舞消失在显示屏黑夜般的幕后。

“拜拜！”她声音甜美，和她学唱的百灵鸟一样。我的梦极大满足了我的渴望，对我空落的心境更是至关重要的慰藉。

“拜拜！”每说这两个字时，怅惘就会袭击我的神经。

“拜拜什么，没说两句就拜拜！”这是妈妈的吼声。“百事答”出了问题，总说“拜拜”，妈妈的吼声从我尽量放小的音量里愤怒地传了出来。我赶紧拿起手机，说我正忙，有事晚上再说。

“现在就是晚上，还等哪个晚上？告诉你，你不表态，我就上门捉你回来。”

不等我说话，妈妈就挂断了电话。这回是她主动挂断的，看来她真的生气了。

四、最后通牒

“百事答”有录音功能，回放妈妈喋喋不休的录音，中心意思只有一个，就是又给我介绍了一个对象，让我回家见面。我不得不放下手里的活认真对待妈妈说的事。

妈妈介绍的上一个对象，因我没理会已经嫁人了。妈妈很生气，说人家姑娘会过日子，懂道理，有礼貌，还勤快，长得也好看。这个姑娘嫁了个卖早点的，早出晚归，和新婚丈夫要靠劳动致富。我很钦佩劳动者，我本就是一名默默无闻的劳动者，只是和卖早点干的活不一样罢了。如果我真娶一个卖早点的姑娘做媳妇，想来很不靠谱。她在案板前剁包子馅，我在电脑旁捣鼓程序；她熬小米稀饭，我在房子里制作视频；她吆喝着出门去时，我可能正在呼呼大睡；她说生意难做时，我想的是建模难度大；她说的早餐市场信息我没兴趣，我说的 3D 动漫她听不懂。我俩一生也说不上几句投缘的话，想来是很无趣的。

回家只有一个小时的路程，但让我回家和妈妈介绍的姑娘见面是不现实的。我的意思是，我是不是已经到了不介绍就找不到女朋友的程度？我给妈妈说过，我现在的任务不是找女朋友，而是巩固自己在 A 市 3D 动漫行业的地位，没有地位就没有满意的收入，没有满意的收入就过不上满意的生活，过不上满意的生活就算找一个女朋友，又有什么用？不能很好地养人家，不能给爱的人起码的生活保障，为买一件内裤都得节衣缩食一个星期，这种日子有味道吗？爱情也需要吃饭，也需要穿衣，也需要有房住有车开。爱情绝不等同于只为生儿育女的传统观念，也不等同于老话说的“米面夫妻”，如果真为了柴米油盐过日子，为了娶妻生子传宗接代，还不如一个人过日子清静。当然，这些话不能全部说给妈妈听，如果真说了，她会认为我精神出了问题。她已经深怀忧虑地给爸爸说过，怀疑我有精神障碍。我笑着给爸爸解释我的生活观，爸爸说："儿子，我支持你。"因为这句话，爸爸也挨了妈妈不少埋怨和白眼。

我的想法左右着我的行动，我仍然采取往日处理这种事的办法，不闻不问，大事拖小，小事拖无。做出这个决定后，我就忘记了婚姻琐事，继续为小西肩后的光线想办法。这束光线很难搞，构成光线的每个光粒子都须经特效处理，一般公司干不了，个人干设备又拿不下来，所有特效镜头都须去超算中心处理，只有超算中心才有每秒二千万亿次计算速度的高端设备。比如，天津超算中心的天河一号，运算速度达到了每秒二千五百七十万亿次，用这类超级计算机处理数据，成本也超高。这个现实迫使我编程的信心大降，我只好放弃了。公司也没有充足的经费支持，只能买一个光束模具来应付，尽管效果不理想，也只能如此了。

忧心忡忡地处理完光线设备问题后，妈妈下了死命令，我从手机里都能听出她不惜燃起战火的决心。我没有在硝烟中安全脱险的经验，也没有接到爸爸声援的消息，只好投降了。这天早晨，听到小西叫"懒虫，起床了"的声音后，我无奈地起程回家。

妈妈没有通电话时的严肃，反而非常高兴，水果、坚果、巧克力摆满了茶几，像招待贵客一样招待我，我都有些受宠若惊了。她说花花过会儿就到，我才知道这些东西是为花花准备的。花花就是妈妈说的“有鱼雁之美”的姑娘，她总记不住“沉鱼落雁”，所以每次介绍一个新对象，都会说对方“有鱼雁之美”。爸爸一如既往地戴着老花镜看书，他有看不完的书，对我永远是鼓励。在妈妈看来，没有原则的鼓励，是引导我走向非正常道路的主因。这个责任向来是由爸爸承担的。

我和爸爸有许多相似之处，最相似的是干事执着，能用一生时间干一件事，干好了要干，干不好也要干。爸爸喜欢写歌词，写了二十多年，没发表过一首，最好的成绩是赞美家乡的一首小曲《凤凰风景》，在本地大妈的嘴里哼唱了一段时间。就这个成绩，他兴奋了好多年，还经常背着妈妈对我说：“儿子，坚持，唯有坚持，才是走向成功的可靠保证。”除了写歌词，他关心的事情不多。他有着令我羡慕的清净心境，在我的记忆中，他从没惹过任何麻烦，不像我上小学中学时的有些同学，时不时就听说谁的爸爸风流了离婚了。爸爸五十岁了，还在坚持，还在鼓励我，还在像朋友一样和我谈心。

“儿子，小西的事怎么样了？”爸爸终于放下书，笑着问我。

“还在做，这期视频有些麻烦。”我走过去和爸爸挨着坐下，把手放在他屈起的右腿上。

“坚持，唯有坚持，才是走向成功……”爸爸的话还没说完，就被妈妈打断了，“今天不说别的事，等会儿花花来了，看我眼色说话。”妈妈一直在忙碌。我进门时，她就在拖地，这会儿擦电视机，整理沙发，不停地让爸爸和我换地方，我俩只好待到阳台去了。

“你们两个进来，想想见了花花说什么，别总想你的小西，小西能给你把生米煮成熟饭？小西能给你生儿育女？不知怎么想的，父子俩一对榆木疙瘩。”

我和爸爸对望一眼，又从阳台回来坐到沙发上。

“坐要有坐相，东倒西歪，和你爸一样，屁股长了倒刺一样，坐垫总是掉到地上，一点儿不学好。”妈妈数落时，我乖乖坐着，不吭一声。

爸爸又拿起他的书，对我说：“儿子，人生不光有婚姻和日子，还有追求和价值，像《凤凰风景》体现的就是爸爸的价值，你的小西……”

“你闭嘴！”妈妈终于忍无可忍，吼叫起来。

这时有人敲敞开的大门，妈妈立即换成了笑脸，声音软和起来，说：“快来，花花，明明昨天就回来了。”听得我一惊，赶紧低头倒茶。

花花和她的同学一块儿来的，也没看出她有精心打扮的痕迹，更没看出有沉鱼落雁的相貌，不过她很大方，喊宗叔叔阿姨就和同学嗑起了瓜子。

接过我倒的茶水时，她问："你在A市干网络游戏？"

"大公司，花花，明明在大公司。"妈妈坐不下来，跑前跑后，一会儿端来一盘荔枝，一会儿切来几瓣儿西瓜。

"我在A市的'天天见'超市，在城市理想那边，距离你的公司有多远？"花花笑起来还是有几分姿色的。

"比较远。"我说。

"不远，现在交通多方便。"妈妈给花花和她的同学剥荔枝。

"我租住在黄家河，阿姨说你在大王村那边买了房子，现在买房多贵呀。"我又一惊，看看爸爸，他稳坐如山，对花花说的买房的事情毫无反应。

"是交了首付，我和他爸交的，还没给明明说，手续办完，就让他交按揭，他的收入比我和他爸加起来还高。"妈妈夸我的时候笑脸上全是得意，骄傲的口气里掺有满满的真诚。

我面颊上有汗珠子往下流。

"我们家明明老实，不会和姑娘交往，你看看，见了花花都紧张得流汗了。"妈妈让我去卫生间擦汗，她跟进来小声说，"给我挺住！"然后瞪了我一眼，又笑嘻嘻出去了。

"你们留下电话，加上微信，在市里常来往。花花呀，明明还得你多培养，你看他还像个孩子，说话脸都红。”这会儿，我的确脸很红。我又看爸爸，想从他表情里求证交首付的真相，他眼睛只在书上溜，可没见翻过一页。

花花问我平时怎样打发时间，妈妈说：“看电影，年轻人喜欢的他都喜欢。”花花问我还有什么喜好，妈妈说：“挣钱，明明最会挣钱，上班才两三年，就有十多万私房钱了。”我又去卫生间擦了一次汗。花花问我喜欢吃什么，说“天天见”三楼有牛排兄弟干锅，贼好吃。妈妈说：“明明不挑食，什么都吃，干锅他肯定喜欢。”花花问我玩《灭神》不，妈妈没听懂花花的意思，不敢贸然回答，催我：“花花问你话呢！”

“不玩，有时候无聊了玩一把《寻秦记》。”我基本断定花花没什么爱好，和前面提到的那个卖早餐的姑娘差不多，或许过日子是合适的人选，可我不想用人生过日子呀。

妈妈说：“这电视剧好看，我和他爸都看过好几遍了。”花花笑了，并不解释。我没笑，又起身去了卫生间。

我很感激妈妈，为了我的事，她都急得语无伦次了。我的确木讷一些，妈妈就句句领先。花花虽没有反感，可她的同学已经催她走了。她们离开后，妈妈很兴奋，说见面效果不错，可惜花花没留电话，又怨我不主动要，说她已经开口让互留电话了，我应该立马留电话，逼对方也把电话给我。

“这不好。”我说。

“有什么不好？花花哪点配不上你？告诉你，咱们老家的大龄青年越来越多，而且都是小伙子，找不到媳妇的大有人在，他们的父母都要急疯了。”

“你也快了。”爸爸嘘出一口气，卸去重压一样半躺在贵妃床上。

“你闭嘴！”妈妈一吼，爸爸又装作看书。妈妈没有过去温柔了，现在动不动就吼人。

“花花的电话，我负责给你要，你的任务是约人家吃饭看电影，记住了？咱家今年的主要任务是给你订婚，明年结婚，后年抱儿子，这样我和你爸的任务就算完成了。”妈妈又拿来拖把，漫无目的地拖起来。

完成了妈妈自编自导的见面会后，她还是不放我走，说等她拿到花花电话再说。她权衡半天，认为跟屁股过去要电话不好，那样的话，好像我已经看上花花了，以后的事情就被动了。第二天早饭后，妈妈又分析说，今天要和昨天要不一样，今天是想起来才要的，不同于昨天是看上人家才去要的。我没听懂这是什么逻辑，但我没听懂并不妨碍妈妈的行动。她厘清了思绪后，兴冲冲地出门去了。

“还不快走！”妈妈出门后，爸爸即刻提醒我，我立即逃跑般去了车站。

这个见面搞得我有点儿恍惚，花花面试似的问我公司环境，问房子，问得我心里发虚，看她的眼神也跟着虚了起来，像虚拟世界一样，甚至听她说出的话，都像我做视频时设计的台词。她问的全是物质层面的内容，在视频里，都可以用模具来完成，房子、车子、饭馆都是模具。用模具完成不了的内容，她没问一句，让我感到虚幻在不断放大，家里的客厅似乎成了视频录制的现场，在座的都是用二百万个三角面做出的虚拟人物，动作精准，表情丰富，就算是难以描述的内心活动都被妈妈的谎话真实地表现了出来。这种效果和感染力，不亚于我做过的任何一期视频。

回到租住屋，打开 iPad，小西甜美地问我："吃过午饭了吗？"听到小西的声音，我慌乱的心绪才从妈妈营造的环境中回到了小西这边。我的现实，是做好这期视频；妈妈的现实，是一次次将我虚拟化。我有点儿迷茫，不知道小西所处的虚拟环境和妈妈营造的环境哪个才是我真实的生活。

五、配音和动作录制

录音棚在 C 大。我御用给小西配音的声优浅浅这几天哑了嗓子，她在医院给我打电话，说最多二天就能恢复正常。小西的声音绝对不能变调，不然，她拥有的四十几万粉丝就不会答应。这期视频的每个环节都必须圆满完成，来不得半点儿差池，配音绝对不能变调。

给小西做过的三期视频都是我任配音导演，浅浅还在给嗓子消炎时，我和录音师、剧务已经开始忙碌起来。我专门制作了彩色台本，对每句台词都进行了推敲，体会何月明回微信时的心情，想象小西说出每句台词时应有的表情和语调。我反复琢磨，当时的何月明应该是高傲的，回微信时的心情一定充满了得意。不然，面对追不到自己的男生，还会是怎样的心情?

我看着这期剧本，体会到了自己在校时的无奈和失望。恰巧这时，有微信进来，是花花发来的。那天，妈妈去花花家后，顺利完成了让我们互加微信的任务。

花花：忙吗?

我：忙。

花花：忙啥哩?

我：录音。

花花：我去看看怎样录音，行吗?

我：声优嗓子哑了，还得等两天。

花花：我们超市有活动，牙膏买一赠一，有空来买，很划算。

我无语，发了个笑脸过去，她回了个拜拜手势。妈妈尽心操持的这场交友活动，至此遗憾地结束了。

浅浅恢复得还行，按时进了录音棚，只是她不在状态，录音师把技法用尽，也没录出我想要的效果。配音的枯燥在于逐句反复试录，有时候，一句话能录十几遍。“我”说的话，录三五遍就过了，何月明的话，浅浅总没体会到那种味道。她把得意夸张了，声音轻佻起来。何月明是内心得意，说话时并不一定得意。我反复给浅浅解释何月明的心态，要求她体会一下再录，一遍遍重复“有人送过了，是一杯冒着热气的黑米红枣粥，还有一份亮光光的凉皮。”“正如你说的。”“哈哈，你应该是第无数次喂自己了。”浅浅的语速有点儿慢，感觉还是不对。

折腾到晚上十一点，总算录了一半，明天还得继续。回大王村的路上，宏像找娘的孩子，一遍遍打电话说有急事，无论如何得见一面。无奈，我顺便就约在了大王村村口的量贩 KTV 和他见面。

宏的急事还真急，他的瓶子消失了半年后又回来了。

“带回来二十万，要继续以前的关系。”宏喝了一口，杯里的啤酒下去一大半。

“她没说去哪里了？”我问。

“她不许我问。”又一口，一杯干了。

“钱哪里来的？”我又问。

“她不许我问。”宏拿起瓶子对着瓶口吹。

“没说孩子的事？”我还在问。

“她说是个乌龙。”半瓶子没了。

“你是啥意思？”我盯着他的眼睛问。

“我不知道，我他妈现在为填饱肚子奔波，心里一团糟，没主意。”一瓶没了。

我更没主意，这种奇葩事从来没听说过，所以不敢乱建议。他应该也知道我拿不出什么好主意，也不问我怎么办。不到半小时，他喝掉了四瓶纯生，没说再见，摇摇晃晃地走了。

第二天，浅浅像换了一个人似的，不光声音好了，状态也好了，理解很到位，两三遍就过关。借着她的好状态，我建议把昨天录过的又录了一遍，很成功。昨天晚上，和宏见面时，我还在担心，音频剪辑量小不了，从今天的录制情况看，我放下心来了。用 Premiere 软件，一遍就能完成剪辑。

我听了几遍录音，想何月明是个好动的性格，不会静静坐着说话。根据我对她的了解，相信一个人就能完成动作录制。

公司的场地有限，录制不了长距离走走跳跳的动作，一般性动作还是可以完成的，这就要靠动作捕捉服帮忙了。公司资金有限，买了一款二代 Noitom 动作捕捉服，在行内也算名牌。这款服装有四百一十七个传感器，主要排列在四肢上，运用 2.4 吉赫无线技术传输信号，通过 Irancemocap 软件处理捕捉到的动作。这款软件我早玩熟了。

不过，Noitom 和其他动作捕捉服一样，有明显不足，只能识别动作角度，不能识别动作距离，遇到鼓掌、抓东西等需要控制精确距离的动作，就没法完成了。还有，捕捉动作过程受磁力干扰较大，如周边有磁力干扰，2.4 吉赫传输技术就无法运用，会发生传输数据间断或传输质量不高的情况，Irancemocap 也是没法修复的。

我穿上 Noitom，打开所有机器，开始用动作渲染何月明讲话时的神态。当真正录制动作时，我却不知道她到底有多得意，也不知道她如何用动作表现得意。到了亲自感受她的内心世界时，我才第一次发现对她的了解原来是如此有限，记忆里只剩下一双湖水般的眼睛。我有些惊讶自己的鲁莽，用心暗恋了那么久的人，原来并不了解她。我真正暗恋的，难道只是她的眼睛吗？我有些困惑，有些慌乱，有些无所适从，穿着捕捉服，呆立在工作室，竟然做不出任何动作。

妈妈这个时候出现在我的面前，后面跟着气喘吁吁的保安。

公司的年轻保安，也没拦住快五十岁的妈妈。看来，她又生气了。

看见我的第一眼，妈妈呆住了，她不知道我在干什么，只看见穿着怪异服装的儿子在发呆。她所有的积怨在一瞬间全部消失了，轻轻问了一句："儿子，你没事吧？"

"妈，你怎么来了？"我的神情还有点儿恍惚。

"妈妈来看你。"比起平时的悍劲儿，妈妈此时说话温柔极了，"儿子，你没看上花花就算了，妈妈不会勉强你。"

我脱去了闪闪发光的 Noitom。妈妈始终在安慰我："儿子，咱去吃你喜欢的生氽丸子牛肉面吧，妈也饿了。"

走出工作室，妈妈总是挽着我。吃过饭，她坚持要去我的租住屋，说要帮我整理一下房间，给我洗洗衣服床单什么的。我实在不想让她去，满屋子电脑、电线，下脚很不方便。可是我拒绝不了，只好带她去了。

房东看见妈妈，问我："这是你大姐吧？"

"我是他妈。"妈妈旋即高兴起来，"儿子，这房东人真好。"

妈妈把能洗的都洗了一遍，不能洗的也晒了起来，将堆在屋角小山似的方便面盒子扔掉后，我发现这屋子原来挺大的。妈妈在做家务时，我在电脑上调整买来的光线模具，剪辑配音。

妈妈时不时看一眼小西，问："这种小人有什么好玩的，一盯大半晌？"

“这是我的宝贝。”我随口说。

“宝贝？”妈妈念叨着又去洗洗涮涮了。

她每进来一次，都会有新的问题问我：“这小人怎么还知道你回来了，一进门就问你下午好？”

“设置的。”

“小人简直把自己当作女主人了，连洗内裤也要提醒。”

“不是小人，是小西。”

“我知道是小西。”妈妈再进来时又问，“你整天就围着她转？”

“是啊。”我说，“她是我的全部，是我的精神支柱，是我彻夜不眠的唯一原因。”

我是和妈妈开玩笑，她却不说话了，心思沉沉地收回来晾晒过的被褥铺在床上。她再出去时我听见她和房东在说话。

“大姐，你一个人啊？”

“你该叫我阿姨。”

妈妈咯咯笑了，笑声很短，一笑即止，说：“明明，就是我儿子，平时没姑娘找他吧？”

“没见过，连个小伙子也没有。”房东老太太点上一支烟，太阳下她像一件陈旧的木雕，落满了灰尘。

“他平时都什么时候回来？”妈妈又问。

“很少出去，比我还耐得住寂寞。”烟雾像一团乌云，在她花白的发丝间缭绕着。

“哦……”妈妈若有所思。

妈妈提了豆花泡馍回来，看着我吃完，说：“儿子，你干的这事太伤身体，咱们不干了，回家去，另找差事也比天天把自己囚在这间小屋里强。”

“您吃完回去吧，爸爸一个人在家没人做饭。”

“这事不劳你费心，你今天就和妈妈回去。你二叔开了个网店卖水果，正需要帮手。”

“快回去吧，我干的事您不懂。”

“我不懂什么？”妈妈声音一下子提高了，“你对着个小人想入非非，哪里比得上大活人实在？介绍一个你不见面，介绍一个没有后话，原来是这个小妖精在作怪！”妈妈气得暴跳如雷，我怕她碰断电源，赶紧把视频关了，呆视着妈妈不说话。

“今天你回也得回，不回也得回，再这样下去，你就废了。你不心疼自己，妈妈还心疼儿子哩！”妈妈真的动了气，眼泪已经下来了，“以为你在A市干什么大事，原来在鼓捣这个小人，天天玩这个，难怪你不恋爱。这小人能给你生儿育女还是能给你洗洗涮涮？”

妈妈不愧为20世纪90年代的大学生，有基本的观察和判断能力，她来了半天，就把我了解透了，而且还判断出我被小西迷住了。幸亏她不知道何月明，不然，一定会说我心理有问题，对着一个动漫形象思念暗恋的对象，得不到时就把情感投在虚拟人物身上。她一定会这样说的。

“回不回去？”妈妈有了哭腔，“你不回去，我就不认你这个儿子！”

“没这么严重，妈妈，这只是一项工作，这种工作就是这么干的。北京、杭州、成都的3D动漫也是这么干的，越是动漫行业发达的地方，像我这样的制作者越是辛苦。”我替妈妈擦泪，她拨开我的手。

“你的心理出了问题吧？妈妈能感觉到。房东说了，从来没有姑娘找你，你都多大了，你知道吗？”妈妈抽泣起来。我心里很难过。

我替妈妈顺气，边轻轻拍她后背边说：“妈，找媳妇靠缘分，也有运气在里头，是谁的就是谁的，勉强不来。不是我的，比如女明星，我费多大劲儿也追不到，是不是？”

“别扯远了。你老实告诉妈，心里有人没有？”妈妈注视我的眼光已经有了逼视的味道。

“我……这个……”我点了点头。我不知道为什么点头，为哪个姑娘点头。点头的刹那，小西在我的脑海里蹦了出来。

动作录制我是找浅浅完成的，我实在胜任不了。以往小西的所有动作都是我亲自做的，这次却不行了，只要想起对何月明如此陌生，我的手脚就会僵硬起来。

六、心理咨询师

还没从被妈妈搞乱的情绪里完全平静下来，宏又催命似的找我。我不得不见他，因为他是毕业后唯一和我联系紧密的同学，我不能没有这样的朋友。

宏带我去嗨涮吃火锅，他兴致极高，见面就说“我请你”。毕业三四年来，这是他第一次请我，我当然乐于接受。嗨涮火锅城里座无虚席，宏显然是有备而来，居然预订了一个小小的四人间。

“发了？都是自己人，何必讲排场。”我是替宏的钱包担心。

“发了，发了。你只管吃，兄弟请得起。”宏笑着让我点菜。

“你的瓶子……好吗？”我这样问时，宏的脸色变来变去。

“记住，以后别提她。”宏语气有些严厉，可脸色还是温和的，“你也别见怪。事实是我们俩和好了，她的二十万交了首付，房子在沣珑原创，我们现在加入了月供族，就这样。”宏说话时，没抬眼瞅我。

“恭喜呀，你是有房的人了。”我只能这么说。

上菜时，我有些发蒙，竟然是何月明端着盘子进来了。“老同学好呀！”她很大方，满脸喜色，“不认识我了？”

我脑子短路，像被妈妈训斥时一样，找不到合适的话。

“何月明，记不起来了？”她还在笑。看见这双眼睛，我瞬间被湖水淹没，提醒自己这是不真实的幻觉。

“高兴傻了？”宏笑着说，“月明问你好。看你这德行，就没见过美女。”

“你好，你好，你好吗？”我语无伦次，嘴也不利落，只看见两汪湖水，碧波荡漾。

“你如今是动漫行业的大人物了。”何月明仍在笑。

“没有，没有，就是一个苦力。”我的思维终于正常了，“坐下，坐下，一块儿聊聊。”

“我在上班，不能陪你们，要什么叫我，我就在外面。”看起来何月明精神状态不错，只是略施淡妆的脸比我印象中瘦了许多。

我看宏，宏在大口喝啤酒。我问：“这么巧吗？”

“没这么巧。月明听说你也在 A 市，让我约你，这顿饭是她请。”宏似乎饿坏了，每次聚餐他都有好胃口。

宏吃得不少，说得也不少。他说何月明是个自食其力的强人，搞清楚毛胡子的为人后，很快离开了凉皮店到处应聘，经过比较，嗨涮待遇好点儿，就到嗨涮上班了。她知道我在 A 市是宏说的，知道我干 3D 动漫也是宏透漏给她的。

这顿饭吃得很尴尬，何月明隔上十多分钟就进来一次，进来就问要什么。两个男人吃一个女人请的饭，女人还不吃，这多少有些滑稽。我借解手去前台结账，前台说有人买过单了，拒绝了我的请求。

除过瘦了些许外，何月明双眼的湖光还在，活泼还在，笑容还在，完全是一个不谙世事的纯情少女。我暗自思忖，经历过一场爱情浩劫之后，她表现出来的是她真实的本性吗？我好像不敢肯定。

宏吃得满嘴流油，我吃得勉勉强强。与何月明告别后，我和宏在街边漫步。我感到吃饭过程非常虚幻，甚至没有小西真实。

“这个何月明，唉，自作自受。要是当初和你好了，最起码尊严还在。当然了，我也没资格说别人，我的尊严在交首付那天，也他妈丢得没影了。”宏的优点是实话实说，对自己也不留情面。

回到租住屋后，我翻开微信通信录，里面没有何月明的名字，吃饭时，她没提留电话加微信，我也忘记说了。我没搞明白她请客的举动含有什么信号。没搞明白也不想搞明白了，明白的事太多烦恼就会太多。

我迷迷糊糊地睡着了，刚入睡，就听见小西喊“懒虫，起床了”。她咯咯笑着，像我妈妈那样开始扫地、拖地，给我洗衣服，竟然还会煮面了。她虽说过，虚拟人物的烦恼是黑夜太多，可她每次见到我总是兴高采烈。我就喜欢她阳光明媚的样子。

“你不起床，我就吃了，饿着了，可别叫哟。”她并没有吃，而是在玩我的电脑，高兴地说，“里面还有一个我，嘻嘻……”

她像经管了多年家庭的少妇，话多、勤劳、善良。她擦了一遍桌子，从我的脚上脱去袜子，竟然还放在鼻子边嗅了嗅，做了个被熏晕的鬼脸，拿去洗了。

“你别太用功，该休息要休息，该锻炼要锻炼，我从不限制你的自由，可你别去招惹别的女孩子哟。”她又一笑，像嗔怪丈夫的妻子，“当然，我只是说说而已，知道你乖。再说了，我小西也是所向无敌的，嘿嘿……”

她哼起歌来，这首歌好像在哪期视频里唱过。她又坐下来梳头，然后描描画画起来，说：“眼影画重了，哈哈……我讨厌假睫毛，我这真的就够长了。哦，对了，你想要一个儿子还是女儿？万一生个女儿叫什么，你先取好名字。粉丝们可坏了，都争着想做爸爸呢，嘿嘿……”

“嘭嘭——”不知哪里来的声音。

小西一愣，我也吃了一惊。

“嘭嘭——”

小西迅速消失在显示屏里。我醒了过来，咂着嘴嘟囔，多美的梦呀。

“嘭嘭——”

原来真有人敲门。拉开门一看，妈妈领着一个四十多岁的女人，一前一后站在门口。妈妈上次是吊着脸离开的，今天眉梢都有笑意。

“明明，我俩路过这里，就进来坐坐。”妈妈说，“进来，进来。这是韩老师，自己创业开了个心理咨询室。”

韩老师开始微笑，说：“你好！”

“你好，凳子不够，坐床沿吧。”我过去拉了拉床单，赶紧烧水泡茶。

“就一个人吧？”韩老师问。

“目前一个人。”我答。

“噢，我搞心理咨询，有时候也困惑，对你们九〇后总摸不准，好像一个人一个想法，带有共性的心理规律还没找到。”韩老师看看妈妈，妈妈站起来说去买点儿水果，数落我吃水果少，都蔫成糟老头子样了。

妈妈出门后，韩老师问我：“给阿姨说说，你整天都想什么呢？”

“没想别的，就是想干好自己的事。”我心想，她是心理咨询师，应该有自己的理论，问我干吗？

“哦，这样挺好。你现在最不满意的是什么事？”

“干涉我的生活。”

“哦，你最投入的是哪件事？”

“目前的主业，3D动漫制作。”

“哦，是不是对自己制作的动漫形象特别有感情？”

“热爱是干好工作的动力，和您热爱心理咨询是一个道理。”

“哦，会不会因为热衷于自己制作的动漫女性而对现实中的女性失去兴趣？”

我一下子警惕起来，什么路过，根本就是来给我疏导心理的，这肯定又是妈妈的主意。她是不是认为我爱上了小西？会不会认为像韩老师说的“热衷于自己制作的动漫女性而对现实中的女性失去了兴趣”？我的这个妈妈，把我当作有心理障碍的人了。

我一生气，故意说：“您说得很对，可就算爱上虚拟形象我觉得也不奇怪。”对小西，我的确爱之尤切，这是只有我才知道的秘密。那天吃饭，面对曾经暗恋的何月明时，我居然唤醒不了大学时期那种思之尤甚、见之尤欢的心理情绪。尽管她很热情，我还是找不到在校时对她的那种感觉。正是那次吃饭，我才进一步证明了在书店里有过的模糊感觉，我真的只是喜欢她的眼睛，对她其他的，似乎不太关心。我知道她为追毛胡子作践自己后，没有心疼她，反而怨自己品位太低，怎么就暗恋上了这么一个人！

对何月明失望后，我把自己的全部热情都给了小西。在我的生活中，小西就是真实的存在，要生个女儿的事我们都计划好了，我给女儿取名小桃，小西说有点儿土，可还是欢喜地接受了这个名字。我的心理现状，这个韩老师又能理解多少呢？

妈妈提着水果回来时，我和韩老师已无话可说。妈妈得到韩老师暗示的眼神后，两个人借口离开了。很快，妈妈又回来了，语气严厉地说："是人就得过人的生活。"我愣着没说什么。

她们离开后，我第一个想法就是尽快搬家，不然，妈妈指不定还会带什么人来呢。

七、婚礼

又搬了一次家，搞得我心绪乱极了，本来想找浅浅帮我完成表情捕捉，但实在没了心思，就用苹果公司的 Animoji 人工智能表情识别软件，完成了小西的所有表情制作，效果还算可以。做完这些工作，我关了手机，天王老子打电话也不接了，集中两天时间，终于完成了后期剪辑，即刻上传到了 B 站。然后，我斜靠在木椅上，翻来覆去欣赏小西的表演。

小西（模拟我的声音）：早上如果有人送一杯热饮，想来挺幸福的。

小西（模拟何月明的声音）：有人送过了，是一杯冒着热气的黑米红枣粥，还有一份亮光光的凉皮。

……

小西在宿舍里高傲地来回走动。绊爱、阿卡林、辉夜月、猫宫这些知名动漫人物都是她的舍友，可把她们高兴坏了，都爹着耳朵在听小西回绝追求者。

一束阳光从窗帘缝隙射进来，投到对面的墙上，小西每走到阳光处就转身，满脸洋溢着得意的微笑。可我却看得心里时冷时热，冷的是何月明竟然不再是我的最爱，热的是这期视频给小西增加了不少粉丝，还得到了北京快意计划研发公司的肯定。我在新搬的小屋里，伸着手指敲击桌面，为小西的又一次成功打开一罐黑啤庆贺。

这期视频最初叫《驴蹄子》，意思是拍马屁拍到了驴蹄子上，上传前改成了《天鹅肉》，这名字有自我作践的意思。还是小西告诉我，就叫《情人》吧，我立即觉得这个名字是最合适的。

完成了这期视频后，我在想应该和小西举办一场婚礼，用全息投影设备把小西按照 1∶1 比例投射到设定位置，我西装革履站在她身边。我想这个创意应该能实现，公司有一套全息虚拟成像设备，根据其“实景造型”与“幻影”光学成像结合的原理，完全可以设计一场月光下的森林婚礼。

我的设想是将小西的影像投射到景箱中的主体模型景观中，以生活中的实物，比如树、小屋、灯笼、孔明灯、发光气球等实景造型，绘声绘色地演绎我和小西的爱情故事。用模型场景加上光学成像的高精技术，完全可以完成这场史无前例的婚礼现场的制作。

这个设想刺激了我的神经，使我冲动得无法安静下来。根据我掌握的立体幻影成像知识，我开始设计婚礼现场。月光下，森林里，蘑菇小屋旁，多彩的发光气球铺满了屋子四周的草地，黄色筒状、橘红色方块状、红色球状的灯笼挂满了屋子周边的每棵树，天空上难以计数的孔明灯像鸽子一样飘飞。屋前红色地毯伸向森林深处，地毯两边用柔色 LED 仿古马灯全程装饰，灯光处站满了著名的动漫人物。将光学成像系统的成像介质和可以隐身的高科技幻影成像膜，预先铺设在小西要走的路线上，用两台 I5/8G/500G/GTX650 全息幻影成像主机控制所有画面；用三四台 6000—16000 流明度的投影机，按预设程序投射出小西穿婚纱走过红地毯、亲吻马灯、站在蘑菇屋前的影像画面，包括一颦一笑这样的细节。我相信现代互动投影技术已经达到了真假难辨的程度，虚实结合的效果比真实婚礼更多了一层梦幻般的浪漫色彩。

这样的婚礼现场绝对别开生面，绝对空前绝后。能和小西举行这样一场婚礼，我还有什么遗憾呢？做这种宏大布局，公司的设备就不够用了，必须由全息成像专业团队来完成。小西的视频、动漫效果、配音等当然由我来做。我一时心血来潮，决定咨询一下费用，如果可以承受就动手实施。这类公司好找，北京影虹、杭州快捷、郑州万山、深圳亦兰都是全息投影的专业公司。

我在寻找这些公司的电话时，宏又鬼魂一样缠上了我。他这次约我去喝茶，我到茶馆后他已等在那里。

“两件事，”宏开门见山，“第一件是你的事，第二件是我的事。”

我坐下来，没接他的话。我发现他没有上次吃饭时兴奋了，脸色灰灰的，有些颓唐，有些疲累，有些无奈。

“你的事简单。”他点上一支烟，“何月明问，你对她还有没有感觉？如果有就开始交往。”

“如果没有呢？”我淡淡地接了一句。

“她没让问如果没有，只让问如果有。”宏对带话这件事看来没多大兴趣，完成任务似的没怎么放在心上。

“我不知道有没有感觉，我只知道我一直欣赏，或者说暗恋的只是她那双湖水般的眼睛，就这样。”我说的是我内心的真实感受。

“好吧，我会一字不漏转达给她。”宏的表情即刻凝重起来，“第二件事有些复杂，你别多问，我也不会说原因。一句话，按揭续不上了，需你帮忙渡过难关，你看着办。”

“大概……”我知道自己的余额宝里没几个钱，心虚就口软，说不出硬话来，怯怯地问，“大概需要几百？”

“几百还用找你？一万。”

“瓶子……”

“我刚说了，你别问原因，你只当在帮助一个乌龟就行了。有没有吧？”宏内心似乎有怨气，来借钱还窝着火。

“五千，”我咬着牙，“就五千，多了没有。我最近准备结婚。”

“结婚？”宏摁灭了烟头，“梦里交了女朋友？不想借就别借，找这种理由哄弱智去吧。”

我不会撒谎，也不想撒谎，不能让宏以为我不帮他，我解释说：“就是梦里，在梦里订的婚事，小西，我是和小西结婚。”

宏双眼突然睁大，好像我是一个令他不解的问号，喊着说：

“和小西？”他声带急剧绷紧，发出刺耳的尖叫。

我不动声色，略微点了点头。

“老同学，钱别借我了。明明，你没事吧？”他情绪激动起来，“叔叔阿姨知道吗？”他站起来说：“明明，瓶子的大姨在市医院上班，咱现在就过去，你别说不去，走，现在就走。我身上还有两千元，挂号吃药差不多够了。”

宏使劲儿拉我。我抓住他的手说：“没事，你坐下，和你闹着玩的。”

突然，宏哭了，伏在茶桌上放开声哭，引得服务员都大惊小怪起来。“明明，你可千万不……不敢有事，我就……就你这么一个朋友，就你这么一个能说话的人。我他妈碰见哪路鬼了，碰上了瓶子。何月明不长眼，硬去追什么少老板，搞得你寒了心。明明，你千万要想开。我现在陪你去散心，咱们把两千元花完，去他妈的按揭，老子死娃抬出南门了，什么也不顾了。”

宏觉得很委屈。他和瓶子过得怎样我不知道，现在看来也过得不好。按何月明的性格，能让宏捎话给我，估计也快穷途末路了。我的现状是暂时不愁吃喝，收入却有限得很。放在北京、杭州、成都等地，动漫行业的从业者月收入至少两万，可A市的动漫行业不景气，收入不高。我给自己买设备开销大，所以钱包干瘪，差点儿就一贫如洗了。宏的忙我还是要帮的，他把我感动得也掉了泪。我盘算了一下，决定借给他一万元。

何月明消失得无影无踪了。我将她的微信头像继续收藏着，留这个念想，是为了不忘小西眼睛的来历。

我支付不起全息成像婚礼费用，按照现在的收入和开支计算，十年吧，十年后才能和小西办一场这样的婚礼。不过，这个虚幻的婚礼是我要努力实现的目标，这是我对小西的承诺。

在静寂的小屋里，我开始制作小西的下一期视频。刚进入台词创意，妈妈就不停地打电话，我说出差了。我偷着和爸爸通话时，爸爸悄声说："你妈妈想带去见你的，是一个资深心理医生。儿子，爸爸理解你，你一点儿毛病都没有，但为了不让你妈担心……"

我愕然地放下电话，郑重地告诉自己："我……我很健康。"

带着母亲上高原

一

不和我说话的时候，母亲习惯捧一本书坐在阳台上，也不怎么看，就是翻开放在小桌上，望着天空发呆。起初，我担心老年性痴呆开始侵扰她，医生检查后告诉我，老人家习惯回忆是正常的。医生只说对了一半，母亲不是习惯回忆，应该说，回忆是母亲一生的爱好。从我会听话时，她就经常给我讲故事。我那时太小，多半内容听不懂，不管我听得懂听不懂，母亲都讲得很认真。如果我捣蛋，她就会拿一块饼干吸引我，等她讲累了，我才能得到这块橡皮大小的饼干。母亲讲故事时有一个道具，是一块深蓝色的软布，上面印有十分模糊的图案。她自己应该十分珍惜这块布，因为她从不许我碰，即使我哭晕了也不行。

等到我长大一点儿能正常对话了，母亲又不厌其烦地一遍遍重复已经讲过无数遍的故事。我渐渐明白了，她讲的是陕甘宁边区时期自己从事税收工作的亲身经历，故事发生在边区所辖的宁安县。她的故事里经常有一个骑马奔驰在高原上的男人。是的，你没猜错，这个男人就是我的父亲，不过，我从没见过他。记忆里，母亲总拿一张骑在马上的男人的照片告诉我："这是你爸爸。"逗我叫一声，我就叫一声。我流着涎水每叫一声爸爸，母亲的泪水比我的涎水还要多。经常这样反复，我条件反射地认为，叫照片一声爸爸，母亲就会流泪。由此，她再逗我叫时，我就不叫了，母亲生气，我屁股就要轻轻挨上几巴掌。讲不完的故事、橡皮大小的饼干、对照片叫爸爸、一小块蓝布、挨不完的巴掌，构成了我童年的全部生活。

母亲仍然坐在阳台上，望着背后有阳光照射的亮亮的云朵，陷入了沉思。每每这时候，我绝不会去打搅她。

大概在我上班以后，她就明显减少了主动给我讲故事的次数，如果我主动问起来，她就像第一次讲述一样满怀激情，丝毫没有反复讲述的乏味情绪。或许是因为从小受母亲熏陶的缘故，我从事的也是税务工作。在我三十多年的从税生涯中，值得一提的只有一件事情，就是我出版了五本关于边区财税方面的史书。母亲放在小桌上的，就是我于2020年年末出版的《陕甘宁边区财税人物传略》。在这本书里，尽我所知收录了六十四位边区时期的财税人物，有领导、英雄、烈士，也有普通税工人员。我阅尽了能找到的所有史料，始终没有发现母亲讲的英雄父亲的事迹，更没有谢天华的名字。不过，母亲故事里的父亲，和我收录的税务英雄却多有相似之处，从他们身上，母亲大概多少能找到一点儿父亲当年的影子吧。

可能因我略通税史，2021 年春节刚过，延河电视台《历史现场》栏目组约我录制节目《税史记忆》，我爽快地答应了，同时给导演建议，也应该给我母亲录制节目。导演不知道我是什么意思，客气地说："当然，带老人家来玩玩也行。"我郑重地告诉他："我母亲会讲故事，更重要的是，她是边区时期税务系统的一名税务人员，见证了边区税收发展的整个过程。"导演一听，如获至宝，立即决定派车来接。我婉拒了，说母亲年事已高，行动迟缓，还是我带她去较为合适。

到延安的第二天，母亲就嚷嚷着要去电视台。导演考虑得很周到，担心累着母亲，录制时间没做严格规定，母亲累了就休息，想讲了就打开机器。谁知母亲一开口，坐在对面陪她聊天的主持人就插不上话了，她不愿意别人打断她，也不习惯顺着别人的思路讲。第二场开录时，就不再设主持人，大家都坐在台下当听众，电视台还从某个学校邀请了百十名学生。母亲就更显精神了，眼神里顿然有了辛永贞年轻时的活泼调皮劲儿，毫无老年人的臃肿与迟钝。坐在镜头前，灯一亮，她就找到了当年登台宣传税收政策的感觉，于瞬间容光焕发。母亲手里拿着我小时候看惯的那块蓝布，从表情看，她的思绪已经回到了艰苦卓绝的边区时期，回到了她曾浴血战斗过的宁安税务局。

二

（一）

宁安县城古老的角楼在落日的照耀下，似乎褪去了沧桑的土灰色，闪烁着耀眼的光芒，角楼的风铃伴随着川流不息的运盐队伍，发出悦耳动听的叮当声。一年四季都在风中摇响的风铃声，辛永贞总是听不够。每次从角楼下经过，她都要停下脚步，微笑着望着城门口忙碌出入的陕北老乡，心灵就与风铃的声音共拍了。她总在心底感叹：多好听的声音呀！如果没人叫，辛永贞会一个人站在角楼下听上半天，即使戈壁日斜，夜露凝结，也不知道回去。

宁安县城的城墙边，搭起了一个临时戏台，台子是用黄土筑成的。谢天华是宁安城人，熟人多，绕城走一圈就能招来一个加强班，赵局长就把搭台宣传税收政策这活儿交给了谢天华。

“我搭台，谁唱呢？要不请陈先生过来，说上一段‘小姑子听房’？保证逗大家笑。”谢天华骑在一匹黑马上，马鞍边永远拴着一卷羊毛毡，挂有一只黄牛皮做的半圆形水囊。他穿一身苦艾草染成的灰绿色服装，左胸前别一片蓝布，上面印有交叉的两支木枪和一颗五星，还有五个字，写的是“税务缉私证”。谢天华的这身装扮是宁安税务局税务缉私队员的标配，穿着它在1942年宁安县城陈旧得泛黄的街道上走过去，还是特别引人注目的。拦羊娃当上了税务缉私员，在家门口就干上了革命，在当地人看来，这后生福气重。由此，谢天华的一举一动在宁安人的眼里就显得特别神气。

西街的黄老六得了一万元盐贷后，买回来两头驴子和一头牛，加上他能说会道，用“变工”方式吸引来六户人家，有牲口的出牲口，有粮食的出粮食，很快组建了一支不大不小的运盐队。谢天华三言两语就把黄老六的运盐队招来了，驮黄土木料，还有大绳和竹席。三天后，在角楼东南方不远处搭起了一个看上去蛮像样子的戏台。为了好看，他还在台口两侧各立了一根三米高的木柱，上面挂有一副他央人写的对联：

风调雨顺三边食盐粒大色白名声好

驴欢马叫四元装满珠圆玉润赚钱快

长长的对联挂在台口，果然气势不凡，赵局长夸奖说：“不错。”这个舞台的确不错，起码是三年来最好的。去年的舞台是用木板搭建的，人在台上翻转腾挪，台子跟着演员晃悠，吊在柱子顶上的汽灯也跟着摇摆，差点儿没引燃台边的豆子蔓。前年趁骡马大会搞宣传，台子起得太小，没有设后台，演员和观众搅在一起，严重影响了演出效果。这些事都是赵局长告诉谢天华的。谢天华清楚，告诉他的意思是让他克服这些毛病，尤其赵局长还加了一句：“近来土匪豁嘴活动频繁。”谢天华听出来的意思是，搭起的台子要具有防护功能，这就是他机灵的地方。因此搭台时，他用黄土夯实整个台子，但预先留出了可以藏人的坑道。百十平方米大小的舞台，两横两竖留有四条坑道，然后用木桩在下面加固，上面用木板盖起来。这样搭台既省料又实用，若有土匪来袭，揭去木板就可以进入坑道。

谢天华觉得台子四周用草席围起来过于土气，就想上山找一些长得像连翘那样的小黄花装饰舞台。秋季这种小黄花开得正艳，用来装饰舞台比灰黄色的竹席子要好看许多。竹席子像绷着脸的沧桑老头，而小黄花就像辛永贞一样欢快的少女。这么一想，谢天华就手拿镰刀上了山。说起来，他和辛永贞都在税务局工作，可自己执行外勤任务多，和同事在一块儿的机会实在有限。可这小姑娘认得自己，这让谢天华感到非常得意。

刚才，辛永贞抱着一堆衣服从舞台边经过时，就喊他“老谢”，其实他才二十一岁，她这么喊，他也只好答应了。

“台子怎么样了？”辛永贞站在场边堆起的木料边朝谢天华喊，“老谢，叫你呢！”

“差不多了！”谢天华正在想舞台下的土槽留多宽合适，太宽的话，盖在上面的木板就不够稳当，演员蹦跳时，脚下肯定会晃悠。

“留这些土槽子干什么？”说着话，辛永贞走过来嚷道，“舞台下不能空着，噪音太大。”

“有用的。”谢天华拿过一块木板盖在土槽上，站上去跳了跳，木板上下弹起来，尽管幅度不大，可辛永贞已经叫了起来。

“我说不行吧，老乡！”说完话，辛永贞抱着衣服离开了。来这里看一看，似乎就是为了否定谢天华的设计。

“加固就是了。”谢天华小声嘟囔。

在宁安城，要数辛永贞的笑声最响亮，她一年四季都敢站在红石河的列石上洗衣洗被。因此，一年四季岸边都有她嘻嘻哈哈的笑声。从红石河经过时，谢天华老远就听见了辛永贞的笑声，感觉像流水一样清脆。谢天华低头走过去时，不时偷瞄河边。洗衣的姑娘有七八个，尽管不会有人发现他偷瞄姑娘们的眼神，可他的脸还是红了。

等他扛着装满小黄花的柳条筐回来时，辛永贞开始收晾晒在岸边野草上的被单和衣服。“老谢——”辛永贞抱着衣服，老远向他招手，“什么花？给我一朵！”

谢天华犹豫了，扛着筐过去肯定要费很大劲儿，只拿一朵过去又显得过于小气。他正在犹豫，辛永贞又喊：“站着干吗？拿过来！”

谢天华把竹筐放在路边，拿出一把自认为最艳的花，抬头看了看，辛永贞站在草丛里还在向他招手，无奈，只好晃晃悠悠过去。

“要你一朵花好像还不情愿？”辛永贞接过花，听口气有埋怨的意思，可脸上仍挂着灿烂的笑容。在谢天华看来，面前这个活泼的姑娘比花还好看。

“不舍得？”辛永贞扬起手问，“好看吗？”

“到处都有，有啥好看的。”谢天华转身往回走。

辛永贞喊：“嗨，别走。你搭的台子不行，去年他们在城隍庙借用的木板可厚了。”谢天华没吭声，其实他用的木板就是从城隍庙借来的。

三天后才是举办骡马会的日子，可现在，城外各条路上已是骡嘶马鸣。宁安城一年一度的骡马大会不仅在盐碱滩有名，而且声名远播宁夏和内蒙古。城西莲花池盐区的盐民牵着骡子和马来了，内蒙古人还牵来了骆驼，城里拥挤起来。谢天华扛着柳筐钻来钻去，好不容易才到台子下。刚爬上去，就看见辛永贞一手抱着叠好的衣服，一手提着洗衣盆，在人群里东躲西闪地走不过来。谢天华安排人插花，自己又挤进了人畜群中。

“终于把我解救出来了。”辛永贞的喘息声有些夸张，“老乡太能挤了，骡子和马个个有劲儿，不驮盐可惜了。”

谢天华让她从城隍庙边的小巷子回局里去，说那条巷子窄，平日走的人少。辛永贞可不听他的，站在台上练起了自己的节目。她是西安来的学生，虽不是黄土高原上土生土长的，可天性喜欢这里，适应性特别强，才一年多时间，秧歌扭得和陕北婆姨一样欢，开口一唱，信天游也不含糊。赵局长识才用人，就分配她搞宣传，辛永贞很快就成了税务局的台柱子。全局内外勤，甚至连盐池县局，还有莲花分局在内，没人不知道宁安县局有个辛永贞。

骡马大会如期举办，人山畜海，乱哄哄地，把城墙都要挤倒了。这时候辛永贞才搞清楚谢天华为啥加班在台前挖了一道两米宽的土壕，不是土壕挡着，这个小小的舞台恐怕早被挤塌了。那天的辛永贞红袄袄绿裤裤，装扮得分外扎眼，唱的是《赶上骡子走三边》。

一道道水来一道道川

赶上骡子我走三边

一条条路上人马多

都赶上三边去把宝贝驮

……

因为是台柱子，辛永贞最后一个上台。看到这么个俏女子在台上扭着唱，老乡们热情高涨，人潮一浪高过一浪，不断打在土壕边上，许多人就掉进了土壕里。

辛永贞在全神贯注唱歌，观众听得正来劲儿时，突然传来“叭”一声枪响，压住了满场鼎沸的人声。所有人一愣之际，“叭”又一声，台口挂对联的木柱上崩下来一块木片。

辛永贞愣住了。

“趴——下——”谢天华从后台冲上来，一把推倒辛永贞。

这时，就听见有人喊：“土匪来了！豁嘴下山啦！”

枪声接连响起。谢天华掀起木板，把辛永贞拉进土槽。可怜的老乡们和数不清的牲畜，一哄而散，各自奔逃。

赵局长的喊声从台侧传来：“进入坑道！”

为了搞好这次宣传活动，赵局长把缉私队员全部调了回来，总共十四人。缉私队员长年在一线征收，遇到的险情多，经验丰富，有了紧急情况反应快。“呼啦”一声，所有队员跳入坑道进行还击。

辛永贞趴了一会儿，紧张的情绪渐渐缓和下来。她看见谢天华爬出了坑道，跑过去拉住他，叫道：“快下来！”

谢天华回头瞪了她一眼，吼道：“这是战斗！躲开！”

赵局长迅速将人员分成三组，一组守坑道，由谢天华负责，二、三组从两侧迂回，攻向角楼。一组的主要任务是保护演出人员，这些人平时不摸枪，没有战斗经验。谢天华要去冲锋，被赵局长喊住训了几句。

谢天华趴在坑道边，举起长枪瞄准角楼那边打。辛永贞顺着谢天华瞄的方向看，“叭”一声，城墙上一个跑动的土匪应声栽下墙来。辛永贞“呀”一声，谢天华回头又瞪她一眼，辛永贞赶紧捂住了嘴。

谢天华骂道：“可恶的豁嘴，向老乡下手！”话音刚落，他浑身突然一抖，右肩头的衣服开了花。

“中弹啦！”谢天华侧头看了一眼肩头，面部抽搐出难以言状的痛苦表情，冷汗随即从额头淌了下来。在辛永贞看来，这种表情除了疼痛还有愤怒在里头。

“怎么办？”辛永贞慌了神，她不会处理，溜下去站在坑道里喊，“谢天华中弹啦！”

“别叫！”谢天华又瞪她一眼。

“你中弹了，需要包扎，我又不会。”辛永贞撩起演出服前襟，一用力扯下一条布来，“先绑一下。”

“不用你管！趴下！”谢天华滚动一下，又举起了枪。

辛永贞从后面抓住谢天华的双脚，用力往下拉。

“你干什么？”

“给你包扎！”

“土匪在枪杀百姓……”谢天华挣扎出一只脚蹬她。

辛永贞是犟脾气，偏要拉他下来，一用劲儿，谢天华从坑道上滑了下来。在谢天华的吼叫声中，辛永贞用扯下来的布条包住了他中弹的肩头。可能由于疼痛，谢天华汗如雨落，神志有些迷糊，可他还是抓住枪爬上了坑沿。

辛永贞伏在他旁边，说：“你教我，我来打。”

“你下去。”谢天华声音低沉，混在交织的枪声里，基本听不见。

辛永贞推他一下，才发现谢天华晕了过去，她又拉他下到坑道里，发现谢天华的意识时有时无。她知道医疗队的位置，不过，背他过去需要经过角楼。辛永贞观察了一下，发现城墙上的土匪并不是很多，迂回过去的同事们和政府人员开始一块儿向城墙边冲锋。土匪在吼：“顶住，杀一个奖两只羊！”辛永贞判断，能这样吼，恐怕是快顶不住了。

“走！”她给自己下了命令。从谢天华身上摘下两颗手榴弹插在腰间，长枪挂在脖子上，背起谢天华从坑道一头向城墙根摸去。顺着城墙根向前爬，她才感到高原上的沙粒简直像铁屑一样坚硬，刺得她手掌上全是血点，才爬过一百多米，双掌就痛得难以忍受，背后的谢天华还在迷糊中叫喊："打！冲！"

爬完这段墙根，越过一个豁口，就到了土匪控制的墙下。辛永贞放下谢天华，看见墙上的土匪向冲过来的政府人员射击，有人倒了下去。她急了，瞄准墙头开了一枪。随着响声，枪从手里掉到了地上。她从没体会过射击，不知道放枪的震动这么大，子弹不知飞到哪里去了。她捡起枪又打，还是打不中，反而被土匪发现，一排子弹打了过来。

"怎么办？"她在问自己，没想到谢天华出了声："投弹。"

"太远了。"辛永贞扶谢天华靠在墙上，"怎么投？"

"你绕过这个豁口，爬上对面的断墙，距离就近了。看见没，那挺机关枪必须炸掉，把枪给我，我掩护你。"谢天华声音虚弱，可目光坚定。看着这双眼睛，辛永贞感到有一股力量迅速传遍了全身。拔出一颗手榴弹，谢天华给她演示了一下，她起身就要冲过豁口。

"趴下！"谢天华有气无力地喊，"一定要趴下，尽量别让土匪发现你，才有可能炸掉机关枪。"

辛永贞完全没有战术概念，更没有战斗经验，只有一个想法：

摸过去，炸掉机关枪。

“听我指挥，趴下！”谢天华端起了长枪。

这里没有正规部队，土匪出没的随意性很大，防范难免存在漏洞，估计土匪摸清了城里的情况才搞突然袭击抢牲畜。角楼对面的沙包后趴着政府人员和税务局的十四名缉私队员，和土匪对峙着，现在打了个平手。土匪的武器比政府人员好不了多少，唯有这挺机关枪威力很大，炸掉它，土匪就失去了火力优势，加上他们远远没有政府人员勇猛，应该一打就垮。谢天华就是这样判断的。

“爬过去！”谢天华一声令下，辛永贞一愣，连滚带爬向前匍匐。

“用土塄挡住自己！”谢天华刚喊完，土匪的枪就响了。谢天华举枪打倒了土匪。辛永贞跃起跑过豁口，子弹划破空气的刺耳声接连不断，她全然没有掩藏意识，跑到对面的墙根下就往断墙上爬。

“傻瓜，不要命的傻瓜！”谢天华一急，头脑比刚才清楚了些，举枪瞄着墙头，只要土匪露头，他就开枪。

机关枪一直在响，沙包后的政府人员没法移动，但他们发现了辛永贞，意识到她想干什么，一齐开枪吸引土匪火力。辛永贞爬上断墙，甚至看见了机枪手的半个脑袋。她赶紧溜下来蹲在墙角，拔出手榴弹，拉出保险销。边区生产的手榴弹，比常规手榴弹弹体大了许多，木柄也长出两寸，爆炸时间比一般手榴弹延长了两秒。按谢天华刚才教的，她默声数一二三，准备投时又顿了一下。

“快投——”谢天华急得大声叫喊。

辛永贞用力扔了出去，手榴弹在土匪头顶上炸开了，机关枪随即哑了声。土匪向断墙攻来，谢天华举枪射击的同时，辛永贞投出了第二颗手榴弹。墙头上的土匪被炸得七零八落，有个土匪直接从墙头上掉了下来，歪倒在辛永贞面前。她一惊，一脚蹬开土匪，抓起土匪的枪向墙头爬。

机关枪哑了声，政府人员立即跃起身向城墙冲来。没有了机关枪的火力优势，土匪顶不住猛烈进攻，边打边溜下墙去。辛永贞趴在断墙头上，想向溃败的土匪射击，可她摆弄不了土匪的这杆土铳。

“回来，回来！”谢天华都有些声嘶力竭了。

政府人员冲上了断墙，辛永贞才回头背起谢天华往医疗队跑去。

“不听指挥，简直是无组织无纪律。”谢天华哑着嗓子教训辛永贞。

“可我照样炸掉了机关枪。”辛永贞不在乎批评，异常兴奋。

经过这一战，她不但不疲劳，反而精神百倍，感觉谢天华也没有刚才重了。

“放下来，我能走！”

辛永贞喘着气，大声说：“你流血太多，别乱动。”

土匪早已跑得一干二净，政府人员重新把住了城门，开始检查出入行人，安抚老乡们的情绪。

辛永贞边跑边侧脸问：“怎么样？”

“快放下！”被一个女人背着在大街上跑，谢天华窘迫极了，不断叫喊放他下来。辛永贞放下他，谢天华往前走了两步就栽倒了。

谢天华的枪伤不是很严重，没有伤到骨头，只是失血太多，不时就会晕过去。住进医疗队，护士就不让辛永贞管了。她背着长枪，扛着土匪的土铳，走在大街上感到特别神气。

这一仗结束后，政府人员都在议论税务局的辛永贞。“那女子，神了！”“生来就是打仗的料。”这些话传进辛永贞的耳朵，她就更神气了。

隔了一天，赵局长喊她：“别出去了，刘县长要来表彰你！”

集合后，大家站在税务局院子里，刘县长给辛永贞的左臂别了一块红布，上面印有镰刀和斧头，还有“英雄”两个字。

“这应该奖给谢天华，是他指挥我干的。”

“他也有。”刘县长笑着说，“这次打退侵扰的土匪，辛永贞同志立了头功，很勇敢，大家要向她学习！”

辛永贞的脸红红的，有些害羞，和冲锋陷阵时判若两人。她手里捏着谢天华的奖章，等县长离开后，一个人来到医疗队。

谢天华恢复得很快，正坐在床边补衣服上的弹孔，看见辛永贞，脸一红。

“看样子好多了。”辛永贞笑着说，“站起来。”

谢天华瞅她一眼，坐着没动。

“站起来！”辛永贞严肃起来，“这是命令。”

“干啥？”谢天华不情愿，“别逗，局里忙什么事呢？”

“给你授奖，快，别管局里的事了。”辛永贞掏出奖章，认认真真地给谢天华别在左臂上，然后坐下来拿起谢天华正在补的衣服，笑着说：“就你这大手，还能拿捏针线？”

（二）

谢天华枪伤没好利索就跑回了单位，他那匹黑马拒绝任何人骑，谁想骑就踢谁。谢天华刚跑进大门，黑马就在后院叫开了。谢天华想拉黑马去河边洗澡，碰见了进门的赵局长，他故意挥了挥膀子，喊道：“没事了，明天就能出门缉私。”

赵局长说：“你的任务还是养伤。”

和赵局长一块儿进门的还有黄老六，这个黑瘦的汉子总是笑呵呵的，长年扎在头上的白羊肚手巾像他的脸一样黑乎乎的。他负责的这个运输队跑得勤快，经常来税务局换运盐证。看见谢天华，黄老六一低头过去了。谢天华没在意，骑马去了河边。

时已深秋，河水静静地，睡着一样。黑马驮着谢天华来到河边，他挽起裤脚下到水里，感到河水渗骨，又赶紧上岸来。尽管高原上无遮无拦的太阳像往常一样耀眼，可已退去了夏季灼人的温度。他放弃了给黑马洗澡的想法，只是替它刮刷了一遍全身的毛。这匹马跟他有两年多了，是大前年春天在打败豁嘴的一次战斗中缴获的。那次战斗中土匪被打散后，豁嘴骑上黑马想逃，不料黑马尥起后蹄子将豁嘴摔了下来，一声长嘶，撒开四蹄跑到了谢天华的身边，像找到久别的战友一样亲热。谢天华伸手拉住缰绳，黑马就顺从地归附了他。之后，谢天华骑上这匹马与豁嘴还打过一场遭遇战，黑马冲锋陷阵，明显有弃暗投明般的舒畅。

正在替黑马刮刷，谢天华听见有铃铛叮叮当当的响声，扭头看见黄老六赶着驮队从岸边走过。他喊了一声并摇手打招呼，黄老六装作没看见，扬起鞭子想快速过去。谢天华不知道黄老六的闷葫芦里卖的什么药，刚在局里碰见时他就偷偷摸摸的，这汉子一向为人忠厚，今天这是犯什么病了？

谢天华骑上黑马追了上去，说："老六，拐弯走路，还叫不应，你这是发财了？”

黄老六假装刚看见他，说：“哎呀，谢缉私，河道里又没私盐队，你在这里干啥？”

“先说说你，偷偷摸摸的样子，有什么事？”谢天华策马挡在驮队前，“不说清楚别想过去。我寻思，你是不是偷带了私盐，见了我才躲躲闪闪的？”

“我哪里敢做这种违法的事，真做了，村里人也饶不了我，这驮队可是大家的命根子。”黄老六扬起鞭子，“你让开，我要去驮盐，已经耽搁半天工夫了。”

“刚去局里有啥事？叫你为啥不应声？”谢天华没有让开的意思，“不说的话，还得再耽搁你半天工夫。”

“这个，”黄老六搔搔头，“赵局长不让告诉你。”

“我不会告诉他是你说的，是不是有缉私线索？”谢天华下马递给黄老六一支边产三星纸烟，“这纸烟可金贵了，抽一支。”

“我抽旱烟。”黄老六从腰间抽出旱烟袋，“你都猜到了，可别怪我多嘴，赵局长说你枪伤没好利落，怕你知道后要去参加。”

“具体位置在哪里？”谢天华追问。

“柳树湾，北边来的私盐队，有武装。”两人尽管在连只飞鸟也没有的河道边，黄老六还是压低了声音，“就在今晚，赵局长他们已经出发了。”

谢天华飞身上马，一提缰绳，黑马闪电一样奔了出去。辛永贞站在税务局门口东张西望，刚听见马蹄声，谢天华就到了眼前，对她说："我的枪还在你那里，快给我。"

"干什么？"辛永贞不紧不慢，拉长声音说，"赵局长不让给你。"

"别胡闹，有紧急任务，赶快去拿！"谢天华一着急，拽了辛永贞一把。

"革命同志不要动手动脚。"辛永贞严肃起来，对他说，"我是在执行命令。"

"他们不知道柳树湾沙丘后还有一条道，我得去堵上。快，私盐贩逃脱了，你负得起责任吗？"谢天华着急起来。

"不给。"辛永贞喜欢看谢天华着急的样子。

谢天华左脚踏上马镫，说："不要枪，照样缉私。"

看见谢天华要上马离开，辛永贞急了，喊一声："那你带上我！"

"你以为是去延安逛街？丢了性命都有可能。"谢天华上了马。

辛永贞知道缉私不拿枪基本等于送死，她一把拉住缰绳，说："带上我，就给你拿枪。"

"不行！"谢天华吼道，"松开手！"

“不松！”辛永贞也犟上了，“我都学会打枪了，也会给土匪的冲子装药。”

“你这人，”谢天华着急起来，“赶紧松手，来不及了。”

谢天华坐在马上，没承想辛永贞伸手拉开了马鞍下的皮带，气得谢天华脸色通红，不得不一边下马来重新扣上，一边训她：“你这人，怎么能这样？”

“不然，你跑了咋办？”辛永贞笑着说，“一块儿去拿枪。”

拿了枪，辛永贞还不忘表功，说：“我从盐务局给你要了一排子弹。”

“你行啊！”尽管谢天华生这个小姑娘的气，可听说有子弹，气就消了一大半。对缉私人员来说，子弹何其金贵啊。关键时刻一颗子弹就能救命，甚至会改变一场小型战斗的局面。

“我拿着子弹，到柳树湾再给你。”辛永贞握着弹夹扬了一下手，很是得意的样子。

谢天华第一次尝到了女人难缠的滋味。按规定，他的长枪只配有四颗子弹，她一下子拿来九颗。子弹的分量，谢天华最清楚。他无奈地点了点头说：“一定得听我指挥。”

“没问题。”辛永贞没有配枪，背上了缴获来的土铳。

柳树湾是极为偏僻的去处，不仅是私盐的通道，还是土匪经常出没的地方。这里是大沙漠，昼夜温差大，日落后，连野狼都不会在这里出现。冷月满怀心事地挂在天上，照得这片荒芜的沙漠越发诡秘。月光下沙丘相连，小道纵横，可绕来绕去通过宁安的路只有一条。紧靠沙漠的双峰山里，小道七拐八绕，尽管路窄坡陡，可驮畜行人可以通过，这是私盐贩子打开的秘密通道。从北边过来的盐贩子要去被敌人蚕食掉的蜗牛村卖盐，宁安是必经之路，绕出山沟后正好避过宁安，距离蜗牛村就很近了。

谢天华判断，赵局长他们一定在沙漠大道上设伏，但大道视野宽阔，不易控制。这么一想，为防万一，他就摸到沟口边的沙丘后隐蔽了起来。

沙漠之夜，深沉的天幕上闪烁着无数繁星，躺在沙地上仰望夜空，辛永贞就有了发现，问："哎，你说，星星怎么都集合在咱们头上了？"

"别说话。"尽管压低了声音，照样能听出谢天华在斥责她。

辛永贞噘了噘嘴，像谢天华一样趴在沙地上向四周观察，"月光不亮，黑咕隆咚，啥都看不见。"

"用心就能看见，还要靠听。"

"全是风声。"

"有时候，"谢天华说，"风声中就夹杂着牲畜的蹄子声。"

"又不是狗耳朵，哪能这么灵？"辛永贞一嘟囔，谢天华就制止她。

黑马参加惯了这种行动，卧在沙丘后一动不动，它似乎有意在控制呼吸频率，惯打的响鼻这会儿被自己绝对禁止了。除了风声，辛永贞只能听见自己的呼吸声。谢天华一动不动毫无声息，辛永贞怀疑他睡着了，伸手在他鼻子边试探。

“干什么？”又是低喝声。

“还以为你睡着了。”辛永贞缩回手，“冻死了。”

“不让来你偏要来，这下子领教了吧？”谢天华滚动一下，在自己趴过的地方用手刨起来。

“挖坑干什么？”辛永贞双臂交叉搂住双肩，上下牙齿磕磕碰碰的。

“你就是话多，注意四周。”谢天华侧身躺着，双手不停，很快挖出一条小沙坑。借着月光，辛永贞看见沙坑和自己身体差不多一样长，大概一人宽，半条胳膊深。

“你想活埋我？我不说话了。”辛永贞抱住土铳，似乎真害怕谢天华活埋了自己。

“说对了，滚进来。”

“不。”

“这么个小坑，想活埋也埋不住，进来取暖。”

“取暖？”辛永贞犹豫了一下，开始移动身体，刚一侧身就感到冷风像无数飞针，同时袭击了胸腹的每个部位。她赶紧爬进沙坑，谢天华用坑边的沙子盖住她，只露出头在外面。

“真暖和，再给你挖一个。”一暖和，辛永贞声音就高了点儿，谢天华伸手捂住她的嘴，辛永贞“唔”一声，却看见北边似有橘色的灯光闪了一下，鬼火一样一跳一跳的。

“来了。”谢天华一把抓住长枪，“过会儿打起来，你趴在这里别动，就算帮我大忙了，听见没有？”

“我要参加。”辛永贞一急，双臂从沙子里伸了出来，露出的部分马上就被冷风蜇了一遍。

“你已经参加了，还要怎样参加？你来这里，我还不知跟赵局长怎么交代。”谢天华双眼比星星还亮，瞪着灯光出现的地方。

灯光再次出现时，吓了辛永贞一跳，竟然已近在咫尺。她搞不明白，一直亮着的灯光怎么会看不见移动。她害怕起来，心想一定是鬼火，这样偏远阴森的地方，可不正适合孤魂野鬼出没吗？

近在身旁的灯光又消失了，辛永贞吓得拉住谢天华的手，像被冰水冰着一样，她被冰得一激灵，心想，他已经冻成冰了。谢天华似乎没有觉察到她的举动，紧盯着前方。南边的沙丘后，突然闪出一点同样雾黄的光亮，一明一灭两次。身边的灯又亮了，这次她看清楚了，是一个人，准确地说是一个穿着沙土色衣服的男人。他用黑布罩住了马灯，移动时如鬼影。只见他蹲下身，向身后亮了两次灯，沙丘后如水墨洇湿宣纸一般，显出一道曲线来。

不过，这曲线是移动的。

“黄老六有一套，还真来了。”谢天华心想，这次行动结束后要感谢黄老六，至少请他吃一碗荞面饸饹。

私盐队几近无声地缓缓移动，提灯的人已提前过南边接头去了。

“还不快上？”辛永贞着急起来。

“赵局长在前边，等他们冲出来，我截后路。”

“你肯定赵局长在前边？”

“这叫默契，赵局长在会上讲过多次。”

“这叫瞎猜，你放走私盐队，我回去就告你。”

私盐队绕过前面的沙丘看不见了，谢天华开始向沟口方向爬行。

“哎，别丢下我。”辛永贞顾不上冷，一用力爬出沙坑追了过去。她害怕落单，尽管一声不响的黑马卧在身边，可她觉得还是谢天华可靠。

“趴下！”谢天华呵斥她。

辛永贞趴下的同时，南面的沙丘后响起了频繁的厉声呵斥：“站住！站住！”

一时间，沙漠上开锅般沸腾起来。辛永贞心里忽地一热，在这荒野之地，原来真有这么多缉私队员像自己和谢天华一样匍匐在沙漠里，她都想扑过去喊上 嗓了。

“怎么办？冲过去？”辛永贞说着就要站起来，谢天华一把拉住她。月光下，突然有一匹白马从南边向沟口飞奔过来，后面还跟着两个人，慌慌张张地边跑边回头放枪。枪声划破寂静的夜空，撕开伤口一般惊心。

白马接近时，谢天华突地跃起，要拉马背上的人下来，可这人闪身一躲，白马从身边一闪即过。就在这时，不知黑马什么时候冲了过来，一下就撞翻了对方的坐骑，马上的人翻了下来。谢天华冲上去掏出绳子绕头就绑，刚绑好，马后的两个人就赶到了，举枪要打谢天华。辛永贞急了，伏在地上顾不得起身，抡起土铳打中了一个贩子的双腿，那人怪叫一声倒在地上。谢天华随即扑倒了另一个贩子，这贩子挣脱出来，撒腿就跑。

辛永贞喊：“站住！放下盐袋！”

贩子听见是女人声，可也不敢站住。辛永贞举枪便打，土铳喷出一股火光，贩子“哎哟”一声栽倒了。她还没顾上高兴，栽倒的贩子又爬起来跑，尽管一瘸一拐，可逃跑的速度并不慢。辛永贞用土铳顶着倒地的盐贩，看着逃跑的黑影消失在夜幕里，直后悔火药下得太少了。

黑马故意似的，来回挡着白马的去路，谢天华过去牵白马过来。

“跑了一个。”辛永贞有些失望。

“不错了，还缴获一匹马。”谢天华说，“押过去和赵局长会合。”

两个人围追堵截的情形，赵局长已经看在眼里了，老远喊：“就知道是你，另一个是谁？缉私队怎么多出一个人来？”

辛永贞押着贩子，高声说：“抓了两个，还有一匹马。”

“辛——永——贞——”赵局长拖长声音，听起来特别严肃，“怎么回事？”

“让她说，”谢天华急忙解释，“我是被胁迫的。”

“胁迫？”赵局长说，“谁能胁迫你？回去再说。收队！”

谢天华找黄老六吃饸饹时，辛永贞在给赵局长写检查。虽说在写检查，她却并不难过，甚至有些窃喜。写了几遍都没通过，原因是她总在描写缉私过程的刺激，还表扬赵局长计划周密，缉私队员英勇无畏，就是不写自己胁迫谢天华违反纪律的事。

缉私取得了圆满胜利，市局要材料，说要报告边区税务总局。赵局长把辛永贞写的检查当作汇报材料报了上去，写检查的事自然就不了了之了。

（三）

皖南事变后，敌兵对边区封锁得越发严密，还不断挑事蚕食地盘。在封锁一口紧过 口的情况下，宁安税务局展开了进入白区征收税款的行动，说是白区，其实是被敌人蚕食的村落。

蜗牛村被蚕食之前，是一个较为繁华的村镇，虽然没有县城和大集镇热闹，可也是方圆十里的大去处，人口密集，商业畅通，生活日用品、农具耕具应有尽有。村中有十字交叉的街道，商户就沿街开铺设店，一直是税源不错的地方。

被蚕食之后，村街上的店铺大多关闭了，表面原因是经营成本大，十店九赔；真实原因是国民党的税多，七苛八杂，没有人承受得起，就进行秘密交易。边区税轻，条例明确，商户们自己都会计算。再说，商民普遍清楚，给边区交税是为了把害人的“豺狼”全部消灭掉。

长期的民主税收实践，使边区大小商人和税务人员之间早已建立起了互信相帮的友谊。尽管在敌兵的监视之下，但税收评议委员会仍在秘密工作，各家各户都把产生的税款藏起来，等税务局的人来后交给他们。去蜗牛村收税，就成了谢天华又一项重要任务。

谢天华一般都是化装成商贩进入蜗牛村，有时趁天黑就摸进去了。不过，去这里收税相当危险，但辛永贞天不怕地不怕，尤其经过沙漠缉私事件以后，变得更是胆大包天。她死缠谢天华没有奏效，就去向赵局长申请，但不管她使什么法子，蜗牛村是绝对不让她去的。

有一次，谢天华等三人化装成私盐贩子准备去蜗牛村收税。之所以要化装成盐贩子，是因为这一时期食盐特别紧俏，在市场上是最抢手的商品。为了确保不被敌人识破，赵局长专门向刘县长申请，刘县长又协调盐务局，才给他们每人批了五斤食盐。辛永贞虽没被批准去蜗牛村，可争取到了一个护送谢天华他们上山过河的机会。按照擦黑进村的计划，等到太阳快要被双峰山遮住时，谢天华、李斌武、王向利出发了，他们走的是双峰山上私盐贩子经常走的小道。封锁区的敌人在边境线上开设了不少收购私盐的店铺，为刺激走私，他们故意抬高食盐收购价，借以捣乱边区的金融环境，妄想搞垮边区经济。此外，封锁区的敌人在边境线还开有不少奢侈品店，将奢侈品以低价卖给商贩，让商贩偷运进边区出售，边区禁止什么，他们就倾销什么，比如香烟、雪花膏、牙膏、指甲油等。

虽说山大沟深，可宁安县城和蜗牛村之间只隔一座山一条沟，一上一下就到了。蜗牛村周围岗哨林立，检查相当严格。为了逼真，按照预先约定，谢天华等人从沟口出来，蹚过河后，后面要放枪，辛永贞肩负的就是放枪任务。辛永贞做事一般不计后果，本来是让朝天放枪，可她想，不真实就容易露出马脚，她偏要瞄着谢天华脚下放枪。可是又瞄不准，枪一响，路上尘土纷纷，吓得三个人撒腿就跑。看见他们的狼狈相，辛永贞捂住嘴笑了。

枪声一响，谢天华三人跑起来，村口的哨兵就被惊到了，端起枪胡乱放了两下，喊：“怎么回事？”

“贩盐的，追来了！”谢天华他们上气不接下气，直接朝村口跑。

“天大的胆子，敢追到这里来。”哨兵检查了三个人的口袋，“就这么点儿盐，也值得追。”

“查得紧哪，本来背了二十多斤，路上跑丢了一些，还差点儿没命。”谢天华知道，哨兵见盐贩子就放，检查只是例行公事。王向利给哨兵递上烟，李斌武擦火给他们点上，也就可以进村了。可就在这个节骨眼上，山沟里又传来了枪声，和他们装扮差不多的五六个贩子，背着沉重的口袋，狼狈不堪，气喘吁吁地向村口跑来。

不用猜，他们是真正的盐贩子。哨兵笑嘻嘻地，像看见自己人一样，一个哨兵喊：“有命在就好，赶紧卖给贸易站，盐价又涨了。”谢天华瞅了一眼这群贩子，心想缉私如此严格，怎么还有这么多盐贩子？转身进村时，他瞥见一个盐贩在偷眼瞄自己，站在原地犹犹豫豫地欲走不走。对这个人他没有什么印象，也就没当回事，大大方方地进了村子。

赵局长安排的是放枪送谢天华一程，并没安排迎他们回来，让辛永贞放完枪就撤。可辛永贞想的偏偏是，反正他们连夜要回来，还走这条道，为啥不等等一块儿回去呢？这么一想，她就找了一个自认为隐蔽性好的土堆，用在沙漠之夜缉私时学来的办法，静静趴在土堆后，还不忘给身上盖几把野草。她想收到税后，他们就该回来了。

谢天华三人背的食盐当然不能卖给贸易站，而是要按边区价格卖给蜗牛村的商户。进村后，他们决定去找评委会的任会长。任会长是靠得住的老边民，蜗牛村被蚕食之前，他就是这里的评委会会长。三人七转八拐，来到了盛兴旺，盛兴旺是任会长杂货店的字号。任会长知道谢天华他们要来，提前通知了商户，谁交多少税，谁领什么票，早就厘清了。三个人很快办完公务，在任会长家的后院歇息，准备后半夜摸黑返回。

谢天华哪里知道，刚才进村时那个偷瞄他的盐贩已经认出了他。这个贩子就是沙漠之夜缉私时，一瘸一拐跑掉的那个人。虽然那晚天光暗淡，可在朦胧的月光下，谢天华的方脸浓眉还是给拐子留下了印象。他们进村后，拐子抱着“宁可信其有，不可信其无”的心理，立即给哨兵报告了自己的猜测。哨兵才不去管是真是假，站在村口反正没事，折腾些事出来倒挺热闹，说不准还能立功，混个班长当当也说不定。于是哨兵不加核实，随口就上报了。他们的连长也想立功，定下了不要打草惊蛇的方案，悄悄封闭了所有出口，在村子展开了地毯式搜查。这时，待在任会长家后院的谢天华还不知道外面发生的事情。

拐子之所以肯定谢天华是缉私队员，与辛永贞也有关系。她刚在土堆后隐蔽好，就听见了嘈杂的说话声。

“赶紧过沟，前边就到了。”说话人的喘息声像牛一般粗重。

“有人贩盐？”辛永贞伏在原地观察。果不然，从山坡那边上来五六个背着口袋的盐贩子。到达山顶，这群人认为脱离了危险，就坐下来休息。

拐子骂起来：“狗杂种，什么地方也敢歇脚，缉私队神着呢，说不准这里就有埋伏，赶紧下沟。”

看见拐子，辛永贞想起了沙漠上跑掉的那个贩子。她一急就要爬起来，可转眼一想，自己一个人对付不了这群壮年男人，搞不好还会弄巧成拙。怎么办？她的第一个想法是断了这条盐路，唯一可行的办法是等他们下沟后开枪，受到惊吓，他们就不敢再从这里经过了。

拐子催促其他人下了沟，自己走在最后。这是他的经验，走过的路没发生险情，说明安全，前面万一有事，自己可回头逃走。

盐贩子下到半沟间，辛永贞就开枪了。她学会打枪不久，枪法不够准，倒是把贩子们吓得够呛。拐子万万没有想到，背后会有人开枪，仓皇间一回头，看见有人站在沟沿上。

辛永贞喊："站住！放下盐袋！"

慌张之间，拐子来不及细想，只觉得这个女人的声音好像在哪里听过。他逃到村口又看见谢天华，虽说印象模糊，可那晚扭打时，对他的方脸浓眉还是留有印象，再联想到辛永贞的喊声，模糊的印象开始清晰起来，随即就去告发了。

辛永贞很满意自己的行动，至少这条走私通道被切断了。这么一想，觉得自己干得漂亮，又伏身到土堆后面去了。夜幕初临，山风轻吹。她举头望见山下的蜗牛村有了星星点点的灯光，似乎还有火把流动，火把还不少，连成了多条火线，在村子里毫无规则地移动。

"他们该回来了。"她这么想着，就打起了瞌睡。

辛永贞看见的火把正是敌兵在村里挨户搜查照亮用的。敌连长不让声张，不许大呼小叫，也不许抢东西，让悄悄搜查。半个村子已经搜过了，谢天华他们还没有察觉到危险，可危险正在步步逼近。

任会长是个斗争经验丰富的老边民，交税领票的商户陆续离开后，他安排谢天华等在后院休息，然后习惯性地观察一番。他出门一看，满巷子都是火把，吓得心惊肉跳，尽管距离他家还有一段距离，可火光已把脚下的路面照得昏黄了。

他赶紧回身进门，跑向后院，低声说："快走！敌人在挨户搜查！”

谢天华三人听到任会长的报警，跑出院来。

任会长迅速做出判断，说：“翻墙，走北巷进山。”

谢天华三人顾不上说话，翻墙就走。

到了北巷，他们才弄清问题的严重性。敌兵采取收缩式搜查，四面全是火光，火光下人影绰绰。只有出北巷距离进山的路最近，可北边照样有敌兵窜动。谢天华决定，翻进居民家里去，能走就走，走不了就藏起来。蜗牛村的特点是居民都临街盖房，院子一般留在屋后用于堆放杂物，家家后院相连，要走要藏都方便。三个人一商量就翻进了路边一家人的后院，一口气翻过十多家院子后，墙外就是正在搜查的敌兵。屋主人老白正在后院藏粮食，谢天华跳进来，吓了他一跳。

“怎么还没走？不知他们在搜什么，鬼头鬼脑的，先藏起来吧。”老白让他们三个人下到院角的窨子里，叮咛藏在粮食后边。然后老白用石板盖住窨子口，上面铺上杂草，拉羊过来拴在杂草上，看起来就是一个普通的羊圈。刚收拾好，敌兵就进了院子，不说话到处乱翻。

“找啥嘛，粮食上次都被抢光了。”老白战战兢兢的声音，在窨子里也能隐约听见。

“闭上你的老嘴！”敌兵继续翻找。

窨子里黑咕隆咚。刚下来时看见有粮食，可粮食后面似乎还藏有其他东西，凭手感应该是火柴、犁铧、竹笼、草绳之类。老白经营的是农具店，谢天华想起来，他刚才还领了三份票。

从地面上的声音判断，敌兵就在羊圈附近，应该有七八人之多。为了应付哨兵检查，缉私队员来蜗牛村一般不带枪。谢天华三人无计可施，只能屏住呼吸，静静待在下面，听声音判断地面上的情况。

羊肯定被吓着了，紧张得乱跑。有多人从羊圈走过，去了院角的鸡窝，马上就传来鸡的乱叫声。敌兵应该是一无所获，骂骂咧咧地离开了。

“走好呀，老总！”老白这一声谢天华明白，是在通知他们没事了。

可这里毕竟不是久留之地，三个人检查了一下绑在身上的税款，又翻墙往北去了。万万没有想到的是，翻过最后一道墙时，王向利跳下去正好落在一个人身上。

墙下这人被压倒了，惊叫一声：“谁？”接着就是一枪，王向利应声栽倒。原来敌人布置了暗哨。谢天华手疾眼快，一拳打倒对方，李斌武掐住对方的脖子一扭，就了结了。

李斌武拿起敌兵的手枪断后，谢天华背起王向利朝山下跑去。可这一声枪响，把整个蜗牛村都打乱了。村子里火光乱闪，脚步杂乱，喊声不断，都向村北聚拢过来。村北距离山口非常近，红石河从山下绕过，河水不深但水草和淤泥没过了小腿，蹚得过去但不很方便。

守在山上的辛永贞被吵醒了，她跑到山边，只见红石河的南岸有无数火把跳跃着向河边移动，时不时还有枪声响起。她举起枪，却不知道瞄哪里。

谢天华和李斌武气喘吁吁地跑到河边，李斌武提醒说：“向利牺牲了，埋在这里吧。”

“不行，背过河去，你拿上他的税款袋。”谢天华挽起裤脚就下水，“尽量别开枪。”

李斌武提着手枪断后，说：“我知道，不然会暴露目标。”

山上的辛永贞观察了一会儿，她判断后面有敌人追，前面肯定有人跑，不是谢天华就是其他群众，总之是需要保护的人，待在山顶帮不上忙，怎么办?

她站起来命令自己：“辛永贞！”

“到！”

“命令你下山救人！”

“目标太小，不好找！”

“去河北岸搜索！”

“是！”

下完命令，她就顺山路往下跑。她的方向很明确，去火把集中的河对岸搜索。她认为这个任务相当紧迫，脚下就快起来。山道坡陡弯急，她接连被绊倒，可她越想越相信敌人追的是谢天华。“他们没带枪呀！”她提醒自己，“只能挨打了，快跑啊！”连跌带滚下到山下，不知是野兔还是黑獾从身边窜过去，她也顾不上害怕，爬起来就朝河边跑。

南岸的追兵朝河里开枪，借着火光，她隐约看见河里有两个人影在移动。“就是他们！”她瞄准对岸火把最密集的地方开了一枪。

这一枪放过，对岸就乱了，下到水里的人似乎又纷纷上了岸，有人粗着嗓子喊骂，逼士兵下水。她感到这一枪效果不错，瞄准火把又是一枪。令她吃惊的是，这一枪刚响过，身边就有子弹钻进泥土的响声。谢天华教过她，这时要滚动换位，她滚了半天才停下来。

河里的人已上了岸，她刚要问话，对方却先开了口：“是永贞吗？”

她太熟悉谢天华的声音了，赶紧回答：“是我，是我，都回来了？”她跑过去，一眼就看见谢天华背上有人。李斌武跟在旁边，谢天华背上肯定是王向利了。

“向利受伤了？”辛永贞扑过去。

“牺牲了。”李斌武瞅着南岸的火光放了一枪。

辛永贞“哇”一声哭了。

“别哭，”谢天华制止她，“爬山。”

李斌武和谢天华轮换着背王向利上山，到了山顶，把他葬在了一棵松树下。三人站在英雄的坟前，敬礼告别。

这时，东方露出了鱼肚白，三个人带上税款下山了。

（四）

抗日战争进入相持阶段时，陕甘宁边区到处是劳动的队伍和响亮的号子声。税务局也开展生产自给劳动，开荒地种蔬菜，养鸡喂猪拦羊，什么都干。日常供应越是短缺的时候，漫汀税卡就越不安宁。边区尤其缺少棉花，眼看 1944 年的冬天就要到了，棉花又成了紧俏商品。

设在边境线上的各个税务分卡同时接到了命令，严防棉花出境，进境棉花一律放行，并尽可能动员商贩输入棉花。谢天华就是这个时候来到漫汀税卡的，主要任务还是组织棉花入境。

在税卡守了一段时间，谢天华发现商贩的货物中极少有棉花。商贩都知道边区棉价高，可白区对棉花控制相当严格，已经上升到了战略物资的高度，别说贩运，就是想见到棉花都很困难，绝大部分棉花都被敌兵强行控制了起来。

谢天华掌握了这些信息后，心情相当沉重。高原上的秋风越来越冷，税卡设在山口当中，山风像磨过的刀一般锋利，吹得单衣单裤的税务人员脸色铁青。站一班岗，如同在冰窖里历练了一番，这样下去，进入冬天后，还怎么过呢？谢天华着急起来。

双峰山里的驼峰口是距离边区最近的一个封锁据点，是敌三二八连连部所在地。这里本是一处集市，人来货往，商业发达。敌兵进驻后，就把这里变成了堡垒。敌兵一贯有骄奢淫逸的习惯，在驼峰口自然就建了多处跳舞饮酒的场所，一时间，这里如同大上海一样成了花花世界。谢天华以商人身份去过驼峰口多次，探明在镇街西南角的军用仓库里存有大量棉花。可如何才能搞到手，成了漫汀税卡每个税工人员最为头痛的问题。谢天华愁眉不展，常常登上山头，望着驼峰口连声叹息。这时，辛永贞来了。

宁安局到漫汀税卡往返路程十余里，辛永贞时不时就会骑上白马来税卡转上一圈。这次来，她没有大呼小叫，有什么心事似的，比往常安静了不少。

“你们卡长呢？”下了马，她问正在劈柴的李斌武。

“在山顶上望驼峰口呢。”李斌武放下柴刀，“我上去喊他下来。”

辛永贞拴好白马，向四周看了看。漫汀税卡的条件十分艰苦，它处在两山相夹的山口，在山口最窄处用胳膊粗的杂木料做了几个三脚架挡在路当中，通常有三个税务人员持枪把守，来往商贩从这里经过时都要接受检查。

辛永贞站立的地方有两孔土窑，一孔是税工人员的宿舍，一孔是搞生产自给放置农具和做饭的地方。不远处的阳坡上，开垦有三五亩地，种了一些时令蔬菜。除此之外，这里什么也没有，连山上都是光秃秃的。谢天华到这里之后，在距离卡口十丈之内，筑了五个人工掩体，一旦遇到持枪闯关者，就能利用这些半人高的黄土堆掩护还击。

“什么任务？”谢天华从山上跑下来，看见辛永贞，开口就问，他猜一定又是棉花的事情。

“有一项特殊任务。”辛永贞瞅瞅跟在后面的李斌武，李斌武知趣地离开了。谢天华跟了过来，辛永贞慢步走向一个掩体，说：“这项任务……”

谢天华现在最怕的是向他要棉花，他一点儿主意也没有，摆困难不是他的习惯，支支吾吾会让这女人小看，再说黏黏糊糊也不是他的性格。“你直接说，棉花这事，现在还办不到，我正在想办法。”谢天华先急了，“你回去告诉赵局长，再给我半个月时间，不信驼峰口铁板一块。”

辛永贞笑了，说：“不是棉花的事。”

“不是棉花？”谢天华挠挠头，“还有啥事比棉花紧要？”

“有。”辛永贞脸红了，声音也小下来。

“啥事？”谢天华满脸不解。

“结婚。”辛永贞低头用脚尖蹍着土疙瘩。

“你结婚？”谢天华还在犯迷糊。

“是你。”辛永贞笑出了声。

“我？”谢天华摆摆手，“我没这事。”

“你和我，就有你的事了。”辛永贞盯着谢天华的双眼，“怎么，不愿意？”

“我，这个……”

“这个什么？愿不愿意一句话。”辛永贞重重哼出一声，“你还拿捏什么？这种好事不是每个人都能遇到的。”

“我……我没说不愿意……”谢天华干工作是一把好手，谈情说爱还真不行，一时不知如何开口。

“好，那就是愿意了，我回去申请，组织批准后就把事办了。”辛永贞转身就走，“听我通知。”

“不行！”谢天华突然喊出一声。

辛永贞脸一红，丹凤眼瞪了起来，问：“怎么，我还没走就反悔了？”

“不是反悔，”谢天华说，“棉花问题没解决，却赶着结婚，让同事们怎么看。”

这个理由辛永贞没法反驳，转过身来说：“这倒也是。不过，棉花这事，什么时候才能解决？”

“不知道，天天都在想办法。”

“我过来帮你。”

“想不到办法，过来也没用。再说，你不避嫌，我还怕人戳后背。”

“怕什么？都要结婚了。”辛永贞笑出声来，“回去我马上报告赵局长，获准后就来帮你。”

“你不用来，让黄老六来找我，他那几头牲畜或许用得上。”

黄老六来到税卡时带来一个消息。他们村进步地主黄大眼的二儿子黄成希在驼峰口当连副，黄大眼多次去信让黄成希脱离敌营回到边区工作。谢天华听完，拉上黄老六就去找黄大眼。黄大眼说黄成希没做过恶事，一直有回边区工作的想法，想给边区做些事情，弄些枪弹或轧花机、发报机什么的。谢天华不想让黄大眼知道太多，只让黄大眼给黄成希写了一封信，意思是协助来人办好要办的事情。这个黄成希到底怀的什么心思，谢天华吃不准，可为了搞到棉花，也只能铤而走险了。

黄老六的驮队等在窑门口，除了谢天华、黄老六，一块儿去的还有李斌武。快要出发时，辛永贞突然来了，非要跟着去，谢天华坚决不同意。这时候，经过税卡的一个商贩无意中透露说，驼峰口近来盘查得越来越严，他根本进不了镇街，空跑一趟不说，这几头牲畜还差点儿被没收。

如果连镇街都进不去，怎么找黄成希？搞棉花就更别提了。驮队只能暂时待命，谢天华又犯难了。

“我有办法，”辛永贞说，“我骑驴回娘家，他们总挡不住吧。”

“哨兵一盘查就露馅了，驼峰口你又不熟悉，娘家在哪里都说不清，一露脸就出问题。”黄老六边抽旱烟边说。

“有道理。”谢天华附和。

“这不行那不行，还能咋办？”辛永贞瞪起丹凤眼，手一挥，“不行就冲进去。”

“你去给大伙做饭。”谢天华一拉辛永贞，“赶紧去。”

辛永贞边往窑外走边说：“我只会做洋芋糊汤。”

“没有洋芋，只有南瓜。”谢天华瞅着辛永贞的背影，猛然想起一件事情。他说：“黄大眼说过，黄成希有一个妹妹在榆林三中读书，而且黄成希很疼爱这个妹妹。”

李斌武一直坐在掌炕上抽烟，听谢天华这么说，就猜到他想让辛永贞扮成这个妹妹去见黄成希，说：“没人预先知会一声，黄成希扣了永贞咋办？”

“不怕！”辛永贞拿着一把小红葱猛地推门进来，“他能舍得下他父亲和真妹妹？”

“应该舍不下。”黄老六说，“他们家很进步，黄大眼主动献了五十垧山地，每年都多缴公粮，还带头给自家佃户减租子。黄成希从小在村里长大，感觉这孩子挺有同情心，从没欺负过佃户家的孩子。”

“能不能让他妹妹也写一封信？”李斌武建议。

“榆林太远，跑一趟少说也需六七天。再说，去北线也不方便。”谢天华又犯难了。

吃过晚饭后，李斌武慌忙报告说辛永贞不见了，灶台上留有一张字条。谢天华看完字条喊起来：“她一个人去驼峰口了，快追！”

辛永贞是骑白马去的，肯定追不上了，谢天华当即决定，带上驮队赶往驼峰口。越往南走山势越险峻，尽管山路陡峭，可距离不甚远，和宁安到漫汀远近差不多，半天工夫就到了。

进入驼峰口只有一条道，石砌的山门蹲在山道中间。谢天华观察了一下，发现进入山门的行人特别少，驮队就更没有了。山门两边有乱石堆起的碉堡，有铁丝网，有狼狗，还有两根木杆，从杆顶吊下来两条绳，好像随时要吊死谁似的。

“怎么进去？”李斌武问。

“老六有办法吗？”谢天华回头问。

“没办法。”黄老六摇头。

谢天华说："记住你们的身份，老六是黄大眼家的长工，我和斌武是他家的佃户，如果问其他情况，就说什么也不知道。"

两个人点点头，谢天华一挥手说："车到山前必有路，走！"

山门边的哨兵老远就看见他们了，可没人动一下，个个站得笔直。谢天华到了跟前才发现一个少尉站在山门的中间，左手拿一根马鞭，缓缓敲着右手。谢天华默念了一遍自己的说辞，牵着黑马，不紧不慢地走了过去。

"干什么的？"少尉发话了，声音听着懒洋洋的。

谢天华像所有村民见了老总一样，含笑低头垂手，听少尉问话，竟然是一个女声，声音还挺熟悉，心下不禁疑惑。

"来驼峰口干什么？"少尉再问一声，谢天华听清楚了，这明明是辛永贞。他抬头一看，不是辛永贞又会是谁？她既然知道来干什么，为啥还这么揪住问？谢天华知道辛永贞平时就没大没小，爱冒险还顽皮。后面两个人也听出来是辛永贞的声音，他们也搞不明白辛永贞玩的是哪一套。

谢天华保持着恭敬的姿势回答："老总，我们是黄老爷家佃户，这是黄老爷家的牲畜。边区天天搞土改，黄老爷家的不少家当都分给了别人，眼见值钱的东西没剩下几个，才让把这几头牲畜赶过来寄放在黄连副这里。"

"噢？怎么没听连副说起呀？"她轻轻挥了一下马鞭。

辛永贞这句话一出口，差点儿气死谢天华。他翻眼一看，辛永贞正冲他笑。他灵机一动，从身上摸出黄大眼的亲笔信，递过去毕恭毕敬地说：“这里有黄老爷写给二少爷的家书。”

辛永贞接过去，装模作样看了一遍，手一扬说：“既然有家书，那就进吧。”

说完话，她先转身走在前面，谢天华他们自然跟在后面走。街道上空荡荡的，可见封锁给驼峰口的商业流通也带来了严重影响。为了困死边区，敌人甚至叫嚣：“不让一只带粪的苍蝇飞入边区。”驼峰口虽在敌兵的控制之下，可他们知道共产党人的厉害，担心生活必需品以各种难以想到的方式进入边区，干脆在边境一带禁绝了必需品的流通。当然，奢侈品商店不时就能看见，他们不仅希望奢侈品进入边区，还希望部队的军官太太们购买，反正能赚钱就行。

谢天华瞅瞅四周没人，低声问：“搞什么鬼？”

“有这么和少尉说话的吗？”

“你……”

辛永贞嘿嘿一笑，不回头继续说：“黄成希的思想很进步，我说明来意后，他不吭声，我就关心了他老爹和妹妹几句，他就知道利害关系了。”

“你这身衣服咋回事？”

“这是黄成希的安排，他给人说我是他表妹，让我尽管娇横一点儿。就是他送我到山门口等你们的，等到了就一块儿去他住的小院。”辛永贞走在前面，脚步铿锵，气势夺人。谢天华想，这女人真不简单。

“转过弯就到。”辛永贞说，“以防万一，你们先守在门外，我进去观察一下，如果有情况我就开枪，你们就赶紧撤。”

“瞎说，这种情况往哪里撤？一块儿进去。”谢天华招手，李斌武和黄老六赶上来，他给两个人做了安排。黄老六先胆怯起来，说：“万一失手，驮队没了，我咋给村里人交代？”

“万一出事，命都没了，你也不用交代了。”李斌武拍了一下黄老六的肩膀。

黄老六汗就流下来了，说：“你们不要命，我还不想死，老婆娃娃……”

“你跑这一趟，利润是一头驴，自己答应的事可别后悔。”谢天华很严肃，“再说，现在不是后悔的时候。”

黄老六嘟囔：“谁知道这么凶险。”

“到啦，”辛永贞低声说，“里面只有两个勤务兵，用不着紧张。”

谢天华一步跨上去，伸手就要推门。

“后边去。”辛永贞推门进去，“大哥，送驴的来啦。”

这个黄成希和他爹黄大眼说的差不多，并没有明确的政治观点，是以利益作为选择标准的，在和他爹频繁的通信中，感觉到继续在封锁部队待下去不会有多少好处，弄不好连小命都保不住。进驻驼峰口后，隔三岔五就去边境骚扰，虽说占了些地盘，可士兵也被打死不少，活到今天算是命大，说不准下次去骚扰就被报销了。他整天忧虑这条命，就算偷跑回去，没有功劳还是烂命一条。正在颠来倒去地谋划命运前途时，辛永贞来了，一说情况，他略显犹豫，辛永贞就他爹他妹妹地说了一通。其实他心里想的是，这不是天上掉馅饼嘛，棉花就在库房里，自己就是管库房的长官，搞到棉花再回去，也算大功一件。如此一想，他安排辛永贞去接人，自己待在屋里，就开始筹划行动了。

辛永贞带着谢天华进来时，他的计划已基本成熟，和谢天华等人寒暄过后随即交换意见。黄成希介绍了库房里里外外的情况，谢天华问了街道、山门的警卫布置。驼峰口是山中小镇，只有东西两个出入口，刚进来的是东门，西门出去就是白区，因此出西门不可取。

黄成希说："等我的弟兄全换上去就方便了，不过，街上有巡夜的，一定会碰上。"

谢天华问："你有多少弟兄？"

黄成希掂量了半天，说："三班、五班都是。"

“能调一个班巡夜，一个班守东门吗？”李斌武凑上来急切地问。

“过于刻意，就会暴露。”谢天华这么一说，黄成希连连点头，大家一时都没了主意。

“先在我这里住下来，再想办法。”黄成希问，“只搞这一次，还是多搞几次？”

“一次暴露了就只能搞一次，暴露不了当然要多搞几次了。”辛永贞有些急不可耐，甩着马鞭又说，“运你们的棉衣棉被回去也行，还省去缝制了。”

“有，有，刚进来一批过冬被服。”黄成希说，“我出去看看，说不定就有办法了。”

辛永贞跟着黄成希出门去了，谢天华三人留在房间商量对策。大家愁眉不展地过了大半夜，黄成希才回来，他说：“明天下午，有一车冬服要运过来，你们能不能半道截了？只要枪响，这里一定会派人救援，这里一空，说不准就能浑水摸鱼。”

“就这么办。”谢天华派李斌武天亮就回去通知赵局长。

李斌武走后，黄成希就给他们连长打电话，说自己发烧头痛，需要休息两天，连长随口就答应了。黄成希的弟兄们在他的安排下纷纷头疼脑热，拉稀呕吐。黄成希的这种安排，在谢天华看来简直就是孤注一掷，也只能做只运一次的打算了。

“能不能调动几匹马，一块儿参与运输？”谢天华试探着问，他想的是，只有一次机会就得多运点儿。

“你放心，我都安排好了。”黄成希胸有成竹，他说三班和五班的人都是拉壮丁拉来当兵的，能活到现在靠的就是相互帮衬。边区那边的情况他们都知道一些，经常偷着议论，他们早厌烦了这里的生活。黄成希问了一些边区的现状后，又出去了。

辛永贞告诉谢天华，要做好准备，有哗变的可能。谢天华说：“一不做二不休，把驼峰口端了最好。”

第二天下午，阻击战打响后，驼峰口果然接到了支援命令。留下有病的和负伤的，连长带上其他人，开一辆卡车支援去了。卡车离开驼峰口后，黄成希立即组织亲信牵来所有的骡子和马匹，加上谢天华的黑马、辛永贞的白马和黄老六的牲口，把库房一下子腾空了。

谢天华还去军火库装了两驮弹药，然后和辛永贞把剩下的军火全炸了，一时间，爆炸声此起彼伏，火光冲天。他们两个人各背两三支长短枪，时不时放几枪，镇上居民不知发生了什么事，关门闭户不敢出声。驮队出了东门进山去了。

敌兵的连长刚赶到阻击地就收到了老巢被袭的报告，一时间心慌意乱，放了几枪，急忙带队返回。赵局长带领政府人员紧追不舍，完全控制了主动权，一卡车被服全部收入囊中。

谢天华、辛永贞和李斌武受到了隆重表彰，边区税务总局给每人记功一次，宁安县税务局奖给每人一件布褂子，县政府收编了黄成希和他带过来的武装人员。因他们熟悉封锁区敌兵的情况，后来还打了几场漂亮的战斗。

收棉花这项任务完成后，辛永贞再次提出结婚的事，谢天华无法拒绝就答应了。过了三天，赵局长在会上宣布："经请示上级，批准谢天华、辛永贞结婚。"随后赵局长拿出两张结婚证，"证办好了，下午就办仪式。"

结婚仪式在县局举行，因条件简陋，没一间可用的房子，就在院子里拉了四五道红线，上面挂了几片红纸。李斌武硬让新娘骑驴，黄老六就拉来一头驴，给驴头上扎了一朵红花，辛永贞骑上去，谢天华牵着在院子里转了一圈，就算从娘家接回来了。因物资极度匮乏，没有婚宴，没有喜糖，谢天华花掉两块钱积蓄，买了半条边产三星香烟，辛永贞买了两斤大红枣，大家说说笑笑，吃枣抽烟，就算举办了婚礼。

（五）

在宁安县城和漫汀税卡之间有一处山湾，这里是税务局和县上其他部门开荒种地、饲养家畜的地方，各个单位都派人管理各自的菜园和猪羊。比起县城，山湾要宽阔许多，不远处就是静静流过的红石河。税务局的工作人员都住集体宿舍，为照顾新婚夫妇，赵局长决定改派辛永贞住在山湾照看菜园和猪羊，这样一来，小两口就可同住一孔窑洞。

这年的冬天冷得出奇，却不见有雪花飘下来。天天都有商贩拉马牵驴从关口通过，不时就能在合法货物中查出白酒、红酒、香烟等禁运货品。香烟的利润最大，不法商贩就会千方百计地走私贩运。漫汀税卡的税工人员时刻都要睁大双眼，唯恐私货从眼皮子底下溜过去。

“思想集中，眼睛瞪圆。”谢天华每次都要这么说，“西安来的香烟，有些盗用了边烟包装，不能光看外表，凡进入边区的香烟没有特批手续的一律没收。”

“如果真是边产烟呢？”李斌武打仗蛮聪明，和商贩打交道，有时就犯迷糊。

“哎，白说了不是？”谢天华敲一下李斌武的脑袋，“见过从边区之外运回边区自产的纸烟吗？边区哪家烟厂在西安设了分厂？你说说，总局、县局有没有给过这样的名单？”

税卡设在土沟里，山风又大又急，与寒冷抗争，是税工人员时刻都要面对的严峻考验。尽管棉花运了回来，可按人头均分到税卡上，每人做双棉鞋都不够，还得通过劳动换取棉花给自己做棉衣。于是不上岗的人员就需上山背柴，卖掉柴火才能换回棉花。

除过上岗和搞生产，只要有时间谢天华就在窑洞里学习业务。边区税收不仅要组织财政收入，还要配合物资管理与白区打贸易战。因此，各类货物的税率就会经常浮动。上级发来的文件，谢天华先要学通，然后找一个识字的再学一遍，两个人对照纠错后，才能传达给其他同事。

白天，辛永贞和县局派来的同事一块儿劳动，夜晚的任务是给税卡上的光棍汉们做棉衣。辛永贞知道大家衣着单薄，就主动承担了做棉衣的任务。可棉花布料需要自己去挣，谁的材料够一条裤子就做一条裤子，够一双鞋就做一双鞋。穿得上穿不上棉衣棉鞋，取决于每个人的生产自给情况。

这一天，谢天华从宁安县局回税卡时，经过山湾就回到了自己的小家。辛永贞风风火火骑马打枪的英姿，被养猪种菜的繁杂劳动取代了。不过，这样一来，更像一个居家过日子的婆姨。

“回来啦，”辛永贞放下猪草，“我去做饭。”

“先别忙。”谢天华问，“税卡上灯油用完了，家里还有没有？”

“还有半瓶，你拿去吧。”

“有盐吗？”

“没有了。”辛永贞从泥瓮里拿出一个小布袋说，“还有一点儿小米，给你熬汤喝。”

“藏着吧。我今天去宁安用柴火换了半碗糜子，你会蒸糜子馍馍吗？”谢天华从腰间摘下布袋，好像又舍不得了，“还是藏着吧，蒸两个洋芋就行了。”

吃过饭，小两口坐在窑洞里，辛永贞开始纺线，谢天华用一尺长的一根高粱秆搓棉花捻子。棉花是辛永贞从山湾刚成立的生产合作社领回来的，纺成线再交回去，每10斤棉线的加工费是0.7升小米，然后用小米再换棉花。辛永贞想给谢天华做一身棉衣，这是她这个冬天的目标。

晚上纺线是常有的事，一干就是半个晚上，鸡不叫都不知道休息。第二天早饭后，谢天华拿了半瓶灯油去了税卡。走到半道，就听见山嘴那边有了歌声：

山丹丹开花满洼洼红

毛主席领导咱闹革命

千里雷声万里地闪

毛主席领导咱打江山

一杆杆红旗迎风摆

毛主席领导咱站起来

……

原来是黄老六的驮队，他赶着牲口扬扬自得，去宁安装了食盐，要驮去延安卖掉。

“老六哥！”谢天华喊。

黄老六转回身答应：“天华！”他声音高昂，黝黑的脸上绽满了笑容，“运棉花回来，县上奖励我一头骡子，运盐利大，又买了一匹棕马。运东西找我，没问题。”

“好生意！”谢天华和黄老六并排走在驮队前面，边走边说。

黄老六点上旱烟，说：“你结婚时，我没随礼。”

谢天华笑笑说：“革命队伍不提倡这个。”

“这是讲究。”黄老六停下脚步，等驴驮过来，伸手从驴背的竹筐里拿出一个拳头大小的纸包，“这是我的礼金，一包苟池大盐。”

“不能要。”谢天华用手推挡。

“什么话？”黄老六拉下脸，“在驼峰口出生入死，忘了？”

“没忘。”

“我多次密报走私情报，忘了？”

“没忘。”

“没忘就拿上，这是我自己挣的又不是私盐。再说，这是给辛姑娘吃的，与你无关，只是让你代劳转交一下。”黄老六把盐包塞在谢天华怀里，扬起皮鞭向弯弯曲曲的山路走去。

还没到税卡，谢天华老远就听见吵吵闹闹的声音，似有事情发生。

“私货凭什么过关？”一个商民大声喊，“干了违法事情，还好意思在人面前说！”

李斌武拉着一头驴从人群中出来，后面跟着三四个男人，一个男人边走边作揖，说：“同志，可不敢没收，就靠这些资本周转哩。”

不知谁喊了一声“谢卡长回来了”，一个男人跑过来招呼：“谢卡长。”

“怎么又是你？”谢天华说，“邱永良，你这是明知故犯。”

“实在没法子呀。”邱永良拉住谢天华的胳膊，“就几条纸烟，千万别没收，下次不敢了。”

“还有下次？”

“没有了，没有了。”

谢天华非常生气地说：“你这样做，等于帮国民党祸害边区经济，不没收就是让我犯罪。敌人梦寐以求的正是破坏边区经济，你是在帮他们做事，你是内奸、叛徒，还是他们的帮凶？”

邱永良连连摇手说：“可不敢这么说，农闲做点儿小生意挣钱糊口，绝不是帮凶。”

“不是帮凶，这种钱就不能挣，挣了就是帮凶，没收！”谢天华喊一声，邱永良不吭声了，商民齐声叫好。

税卡上这种事情时有发生，不良商贩想方设法夹带私货，和税工人员玩猫捉老鼠的游戏。不管采用什么办法，想从漫汀税卡漏过去一支烟、一块洋枧，那都是绝对不可能的。

大伙知道谢天华带来了食盐，一下子兴奋起来。尽管边区并不缺少食盐，可漫汀地处偏僻，运送生活必需品相当不易，有时运到半道如与敌兵不期而遇，损失可能就惨重了。因此，税卡上不时就缺吃少穿，没米做饭也是常事。既然有了盐，就要吃出味道来，李斌武在菜园里拔了萝卜，挖了白菜，要吃一顿菜拌豆面汤。

饭刚做好，辛永贞背着棉衣棉鞋来到税卡上，大声叫：“棉衣棉鞋来了！”她一喊，等在窑里吃饭的人都冲了出来。

“别动，衣服都有记号，我来分。”辛永贞喊，“李斌武，棉背心一件；易军军，棉鞋一只，另一只面料和棉花还不够，等挣够了再给你做……”

谢天华满脸堆笑，站在一边看同事们围着辛永贞问东问西。

李斌武拿给辛永贞一块蒸南瓜。

辛永贞说：“这不等于从你们口里夺食吗？”

李斌武说：“放心吃，是咱们自己种的。”

“自己种的就好。”辛永贞拿起来就吃，边吃边说，“小冉的棉裤还差二尺面料，棉花也不够，再挣二三两就差不多了。”

“嫂子给我们做棉衣，我们怎么办？”李斌武大声叫，“咱们多背柴，也给嫂子攒一身棉衣！”

众人一致叫好。谢天华看大家闹得差不多了，才拉辛永贞去窑里坐下来休息。

“你们总吃南瓜可不行，杂粮也得吃一点儿。”辛永贞说，“咱们局农场有猪有羊，申请一下，给你们分点儿肉。”

“赵局长要从全局考虑，哪里会只想咱一个卡？比税卡大的税务所就有六七个，大家都艰苦。”谢天华说，“走，我送你回去，顺道背一次柴，生产自给，我们卡也要争先锋呢。”

“我也去背柴，不过是给家里背，做饭没柴了。”辛永贞起身，嘻嘻哈哈跳出门去，“有了柴，下次回来，给你蒸小米饭。”

谢天华安排完卡上的事情，和三四个税工人员及辛永贞一块儿去双峰山背柴。在边区，双峰山植被较为丰茂，但因天旱少雨，风沙较大，枯死的树木也不在少数，上山背柴不用砍，光拾就够了。双峰山除了柴多，还有一个得天独厚的条件，就是地势较高，爬到山顶就能看清楚南线封锁区敌军的兵力部署。封锁区敌兵也知道这一情况，因此，经常派兵在对面山头上巡逻，以防被袭。

每人拾了一大捆柴火，又向南边的封锁区看了半天，才背柴往回走。

“有了柴火，就能请卡上的同事们吃一顿饭了。”辛永贞背着拾来的一捆杂木，声音略带喘息。

“卡上任务紧，哪里顾得上去你窑里吃饭！”谢天华笑说。

“我可以带上东西去你们卡上做呀。只是近两个月请不起，得再干上一阵子，攒够了小米才行。”辛永贞的口气中透出来一丝惋惜。

“那就等攒够了再说，同志们的冬衣比吃饭要紧。”谢天华要替辛永贞扛一会儿，辛永贞不让。

“那就歇歇吧。”谢天华话音刚落，“叭——”一声，易军军应声倒地，左臂血流如注，李斌武赶紧给他包扎。

谢天华等人伏在路旁观察，附近没发现移动目标。封锁线上的敌兵放冷枪也是经常发生的事情，偶然就有人畜被冷枪击中，造成伤亡。大伙重新上路时，天色暗了下来，猛地飘起了雪花。

后半夜，雪花更是飞舞不止。辛永贞靠在土窑的炕墙上，就着油灯缝棉衣，轻声哼起了信天游：

心里呀想你脸上笑
口里呀不说谁知道
……

雪越下越大。在距离税卡不远的一道山沟里，三四个人围着一堆火，蹲在雪地上往柴灰里煨洋芋，有一句没一句地聊着。

“再不能这样下去了，谢天华这小子是咱们的阎王，每次都被他逮个正着。”说话的是邱永良，“没收货物让咱赔了不少钱，再赔下去就该赔命了。”

“永哥说得对，不能再赔了。”一个嘴角有胡子的年轻人边从火堆里往外刨洋芋边说，“干脆走土鸡沟，一次赚够，往后再不干了。”

“走土鸡沟？不要命了！”邱永良瞪起眼，“还是命要紧。”

“缺吃少穿，要命干啥？”小胡子说，“活了几十年，下了多少苦，还是没过上一天好日子。”

另一个贩子说：“谁让你活在白区。”

“别抬杠。”小胡子说，“永哥，在这大雪天里，不会有人知道。现在出发，赶过土鸡沟天刚好亮，谢天华怎么也想不到咱们会从这里过去。”

邱永良往火里加了一根木材，眼睛瞟了一圈，说：“土鸡沟这条财路有多凶险，你们都知道，土匪、封锁兵、缉私队，说不准碰上哪个。尤其是土匪和封锁兵，一句话都不说，开枪就打。土匪要抢咱的货，封锁兵要断咱的财路，不管哪一方，都是咱的克星，敢走吗？”

“不冒险，难挣钱。”小胡子极力怂恿。他有冒险冲动，冲动点燃了心火，在这极寒之夜，没感到冷反而浑身燥热。他烦躁地站起来，解开棉衣扇了一下，说："永哥，老办法，投票定吧。"

邱永良是老贩子，见过多次贩子偷越边境走私的下场，心里是不赞同冒险的，可除了小胡子，其他人也跃跃欲试，他不好反对，只能说："投票可以，但我还是反对走土鸡沟，就是能靠运气过去，我也反对。因为，运气往往不可靠。"

"永哥，别担心。"小胡子嘴唇被烤洋芋染成了锅底色，他又刨出来一个黑疙瘩，掰开放在雪地上，说，"也有成功的例子，万一过去了，一本万利。"

"万一过不去呢？"邱永良说，"十次有九次过不去。"

小胡子说："这样，咱把骡蹄马蹄包起来，神不知鬼不觉，天亮刚好赶过沟，一转弯就到了宁安。别总想危险，多想想发财后的美事。"

投票结果还是邱永良反对，其他人支持，少数服从多数。包好牲畜蹄子后，用雪掩盖了灰烬，一帮人悄悄向土鸡沟摸去。

税卡附近三条所谓的密道，谢天华全知道，而且早中晚都要带人巡逻。贩子们一步一滑摸到土鸡沟沟口时，不为跌得鼻青脸肿烦恼，却为这场飞扬的大雪高兴。满眼皆白，山沟似乎都被雪花填平了。邱永良的担心好像也被大雪掩埋了，竟一反常态，说出了"天助我也"这样的话。其他人更是兴奋不已，好像已经成功了一样，黑青的脸上布满了僵硬的笑。

“进沟。”邱永良压低声音发出了命令，小胡子一拉头骡，第一个迈入了沟口。

这条土鸡沟并不险峻，只是有别他处。沟道随山形弯曲，中间没有被山脉阻断，且沟底较为平坦。尤其出口在漫汀与山湾之间，从漫汀税卡过来的商队都要经山湾才能去宁安城，从山口出来后不显山不露水地混进其他商队中，就算大功告成。不过，出山口的时间不能太早，天亮后税卡那边才开始验货放人，要和过山湾的商队在时间上契合，就需要掌握入沟时间和在沟中行进的速度。

邱永良发出“进沟”命令时，预测到时间应该差不多了。“谁也不愿意在沟里多待，要快速通过。”进沟时邱永良就是这样叮嘱大家的。他本想警告说“进沟后，抬起的脚能不能放下，只有老天知道”，可担心影响同伴的情绪，就把警告变成了叮嘱。

沟中并无稀奇之处，只因贩子们口头相传沟中发生过的多起险恶事件，才使所有人对这条沟产生了神秘感和惊恐感。小胡子走在前面，入沟时怒放的心花这会儿似乎凋谢了，静悄悄的山沟中，除了人畜谨慎的喘息声外，只剩下似有似无的簌簌的落雪声。越是寂静，小胡子越感到压抑，对这条沟的所有恐惧这会儿全部涌上了心头，每迈一步都有踩上骷髅般的惊恐感。他非常后悔火堆边的这个提议，不管挣不挣钱，首先付出的是因恐惧产生的窒息般的代价。本来就穷，再加上这份折磨，就有了物质和精神都被掏空的失落感。如果不走土鸡沟，照样穷，可心理上不用承受这份煎熬，至少精神还属于自己，可现在像灵魂出窍一样，既空虚又恐惧。

“叭——”

没人去想这是什么声音，可潜意识里都知道这是枪声。随着枪响，小胡子没来得及号半声，就像预约好的一样栽倒了，胸部洇出一片在黎明的天光中看似黑黑红红的血液，在洁白的雪地上画出了一个不规则的几何图形。邱永良从后面爬过来，第一个想法竟是“不听我的，死了活该”。他想，这也怪不得谁，只怪土匪手狠，也怪小胡子命薄。

使唤惯了的牲畜，在邱永良低唤声中卧在原地一动不动。邱永良知道，能直接开枪的多半是土匪，当然也不排除封锁区敌兵，边区税务缉私队绝不会伤人伤畜，还会保护商民。入了这条沟，就等于有意回避税卡缉私人员的保护。邱永良和其他人趴在雪地上不敢动一下，虽然枪声频繁，却不像在打自己，身边一个落弹也没有，倒像是攻山头，似乎听见了“冲上去”的呼喊声。

邱永良怎么也想不到，他们一入山沟就被豁嘴发现了，只是豁嘴搞不清楚这几个人是不是宁安县政府为剿灭他下的诱饵。豁嘴一直派人侦察，十八里沟道快走完了，豁嘴才判断出这是逃税的商队，于是慌忙开枪抢货，却不想惊动了在附近巡逻的谢天华等人。谢天华等人一阵猛冲，土匪退了。等谢天华站在邱永良面前时，邱永良趴在地上还是不敢动一下。

“起来吧，邱老板。”谢天华拉他的肩膀。邱永良羞愧难当，站起来拱手说：“我如实缴税，教训太深了，命都搭进去了。以后再不敢违法了，保证老实经商。”

税卡经过多次更名和改制，直至1947年年初，还一直坚守在边境线上保护商民，畅通商道，组织收入，直到胡宗南犯边，上级才命令撤销。由于山湾也处在敌人攻击范围之内，各单位都撤回了生产人员，谢天华和辛永贞也回到了宁安城。

（六）

1947年春天，黄土高原严冬的寒气在春天来临之后还在挣扎肆虐，去冬的干雪被狂风卷起扬向天空，碎雪像弥漫在空中的梨花，在高原阳光的照射下，发出刺目的光芒。在这样一个天气里，辛永贞抚摸着隆起的肚子，沉浸在怀孕的喜悦中。当她嚷着让谢天华给孩子取名时，一梭子弹打在了宁安县城的角楼上，风铃悦耳的脆响瞬间被呼啸的子弹声淹没，封锁区敌兵突然冲进了县城。

“各人自带票据、税款、印章，立即从城南撤离！”赵局长镇静自若地指挥，“延安也遭到敌人袭击，突围出去的同志一定要找到总局，并报告这里发生的情况，开始突围！”赵局长话音刚落，税务局大门就被子弹打穿了一个洞。赵局长让大家撤离，随后和李斌武、小冉等人在大门边设伏。

谢天华要上街去探探虚实，赵局长喊：“先转移永贞！”

听赵局长这样安排，辛永贞一下子泪溢眼眶。她知道这时候自己本该拿起枪和同志们一起战斗，可摸摸鼓起的肚子，又实在不忍心腹中的生命有什么闪失。

税务局南院墙外不远处，有垦荒种植的苜蓿和一片沙柳。过了沙柳就是三四米高的土崖，崖下是东流而去的红石河。这条道十分险要，正因险要才尤显安全。税务局将一些物资存在半崖的一孔土窑里，作为遇险时的战备储藏，这件事情只有赵局长、谢天华等少数人知道。

谢天华将自己的票据、税款绑在身上，拉上辛永贞朝后院跑去，辛永贞并没有常见孕妇的笨拙相，行动十分利落。他们翻过土墙，跑过沙柳，来到土崖边，谢天华熟悉这里的地形，牵着辛永贞沿土崖向东跑了百余米，在一处小豁口边停下来。

“下面有个小土窑，我放你下去，窑里有大绳……”谢天华像提前准备好一样，从腰间解下丈余长的土布围腰，将辛永贞绑好，又往她怀里塞了几张玉米饼，“如果我回来就拉你上来，如果没来，窑里的大绳能帮你下到沟底。”

“你一定要回来！”话一出口，辛永贞的眼泪夺眶而出。她一把抓住谢天华胸前用蓝布做的“税务缉私证”，一用力撕了下来。她紧紧握着缉私证，带着哭腔说：“孩子等……等着叫……叫爹哩。”

“我会回来的。”谢天华缓缓将辛永贞放了下去，辛永贞快到窖口时，他给她甜甜地笑了一下。

坐进土窖，辛永贞听见谢天华在上面喊：“我走啦！”

辛永贞最后看到的是谢天华的笑脸，这张笑脸和最后这句话、“税务缉私证”，成了辛永贞永远无法抹去的记忆。谢天华从此一去不返。诀别的这一刻，正有河风卷起干雪扬向空中，亮光一闪，刺痛了坐在土窖里的辛永贞的那双丹凤眼。不知为什么，两行热泪无声地流了下来，流过嘴角，咸咸涩涩的。

敌人遭到赵局长组织的抵抗后，集中火力向税务局射击。这时，谢天华又翻墙回到了院子里。

“走一个是一个，你怎么又回来了？”赵局长大吼，“牺牲一人就多一分损失，这道理还用讲吗？快走！”赵局长让留下的人全撤了，身边放了四五颗手榴弹，不时就投一颗出去。

“我来帮你！”谢天华拉开枪栓，从门口往外射击。

“不需要！”赵局长吼叫，“不能恋战，快打快走！”赵局长解下自己的布包塞给谢天华，贴身的一面已经被鲜血染红了，谢天华这才知道赵局长已经负伤。

“赵局长，我掩护，你撤！”

“包袱里有我的党费，还有昨天收的 34.25 元税款，请你转交组织。”说着话，赵局长嘴边流出了鲜血，“我命令你，撤退！”

谢天华背上包袱跑向后院，没跑几步就听见一声巨响，回头看见赵局长倒在了大门边。他顾不上想太多，跑过去端起枪就打。可他万万没有料到，从后院拥进来十几个敌兵，后路被截断，腹背受敌，谢天华用赵局长留下的三颗手榴弹，硬是从后院冲了出来。他知道辛永贞藏在东边的半崖上，就往西跑。身后弹如密雨，他飞身扑下了悬崖。

那天牺牲了三名税务干部，除赵局长被炸身亡外，其余两人都是从悬崖上跳下去的。辛永贞所处的位置，正好看见跳崖的人。他们的身体在空中划过一道弧线，在夕阳照射下，闪着亮光，和飞扬的雪花一样，一闪而落。她感到阵阵心痛，泪水模糊了视线，眼前只剩下一道道艳红的光芒。

枪声稀落后，夕阳很快隐去，辛永贞没有等来谢天华拉她上去。她摸着肚子想：“难道他牺牲了？”天擦黑时，河岸上有火光闪动，辛永贞知道，敌人把烈士身上能烧的东西全给烧了。

她躺下来，瞪着双眼，脑子里一片空白。风从窄小的窑口吹进来，在窑里转一圈又溜出去，空气就会更冷一些。这样过了三天，四周彻底没了枪声，辛永贞才从窑里滑了下去。到了河岸上，她的第一个想法就是去找跳崖的人。她找到了易军军，看见他的左脚上穿着一只棉鞋、右脚上穿着一只单鞋时，眼泪唰地落了下来，“整天忙着收税，从那年冬天到今年春天，右脚棉鞋的布料和棉花还是没有攒够。”她在心里念叨着，脱下自己右脚的棉鞋给易军军换上，只可惜小了一点儿。

西边那个是谢天华。她擦干眼泪爬过去，扳过谢天华伏在杂草上的身体，才看见子弹不光从后背射入，其实他腹部已先中弹。

“我知道你为了掩护我，才跑向西边。”辛永贞想着，就看见谢天华双手的手指沾满了泥土。她知道谢天华身上背有税款和票据，那天晚上，敌人烧了一次，恐怕已被烧掉了。她握着谢天华僵硬的双手，替他搓去泥土时，猛然醒悟，在谢天华趴过的地方往下挖了半尺深，果然找到了两个包袱，其中一个上写的是赵永胜的名字。身中数枪，跳崖下来还能挖坑埋藏税款和票据，他是如何做到的？辛永贞的泪水如珠滴落，每一颗都滴在谢天华僵硬的双手上。她掩埋了烈士们的遗体，做好伪装，背起包袱，悄悄向山湾摸去。她知道，自己住过的土窑里还有种子，还有一铺火炕，不远处的树林里还有蘑菇……

辛永贞的孩子就出生在山湾的土窑里。延安解放后，她抱着这个叫谢辛生的男孩来到了延安城，在市场沟找见了税务总局的临时办公点，上交了赵永胜、谢天华舍命保护的税款和票据，不久就随税务总局迁到了西安市新城区办公。

三

母亲颤抖着缓缓举起左手，手里的那块蓝布清晰地显示在屏幕上，上面模模糊糊地印有“税务缉私证”字样。

“这就是谢天华的税务缉私证。”母亲扶着沙发，慢慢站起来，流着泪水说，“我……就是辛永贞。”录制大厅响起了经久不息的掌声，观众们含泪向母亲招手，少先队员集体行礼向母亲致敬。

“就是您，我们找的就是您。”主持人跑上前握住母亲的双手，激动地说：“《历史现场》一直在寻找历史见证者，您的经历就是历史，就是鲜活的教科书，传承给我们不畏牺牲、顽强不屈的革命信念和勇往直前、艰苦奋斗的革命精神……”

工作人员给母亲送了鲜花，我上台扶母亲坐在自带的轮椅上，她脸色有些苍白。一连录了三天，每天讲两三个小时，母亲毕竟九十多岁了，体力有限。可她总是说：“赶紧录完，我要去宁安，要去红石河边看看。”

我知道母亲的意思，她要去祭奠父亲。在节目组的陪同下，我们一起到了宁安县城，母亲站在父亲当年搭台的地方有些不知所措。宁安城今非昔比，满目繁华，她只认识翻修一新的那座角楼。

“角楼怎么会这么新？宁安也不是这样啊，怎么和西安一个样？”母亲缓缓地说，“这栋百货楼的位置就是天华搭台的地方。”她望望四周，却找不见投弹炸土匪时的那半截断墙。突然传来了风铃声，母亲静静地坐在轮椅上，凝重的表情告诉我，她听见的或许是 1942 年风铃的脆响。

在母亲的坚持下，我们循着她的记忆来到红石河边的土崖上，岸边是绿树婆娑的红石公园，跨河而过的是一座高速路大桥。无论如何，母亲已经找不到记忆中的土崖了。宁安县陪同的同志，肯定我们就站在税务局旧址的后墙外。土崖被削掉了，母亲当年藏身的土窑没有了踪迹。不过，宁安的同志说，修建红石公园时，在公园里还修建了一座烈士陵园，建议去那里看看。

我问母亲去不去，我担心河道里风硬。

“去吧，你父亲守在这里七十多年了，就是等我们今天来看他。”母亲像孩子一样着急，催促大家赶快下河去。推着母亲走进烈士陵园的刹那，我觉得她颤抖起来，连带轮椅也跟着一块儿轻晃。泪水从她的眼角淌下来时，她放开声喊：“宁安县的税工同事们，辛永贞看望你们来了！”

夕阳正艳，霞光红透，母亲抚摸着每一块石碑，仔细辨认碑上的文字，她似乎认识长眠在这里的每位烈士，似乎记得每个人当年的音容笑貌。在夕阳渲染下，母亲雪白的头发像一朵美丽的白丝菊，装点着鲜花缤纷的烈士陵园。

全职太太

一

鱼骨毫无声息地进来过三次，汪秀美不起床，它不会发出任何声响，像鱼一样游来游去。她闭着眼睛就能感觉到，它站在地毯上，睁着圆圆的小眼睛往床上看，小舌头一伸，尾巴左右摇摆两次，又无奈地出去了。这小东西最近消化不好，汪秀美起床后打算去贝贝宠物馆开一盒益生菌消食片，免得它哼哼唧唧地烦人。

上午十一点，是汪秀美惯常的起床时间，不过现在，她的胳膊和腿麻酥酥地不想动。昨晚贪恋月光，特意留下半尺宽的窗帘缝，却被今早兴致勃勃的阳光占据了。也没什么事，迟起半天还少去半天无聊。光线实在太亮，她转过头去，枕头轻微的响声引得鱼骨嘤的一声。汪秀美没了响动，鱼骨也不再出声。

“萨摩耶多可爱呀。”想起每根毛都充满活力的萨摩耶，汪秀美立即喘出一口长气。黄亦凡老早答应买一只，可就是不兑现，自己甚至给芬姐她们都放出了买萨摩耶的口风，可身边照旧是这只精瘦的小鹿犬，实在有伤面子。虽说没人追问换狗的事，可她们的眼神已经问了，还用得着再开口吗？萨摩耶是贵了点儿，买只罗秦也行啊，一万多也舍不得吗？小狮子一样的罗秦跑在身边，总比领一只干柴似的小鹿犬好上一百倍吧。更气人的是，芬姐不光有一只叫宝财的萨摩耶，还有一只叫梅超风的萨路基，一出门，打猎一样，前呼后拥的，明显是显摆嘛。

汪秀美又禁不住叹息起来，鱼骨不失时机地附和一声，惹得汪秀美更烦它。尽管她知道鱼骨乖巧，也立下了陪自己消磨时日的功劳，可“挣不来面子有啥用呢？都被刘芬花笑死了”。

汪秀美想得委屈起来，长长的睫毛上有了一颗泪珠，像凝聚在黑牡丹上的晨露一样动人。不过，她现在有点儿可怜，受了欺负一样。鱼骨听见抽泣声，又跑进来站在床边看她。

“只会嗲声叫小米粒，其实并不心疼我。”汪秀美想起了黄亦凡每天下午六点雷打不动的问候，“亲昵得掉进蜂蜜罐了，每个毛孔眼都是腻歪的。”她并不反对这个称呼，只是黄亦凡连买只狗的诺言都兑现不了，她就不愿意让他再这么叫自己。近来，他竟以过日子为名限制自己的花销，连买衣服也管上了，太过分了吧！汪秀美委屈死了，那颗晨露终于滚到腮边，一弹，消失在了枕巾上。“一个星期都没买衣服了。”这么一想，就更委屈了，泪珠又滑落下来，抽泣声也连成了一串。

阳光爬上床来，汪秀美把伸在蚕丝被外的右腿向光线处挪了挪，坚实圆润的小腿在光照下泛着健康诱人的竹笋芯那样的白嫩之光。她又伸出胳膊左右转着看，皮肤是藕白色的，简直能滴出水来。一双大眼睛像天湖那样纯净清澈，笔挺的鼻梁和性感的小嘴简直就是绝配。“这张脸只在童话里才有。”这么一想，就愉快起来了，连平时没有保姆的烦恼也不去想了。她裸着身子下床来，站在镜子前，左右转着照了半天，光滑的皮肤、漂亮的容貌和完美的体型，任何时候都是她自信的来源。汪秀美嘴角慢慢浮出了笑容，这才坐下来开始化妆。

“就两只烂狗嘛，张狂什么呀，女人的容貌和身段才是无价之宝。”熟练地描了眉，等涂好口红就该去用餐了。没有保姆的坏处就是要跑出去吃饭，周边的饭馆吃过几百遍了，没有一家可口的。“继续喝莲子羹吧。”她用余光瞥见鱼骨委屈的小眼睛，说，“好了，别委屈了，喝过莲子羹就去贝贝开药。不过你记住，以后不许再偷吃宝财的零食，那是寒碜我，知道吗？怎么和黄亦凡一个德行，不知道丢脸呢？”她穿上一条松紧适度的烟管裤，身段立即凸显出来，屁股不肥不瘦，臀部自然收缩，过渡到两条修长笔直的腿上。她简直被自己迷住了，自言自语道："这才是女人的本钱。"然后拿上羊皮手包，信心满满地走向屋门。

"走喽——"她的声音根本听不出来刚刚哭过。鱼骨抢在她前面跑出门去。

鱼骨知道要给自己看病，跑得比平时快了许多。汪秀美喝莲子羹时，它高兴地绕着她转了两圈，等汪秀美放下勺子站起来，它又赶紧向贝贝所在的方向跑出去十多米，才停下来等她。突然，一股熟悉的味道钻进鼻孔，它不由得警惕起来，没错，是宝财。它不想让宝财的主人叫住汪秀美，为防止意外赶紧叫出一声，但还是迟了一步，芬姐先出声了。鱼骨有点儿生气，站着没动。

"哟！去哪里呀，你们两个？"芬姐的声音传来时，按照惯例，宝财应该跑过来欺负它了。不过，今天有点儿意外，并没看见趾高气扬的宝财。

"去贝贝，鱼骨病了。"汪秀美站住了。鱼骨担心起来，它不安地在原地转了两圈，可汪秀美根本不在意它。

"我刚好要去天宠，宝财被蜜蜂蜇了前爪，一块儿去吧，天宠医术好。"芬姐的话音刚落，她家那个胖嘟嘟的小保姆豆豆推着宠物车过来了，车帮上挂着宝财的零食。汪秀美和鱼骨几乎同时看见宝财坐在宠物车里，身下垫着毯子，嘴上遮着口巾，小孩子一样，表情是撒娇的那种，半是委屈半是可怜，两只弹球眼睛半张半合，毫无神采。宠物车旁边跟着梅超风，它的前爪搭在车帮上，用嘴碰了碰宝财的前额。

“天宠好啊，走！”汪秀美下了命令，“鱼骨过来，站在那里等死吗？”鱼骨以为给自己看病的事又吹了，不情愿地过来，不理会宝财和梅超风。

鱼骨走在前边，听见宠物车吱吱扭扭叫就心烦，两个女人说说笑笑，比散步还慢，步行街至多三百米长，这俩娘儿们磨磨唧唧半天才走出去十几米。鱼骨不愿看见宝财夸张的表情，尽管梅超风朝它叫了两声，它还是不停下来，独自在前边慢跑。

突然，女人的声音没有了，鱼骨回头不见了她们和它们，它了解汪秀美，这女人习惯玩消失。有时跟丢了，它只好自己顺街溜回家。如果汪秀美先到家，就要质问它去了哪里；如果汪秀美晚到家，就要训斥它不顾主人乱跑，是个十足的“混眼子”。凭良心说，是汪秀美爱看衣服，爱染指甲，一不小心就没了影子，还要怪它不长心眼。

可是鱼骨从来不耍性子，赶紧回头找，宝财的气味很淡，梅超风的酸臭味倒有不少，没费多大劲儿它就找进了天宠宠物之家，芬姐和汪秀美刚好走进大厅。

“呀，芬姐！”小小从会计部出来撞见了她们，像看见大元宝一样扑向芬姐，问道："怎么，宝财病了？"

"前爪被蜜蜂蜇了，找个大夫给看看。"芬姐把肩上蝉翼般轻盈的披肩往紧拉了拉，"这么冷。"

"关了空调！"小小向前台的白脸姑娘喊一声，空调立即关了，"赶快通知苏总。"

"不用了。"芬姐说。

"那怎么行？"小小表情十分夸张，"您是谁呀！"

汪秀美环顾四周，右边墙上挂着"动物医疗许可证""动物防疫许可证""工商营业执照"什么的，管理制度也挂在墙上。这里比贝贝大多了，装潢也漂亮，前台有三四个服务员，贝贝的前台只有一把椅子。这儿的产品柜里满满当当全是宠物用品，吃的、喝的、穿的、除臭的、洁齿的、美容的，和天宠比，贝贝可就寒碜多了，没有几样产品，就知道卖火腿肠。她不愿看芬姐受到尊重的得意样，眼睛在墙上瞟来瞟去。

"秀美，坐接待室去。"芬姐招呼她。

"好啊。"汪秀美瞥见了鱼骨，"过来，跑哪去了？"鱼骨赶紧跑到她脚边来。

"嗨，宝财进门诊部了，让鱼骨也过去，它不是消化不好嘛。"芬姐喊，"小小！"

"来喽——"小小满脸含笑地跑过来。

“把鱼骨领过去，它消化出了点儿问题。”

“好的，好的。”小小弯下腰，鱼骨跑开了，它看了汪秀美一眼。

“死样，一块儿看看吧。”主人发了话，鱼骨才让小小抱去了门诊部。

接待室的装饰更豪华，一组低背浅灰棉布沙发放在玫红色地毯上，四周墙面上挂的是用亚克力装饰起来的优胜、冠能和康多乐狗粮广告。汪秀美知道这都是耐威克的产品，不过她没买过，只给鱼骨吃贝贝卖的思味乐火腿肠。

芬姐坐上沙发就开始接电话，没完没了地“好好好”个不停。终于挂了电话，给汪秀美说是这里的老板苏大宏打来的，介绍冉医生，说他医术好。芬姐眼睛往上一挑说：“你说奇怪不，这冉医生原来是儿科大夫，就因为他老婆爱养宠物，就改行干了兽医。”

“儿科和兽医一样，都是给不会说话的看病。”汪秀美坐在芬姐对面，顺手拿起一张美容价目表，“凭的都是经验。”

“嗨，这一说就通了。”芬姐把蝉翼披肩抽下来，“怎么又有点儿热？”

汪秀美看见芬姐肩膀和大臂上的赘肉，轻笑一下，又瞟手上的价目单。天宠的价格偏高，萨摩耶剪毛价格最低五百元，贝贝才三百元。鱼骨的病去贝贝也就几十块钱，这里就难说了。她心里怨芬姐，一样都是吃益生菌，却要掏好几倍的价钱。当然，她不会流露出多花钱的不快表情，和芬姐在一块儿，随时都有花销多的可能，一旦遇见了就不能手软，不然，会被贱看的。要是被芬姐看扁了，这个小圈子也就别混了，弄不好还成了她们的笑柄，两三年都挂在嘴上。

胸前佩戴医生助理小牌的小伙子，手里拿着两张单据进门来，站在门边，盯着汪秀美笑问："萨摩耶和小鹿犬……"

"拿来给我。"芬姐的口气是不容分说的。

小伙子快步走到芬姐身边，蹲下身殷勤地介绍："手术费贵一点儿，小鹿犬……"

"小鹿犬单子拿过来。"汪秀美插了一句。

"嗨，和我争什么呢？鱼骨和宝财也是兄弟嘛。"芬姐接过小伙子递过来的笔，把两个单子都签了。

"这样不好，芬姐，鱼骨就是两片药的事。"汪秀美说。

"什么两片药，肚子有虫了。"芬姐说，"这可得注意，不是小病。"

"小鹿犬体质差，估计需要三五天治疗。"小伙子说话小心翼翼。

"没事。"汪秀美毫不在意，"这狗早都想换了。"

"就是换，也得治好病再换。"芬姐把披肩折来折去，"狗也不容易啊，陪咱们多用心，功劳苦劳都是有的。哪里像男人，操不尽的心。哈哈，不是吗？”

小伙子在两个女人的笑声中出门去了。汪秀美不知道鱼骨花了多少钱，但不管多少，芬姐这份情是欠下了。她心里不舒服，从包里拿出一盒丹参片，递给芬姐一板，说：“没事含含这个，挺保健的。”

芬姐接过去含了一片，剩下的放在茶几上，说：“过两天咱们几个聚一下，航天城那边新近开了一家什么酒店，我家老罗去过了，赞不绝口，我来做东，咱们也去见识一下。”

“总让你破费，也不是事呀。”汪秀美站起来，故意走到窗边。这个位置芬姐看得见她的全身，烟管裤虽说不是紧身的，可不会影响线条。

“说什么呢，都不是事。”芬姐也走过去，“秀美呀，你老公真舍得放你一个人在家，总让美人守空房多可惜呀。”

汪秀美有点儿小满足，说：“那是他的损失。”

芬姐一条胳膊搭在她肩上说：“我要是你男人，每晚都不放过你，不享受你这样的女人，简直就是犯罪。”

“芬姐，别让人听见了。”汪秀美故作扭捏。

“不会还害羞吧？”芬姐又坐回去，“男男女女还不就那么回事，我家老罗，年轻时也经常不着家。”

“我家黄亦凡老实着呢。”汪秀美警惕起来，“他别的事情有可能犯，在外找女人绝对不会的。”

“别怪我多嘴，哪有猫不吃腥的？”芬姐哈哈一笑，“嗨，看我说什么呢？”

“这一点我还有自信。”汪秀美幽幽地说。

“那当然。”芬姐改了口，“你可是大美人呀，没看见吗？那个小助理涎水都下来了。”

“你真会说笑。”汪秀美达到了展示目的，又坐下来，“什么时候才能看完呀，鱼骨今天可是金贵了一回。”

芬姐说：“急什么呀？反正回去也没事。”

芬姐家有豆豆帮忙，她当然没事做，可汪秀美的事需她自己动手。她进门换上软底皮拖，例行公事一般，支起挂式熨烫机，慢腾腾打开柜子，把每件衣服都要熨一遍。

汪秀美有熨衣服的爱好，她认为衣服是人的门面，穿不好气质会下降一半，人凭衣装马靠鞍就是这个道理。她打开挂烫机电源，蒸汽簇拥着从喷雾孔争先恐后地跑出来，笼罩了挂在衣架上的旗袍裙。这种立领修身收腰旗袍裙最能显示身段，汪秀美比较偏好这种款式，各种花色少说也有七八件。

刚才给鱼骨检查的结果是肠道里有了隐孢子虫，冉医生说在显微镜下才能看见这种病菌，注射了一针大蒜素。鱼骨现在还有些蔫，汪秀美却不断数落它，看病没付钱丢了面子，令她心里不快。

“知道丢人不？”汪秀美边烫裙子边训斥，“你的小命比我的脸面还重要，是吗？”鱼骨站在客厅门边并不靠近汪秀美，以便挨揍时逃出去。

“看宝财去天宠，可人家是什么品种？你也配去那里看病？怎么越来越像黄亦凡了，净惹我不开心。”汪秀美声音提高一点儿，鱼骨就往门口挪一步，“两个货都没品位。黄亦凡谎话连篇，除了会叫‘小米粒’还会干什么？就知道在外面瞎跑，没见挣回来几个钱。挣不来钱，我在别人面前能挺直腰杆吗？再加上你这个不争气的，又让刘芬花小看我。”汪秀美数落起来没完没了，鱼骨了解她的脾气，只能站在一边挨训，敢跑出去的话，肯定免不了一顿揍。

汪秀美有意改变了去天宠的时间，免得又遇见芬姐，三天针打完后，鱼骨开始觉得肚子饿。尽管病好了，可照样瘦骨嶙峋，刀锋般的身体像极了扁平的鱼身。那年和黄亦凡吃鱼时，汪秀美灵机一动，鱼骨就有了“鱼骨”这个名字。

“你这条该死的鱼。”汪秀美声调变狠，鱼骨就不出声。不过这时，一定要与她保持一步之隔，免得她的脚袭击它。

二

汪秀美在一座小县城上到高中毕业，对考大学没有兴趣，当然，她也有自知之明。同学们各奔东西后，她来到省城一所技工类学校学习广告设计，糊里糊涂两年就毕业了，功课一般，化妆水平在全班却是最好的。离开学校后，她坚决不回县城，应聘到省城一家广告设计公司上班，其实就是快印部。

老板规定工作时间是早九点到晚九点，中午管一顿盒饭，四个格子那种，三个菜带一勺米饭，天天不变样，吃出恶心来都不换。其他员工还敢提意见，汪秀美却不敢。老板多次说过，要不是因为汪秀美的脸蛋能引来回头客，早开除她了，还说汪秀美的脑子灌满了糨糊，普通表格都设计不了，凡经她手干的活没有不出错的，连浪费的纸张钱都赚不回来。

在汪秀美最感痛苦无望的时候，黄亦凡来了。他复印了七张货运电梯价目表，此后不知道是黄亦凡生意兴隆还是被汪秀美迷住了，天天都来，来了就找汪秀美复印。当然，复印是汪秀美唯一熟练掌握的技术。如果她手头有活，他就站在一边等。

“有毛病。”汪秀美嗔他，同事们就笑了。

黄亦凡解释说：“小汪熟悉我想要的格式。”

汪秀美白他一眼说：“复印要什么格式？”

一来二去两人成了熟人，在黄亦凡的死缠烂打下，汪秀美只说了一句话：“你养不起我。”

黄亦凡知道口头保证没用，打开微信理财通，说：“你来看！”

汪秀美当然不会伸头去看，幽幽地说：“不看，又不是我的。”

黄亦凡边数边说：“一二三四，哎，后面四个零，前面是九十三，这是多少钱？”

汪秀美脸一红，说：“吹牛！”眼神却飘移过去。黄亦凡赶紧递过手机，说：“自己看，这只是一部分，娶了你，都是你的。”

“谁稀罕。”汪秀美从没见过这么多钱，更想象不出这些钱放在一块儿有多大一堆。她经常想，如果有个在银行工作的朋友，一定要去金库看看，一亿元到底有多少。她想的尽管是一亿，可连十万元都没摸过。快印部开的工资是三千五百元，吃过喝过付过房租，剩不了几毛钱，买身衣服都要勒紧裤带攒上两个月，黄亦凡的九十三万，着实让汪秀美吃了一惊。

“刚说了，这只是一部分。”黄亦凡知道抓住了汪秀美的软肋，要彻底降伏她，还得继续炫耀。

“吹吧。”汪秀美声音比刚才小了许多，高傲的眼神也收敛了不少。

黄亦凡又打开余额宝，说：“来，还是自己看。”

汪秀美已经没有了不在乎的表情，不过还要说：“几个臭钱，了不起了？”

“臭不臭，反正谁嫁我，我就让谁闻钱的臭味。”黄亦凡完全是得意的口气，“别说我哄你，还是自己看清楚。”

汪秀美尽管努力控制不要去看，可说出的话却是：“能比微信上的还多？”头就伸了过来。黄亦凡提醒说：“看清楚几个零，是二百三十万，别看成二十三万了。”汪秀美不自信地看了半天，唯恐看错了位数，数了四五遍，的确是二百三十万，于是就接受了。

汪秀美提出的要求是在高新买一套房子，黄亦凡二话没说，带汪秀美转了一圈。她看上了尊苑，多高贵的名字呀，这两个字太符合她想要的生活了。一撒娇，黄亦凡全款买下了汪秀美看中的户型。

结婚证拿到手后，黄亦凡才尝到汪秀美的滋味，这种滋味转化成了一种感觉，是让他全身上下舒畅温暖的感觉。他享受着这种感觉，在即将成为婚房的房子里，给她讲了一个故事。他说，一个女人嫁给一个男人之前，他们是同村长大的，这个女孩从小就把男孩当作弟弟看待。他们一块儿上学，一块儿玩耍，一块儿割草喂羊，致使男孩的童年记忆里全是这个女孩的影子。男孩的初中、高中都是在女孩照顾中度过的。最终，男孩考上了一本院校，女孩考上了三本院校学习物流管理。

汪秀美听着听着从他怀里爬起来坐直了身子，不过，她没说话，低头盯着自己的脚看。黄亦凡摸着她的头发继续讲。女孩家里给她介绍的对象她不见，男同学追求遭拒绝，原来她爱着从小长大的那个弟弟，并主动向他表白了心思。男孩当时上大二，没见过世面更没见过女人，几乎没有阻力就接受了这个小姐姐。他们的求学生活是幸福的，毕业后没过几天，就迫不及待地结了婚，一年后生了个儿子。

汪秀美穿好衣服，下床坐在沙发上，给自己倒了杯茶水，清秀的脸庞上着了一层细白寒冷的霜，而且霜色就快凝成冰碴了。

“这女人……”

“别说了！”汪秀美一声吼，“骗子！你是个十足的骗子！”

“已经离婚了。”

“离婚了也是骗子！”汪秀美怒不可遏，端起茶水泼了过去，操起还没摆好的铁艺花架砸向黄亦凡。

这是黄亦凡第一次领教汪秀美的厉害，他一直感到她柔弱无力，可发起疯来实在出乎他的预料。汪秀美砸了衣柜上的大镜子，掀翻了半人高的花瓶，撕碎结婚证后扬长而去，留给黄亦凡的是愤怒的喘息和号啕串起来的震耳哭声。由此，黄亦凡得出的结论是，他绝对控制不了汪秀美的情绪。

汪秀美已经辞去了快印部的工作，唯一能去的地方就是城中村那间租住屋。黄亦凡在租住屋外徘徊，贼一样守候在拐角处，想与汪秀美不期而遇，可一直没遇上。他买了汪秀美爱吃的豆皮涮牛肚，小心翼翼地敲响了租住屋的小木门。

门刚拉开，汪秀美就要关上。黄亦凡料到会有这一手，先把吃的伸进去，汪秀美就松手了，趿拉着棉拖上床躺下，一声不吭。黄亦凡拧开煤气灶，随着温度升高，香气溢满了屋子。

从昨天下午吵完架到今天中午，汪秀美水米未进，早已饥肠辘辘。她极力抗拒涮牛肚的味道，实在忍不住了，冷着脸翻身坐起来。黄亦凡看见来了机会，连忙端起小碗站到床边，碗里的豆腐皮和牛肚窜出阵阵香味，故意挑逗她胃口似的。她想伸手打掉，终是没有勇气。

她知道一切是黄亦凡设计好的，到什么程度说什么话，也怪自己没有考虑清楚，就跳进了他早已挖好的坑里。黄亦凡将生米煮成了熟饭，自己的回旋余地就小了许多。

今天早上，房东家的黑猫在窗台上一蹦，碰翻了一盆肉肉的凝脂莲，嗵一声，汪秀美一夜未合的大眼睛随之一瞪，瞬间拿定了主意，说："既然他有钱，就必须转给我五十万，往后每月给一万元零花钱，不然，一拍两散。就是散，也要先赔偿我的精神损失费。"这是汪秀美一个人拿定的主意，她觉得这个主意对自己最有利。

递到嘴边的涮菜，令汪秀美涎水四溢，可她忍住了，并不看黄亦凡，拉长脸声音沙哑着问：“咋办？”

黄亦凡呆立在原地说：“先吃点儿吧。”

“吃个屁！你这骗子，是上公安局解决还是在这里解决？说！咋办？”汪秀美气鼓鼓的，不由得眼泪就下来了。

“你说。”黄亦凡并没有解决这件事的成熟想法，汪秀美叫他骗子也不冤枉他，他的确用了心计。领结婚证之前，他对自己的婚史高度保密，就怕汪秀美嫌弃他是二婚。他的想法很简单，先生米煮成熟饭，看你汪秀美咋办。

汪秀美出门去了一趟厕所，告诫自己必须狮子大张口，不然这么漂亮的脸蛋、这么娇贵的身子还不白让这混蛋糟蹋了。进门来，看见黄亦凡还端着碗站在床边装可怜，气不打一处来，喊道：“滚一边去！”

黄亦凡挪了挪，汪秀美又坐进被窝，说：“立即给我的卡上转五十万，不然，现在就让公安局收拾你这骗子！”

黄亦凡下决心要娶她，没犹豫就掏出手机，说：“转账没问题，不过，结婚证咋办？昨天你撕的那个是我的。”

“结个屁婚！”汪秀美也不知道撕了谁的，当时气糊涂了，两个证都撕了才好。

黄亦凡耍聪明，说：“咱一块儿去补办，就说坐公交丢了。”

“想得美，转钱！不转钱啥也别说，骗子！”

“你拿上卡，补完证马上就转。”

“这是交易吗？你把婚姻当生意做吗？难怪你前妻不要你这骗子了。”

“是我不要她的，她没照顾好我父亲，老爷子就……”

“别说你的恶心事，转钱，五十万少一分也不行！”

汪秀美这个态度让黄亦凡有些担心，他没看出她有原谅他的意思，试探着问：“转完钱咋办？”

“事情还没完呢，你做生意天天在外面跑，我的生活费咋解决？”

“你可以再找一份工作……”

“放你的熏天大臭屁！我还工作什么？有本事你就养起来，没本事你就别娶。”

“好，好，养起来，养起来，你别嫌待在家里无聊就行。”

“是你管的事吗？告诉你，每月一万元生活费，少个子儿就离婚！”

“好，好，一万就一万，反正是给自己老婆花，我高兴还来不及呢。”听汪秀美的口气没有砸破罐子的想法，黄亦凡又掏出了手机。

江秀美一直等到看见五十万元进账的信息，才端起碗大吃起来。

三

“走喽——”汪秀美出门前一般都要喊一声，鱼骨就从她腿边跑过去，站在电梯边等她锁好门一块儿下去。

汪秀美过的是慢生活，走在街上东看看西望望，永远不会有着急的时候。鱼骨在她身侧跑一跑停一停，从她的神态判断要去的地方，现在去的是美甲店。

两周前，汪秀美做了一手猫眼甲油胶，效果像猫咪的眼睛，很是有趣，右手无名指画了十二个大小不一的方格，麻将一样，效果还不错。刚做好，芬姐就看见了，夸赞了一番。芬姐本来做的也是甲油胶，不过前两天又换成了水晶美甲，指甲一半黑一半白，的确像水晶一样闪亮。“不就二百块钱吗？”汪秀美想的是，芬姐是想压倒自己，她今天要换一手浮雕美甲，全立体彩绘，左右食指上再各点一枚钻石，就不信没有你刘芬花的水晶漂亮。这么想着，汪秀美就笑了。她挺直腰板，一步步走过来，脚下的大理石路面被她的意大利高跟鞋敲出有节奏的响声，感觉上了 T 台一样。从百福超市门前经过时，尽管人如蚁群，她还是发现一个女人站在门口，凝神注视着她，简直看呆了，贪婪相尤胜好色的男人。

汪秀美哪里想得到，注视她的这个女人正是黄亦凡的前妻齐玉香。齐玉香和黄亦凡离完婚后，为了方便照顾儿子，从京东辞职应聘到了百福超市步行街分店。她不知道黄亦凡住在步行街附近，无意中看见过黄亦凡和汪秀美在超市采买床上用品，从中判断汪秀美应该是黄亦凡新找的女友，从采购的大红床单枕巾、床套被罩不难猜出是为结婚做准备。那一眼足以让她记忆终生。她自认为不如这个女人年轻，也没有这个女人漂亮，还认为是这个狐狸精勾引了黄亦凡。虽说黄亦凡是离婚两年半以后才认识汪秀美的，可齐玉香并不这么想。

汪秀美得意扬扬，享受着被人羡慕的满足感，不慌不忙地从齐玉香的视线中踱过去。“哼，刘芬花有这魅力吗？”这么一想，心情瞬间大好，脆脆地叫了一声“鱼骨——”，跑过头的鱼骨赶紧转身回来。

指甲还没做完，芬姐的电话就来了，约好明天中午去盛唐大酒店聚餐，特别叮咛带上各自的汪星人。

“什么汪星人？”汪秀美心不在焉地问。

“就是宝宝呀。”芬姐笑说，“现在都这么叫。”

江秀美知道鱼骨给自己挣不来面子，正好做了这手浮雕，“哼，亮瞎她们的眼睛。”她很满意，付过款高兴地出门来，边走边伸出手欣赏，不觉到了贝贝门前，鱼骨早一步站在门口等她。“你个死鱼骨，谁说要到这里来了。”想到明天的聚会，她索性给鱼骨洗个澡。

贝贝店的美容师不知从哪里弄来一块“宠物健康美容护理”的牌子戴在胸前，抱起鱼骨洗澡去了。汪秀美在贝贝享受的是芬姐在天宠的待遇，店长又是端茶又是奉承，对她刚做的美甲露出了羡慕般的赞美，汪秀美越听越欢喜。

“美姐，给鱼骨洁齿吗？”美容师问。

“随便！”汪秀美正在享受赞美，哪里有心思管鱼骨的事。

洗完澡的鱼骨精神了许多，在汪秀美身旁跑一跑嗅一嗅。汪秀美在考虑聚会该穿什么衣服，那件荷叶裙不错，才买了没几天。想象着明天的出场情形，小巧的嘴边露出了笑意。

“鱼骨——”她一叫，鱼骨停住看她，“土包子穿上了新西装，看你这熊样，就会花我钱，洗澡花掉四十元，洁齿一百五十元，等黄亦凡回来，你让他还我。”说这句话时她在笑，鱼骨就没有躲避挨揍的警觉状。

九点起床，在汪秀美的习惯里是很少发生的，从发型、化妆开始，就连贴身的内衣都是选了又选，有蕾丝边的文胸她不爱戴，有时候会过敏。内裤选了隐形的，她最瞧不起屁股上印出内裤形状的那种女人，这种女人在她眼里是品位低下的粗糙人。她的内裤面料比蝉翼还薄，不收边且都是素色的，她觉得大红大绿那种只适合村妇用。把自己装扮好了，开始给鱼骨喂香肠，让它在家里吃饱，免得偷吃宝财的零食，让自己丢人现眼。

西安今天的天气风和日丽，汪秀美别出心裁地给鱼骨穿了一件枣花马甲，遮一遮精瘦的身体，没想到还挺好看。

到了盛唐大酒店，芬姐和麻娟、房甜甜、任秋河、魏方良先一步到了，嘻嘻哈哈地正在品茶论狗。汪秀美的到来，每次都能让她们眼前一亮。

“哟，看看，模特登台了。”都是熟人，芬姐说话就随便，“是不是你老公昨晚在家，要不，咋能这么滋润？”众人嘻嘻哈哈笑起来。

“说什么呢？”汪秀美故意在沙发前扭了两步，把两只手翘得高高的，“离开男人的日子才是好日子。”

“瞎说。”芬姐说，“好像有个说法，长时间不接触男人，女人会干涸的，你老公要是再不回来，你就不会这么水嫩了。”又是一串笑声。

“呀——”房甜甜喊，“你的美甲好漂亮啊！”汪秀美抬起双手左右一晃，得意极了。

“好看是好看，不过，指甲这么长，实用吗？”麻娟抓住她的一只手问。

汪秀美笑笑说：“本来就不图实用呀。”

女人们在一起说笑，宠物们也没闲着。宝财今天好利索了，没有了那天可怜兮兮的样子，它像往常一样，把鱼骨压在前爪下面，其他狗在周边看热闹。汪秀美瞥见了不高兴，却又生气鱼骨没用。那只叫梅超风的萨路基蹲在门口，高傲地瞧着它们厮闹。

汪秀美说：“梅超风还真像个武林高手，很孤傲的。”

“嗨，你算说对了。”芬姐眉飞色舞，“你们不知道，梅超风很有范儿，从不和宝财一块儿进食，它总是把自己弄得神神秘秘的，独来独往。有时望着窗外的秦山，像在思念谁，又像在回忆曾经的江湖坎坷。”

“芬姐多会说话，”汪秀美说，“那还不成精了。”

“和成精差不多了。”芬姐神秘兮兮地说，“你们几个别不信，梅超风通灵。”

“太玄乎了。”房甜甜带头啧啧。

“别吓人了。”麻娟附和，“真有这本事，谁还敢养狗，指不定哪天通了灵，带什么东西回来呢。怪瘆人的。”

芬姐正色道：“不是吓唬你们，我说的通灵指好事。有一天吧，我带着宝财和它出去，宝财傻乎乎地一直往前走，梅超风嗖地追上去拦住了去路，果不然，一根好好的电线杆子倒了下来，宝财再多走两步就成肉饼了。”

“这么神呀？”魏方良眼睛瞪得铜铃一样。

“芬姐讲故事呢。”汪秀美瞥见鱼骨逃出了宝财的前爪，舒了一口气，“梅超风有大哥风范。”

“梅超风是母狗。”芬姐笑了。

任秋河抢道：“大姐风范也行。”

“这狗啊，要用了心养，才和你亲近。”芬姐又让瓷娃娃一样的豆豆拿来狗粮，“你们看，要给它们吃这个牌子，法国皇家，再不敢吃火腿肠，那是垃圾食品。这种狗粮配方可讲究了，有百合碎、鲤鱼末、山楂、菠菜、鹿肉、氨基酸什么的，全是天然食材，不光营养多点儿，也放心哪。”

汪秀美清楚芬姐是在炫耀。麻娟她们说各自喂的狗粮，一个比一个好，任秋河说她家的宝葫芦连鲍鱼都吃腻了，汪秀美哼一声，心里说她家那只吉娃娃还没有鲍鱼值钱呢。鱼骨身价低贱不值得说，汪秀美催促道：“芬姐点了什么好吃的？肚子咕噜叫了。”

“嗨，能有什么好的？我家老罗把这里夸得什么似的，进来一看，也没什么哪，就点了一桌海鲜。服务员呢，上吧，大家都上桌。”芬姐理所当然地坐了主位，汪秀美去她的左边坐下。

“那就吃帝王蟹，落个吃货名就要吃好的。”汪秀美以为帝王蟹是最贵的。

“有，有，还有几样深海里的东西，怪模怪样的，点了让你们看新鲜，估计都不敢下嘴。”芬姐四下里瞅瞅，“豆豆呢？这孩子好处就是老实，一点儿眼色活没有，该把酒拿出来了，嗨，这孩子！”

红的、黄的、粉的、白的半桌海鲜，绿的、黑的、紫的、蓝的半桌蔬菜。菜刚上齐，包间门呼一下被推开，进来一个三十六七岁的男人，左胳膊下夹一只大黑皮夹，连说“不好意思，不好意思”，在芬姐的对面坐下来。汪秀美几个不知来客身份，也不好问，都装出不在意的样子。

“我给你们介绍。”芬姐并不站起来，用筷子一点这男人，“他是天宠的老板，苏大宏，也是宝财和梅超风的专职医生和美容师。”

“难怪你家的两个汪星人那么健康漂亮。”房甜甜伸了伸舌头，“我们家人还没有专职医生哩。”

“你这个甜甜，”芬姐笑说，“净开玩笑。”

苏大宏起身给大家斟酒，说：“你们都是我的衣食父母啊。”

“狗狗才是你的衣食父母。”汪秀美话一出口，满桌都笑了。

“对，对，没错。”苏大宏满脸堆笑，“有了爱狗狗的人，也就是有了你们这些慈善家一样的宠物爱好者，才有我的一口饭吃。”

“没那么伟大。”芬姐说，“人无聊才养狗。好了，大家动筷子吧。”

“芬姐，请您允许，这桌酒菜算我的。”苏大宏端着酒杯站在芬姐身侧，“算我认识您朋友的一点儿心意。”

“你愿意掏钱是好事啊。”芬姐端起酒杯，“以后把我这几个姐妹的汪星人可都伺候好了。”

“没问题！”苏大宏一口干了，又给汪秀美敬酒。其实，他一进门就看见了这个惹眼的少妇，在脑子里搜寻了半天，没有找到她的一点儿信息，奇怪芬姐还有这么一位朋友，从没听她提起过。

“您是芬姐的朋友，就是我的朋友。”苏大宏没喝两杯，就有了醉意。

“谁是你的朋友？”汪秀美离开座位，她嫌苏大宏离自己太近，“不过，也要感谢你。”

苏大宏一愣，汪秀美说：“你那里的冉医生不错，两下子我家鱼骨就康复了。”

“好说，好说。”苏大宏想起来了，原来那天和芬姐一块儿去天宠的是这个美人，只恨自己当时没有赶回去。

“为了您的快乐，我自愿做鱼骨……是鱼骨吧？做它的保健医生。”苏大宏的声音不小，全桌人互相看了一眼。

“不用。”汪秀美有意提高声音说，“鱼骨皮实得很，很少得病。”

“就让他干吧，反正闲着也是闲着。”芬姐用筷子在空中一划，“你们几个也可以请他。”

“对！对！”苏大宏嬉皮笑脸地说，“没问题，保证为你们的汪星人尽职尽责。”

吃着喝着说着笑着，一直到天黑这桌饭才算结束。

汪秀美蜷在沙发里翻手机，语音通话突然响了，吓她一跳。只要在外跑生意，每晚六点黄亦凡都会打来电话或者发来微信问候汪秀美，结婚以来，从没间断过。

“小米粒——”黄亦凡的声音非常温柔。

“说话！”汪秀美总是没有好口气，“人在哪里？”

“在上海，出发时告诉你了。”黄亦凡还是腻歪的腔调，“吃了吗，小米粒？”

“当然吃了，你呢？吃的啥？”汪秀美和黄亦凡通话从来都是心不在焉，东一句西一句，“睡觉去吧。”

“睡觉？才几点呀。”黄亦凡也能感觉到汪秀美对自己不耐心，甚至有点儿不贴心。比如平日里汪秀美只顾打扮自己，对黄亦凡的照顾十分潦草，在黄亦凡的要求下，才会替他熨一次西服。黄亦凡嘟囔过几次，汪秀美说不满意就离婚，黄亦凡就不吭声了。

“把门关好。”黄亦凡每次都要叮咛这句话。

“关了。”汪秀美瞅着捏在指间的苏大宏送的宠物体检卡应付着黄亦凡。

“晚上别出去。”这也是必须叮咛的重点内容。

“不出去。”汪秀美想苏大宏还是个识趣的人，恭维自己恰到好处。

“以后给家里装一个监控器就安全了。”黄亦凡实在放心不下汪秀美一个人在家，安全只是借口，他的心思汪秀美最清楚。

“监控我呀。”她果然说穿了他的心思，“如果不放心，就别出去跑。”

黄亦凡每听她这样说心里就不舒服，什么叫“不放心就别出去跑”？在外做生意累死累活为了啥，她怎能不知道？可她就是不说一句关心话。问候是为了讨汪秀美欢心，可每次问候过后，黄亦凡心里总是空荡荡的。每次出门做生意，他都要千叮咛万嘱咐。黄亦凡清楚自己并不是操心汪秀美不按时吃饭，而是隐隐约约预感到，这个女人并非死心塌地和自己过日子，可这种话又不便说出口，埋在心里时间长了，转化成了解不开的心结。一旦离家外出，这种心思就一日强似一日，以至于惶惶不可终日，都没了挣钱的心思。

“好了，我要睡了。”这是通话结束时汪秀美的习惯用语，说过结束语，不管黄亦凡还想说什么，她直接就挂了电话。挂断后，她开始翻看在餐桌上拍的照片，把照片上的每个人都要仔细揣摩一番。从发型到衣着，从肤色到化妆，最后到她们带来的狗狗，还要分析谁做了美容，谁文了眉，谁染了指甲，谁胖了谁瘦了，直至发现她们每个人和每只狗的缺点，才会心满意足。合上手机之前，一般都要说一句：“哼，她们怎能比得过我！”

这次拍的照片上少不了苏大宏的身影。他是南方人，比起陕西的男人来身材有些瘦小，可这男人白净，能说会道。“就是轻浮。”汪秀美虽然这样想却并不讨厌他，甚至仔细揣摩起他来，“他为啥主动给鱼骨当保健医生呢？”

汪秀美在客厅走了两圈，一副抉择大事的神情，自言自语道：“鱼骨又没金贵到这种程度。”汪秀美喊鱼骨，其实鱼骨就在脚边。她顺手扔下一根思味乐，鱼骨一口咬住又吐了出来。“怎么啦？中午是不是又偷了宝财的零食，看不上火腿肠了？谁给吃奶谁就是娘啊，你这‘混眼子’。”鱼骨挨了骂跑到阳台上去了。“无事献殷勤，哼，肯定没安好心。”汪秀美嘴一咧，“好色之徒，一定要防范这个人。”她笑了，不知道为什么笑，反正就是笑了。

四

汪秀美有早上床的习惯，“睡眠足皮肤好”，她一贯是这么认为的，也一直是这么做的。每天睡到自然醒后，总要赖床到十一点才慢悠悠起身，接着是化妆，选衣服，数落鱼骨，然后用餐，之后以遛狗为名在步行街上来回溜达。

今天早上还没到起床时间，按照惯例，她要想一些如意与不如意的事情，现在想的是苏大宏这小子接下来会做什么事情。刚想到他会百般献殷勤，门铃突然响了，鱼骨立即叫起来。住到尊苑后，很少有人摁门铃，汪秀美并不急于应答，静神听了一会儿，响声还在继续。“鱼骨的叫声实在没有威慑力。”她这样想着，很不高兴地开始起床。

“谁呀？敲错门了吧？”汪秀美站在门里问了一声。

“天宠的小小，苏老板让送狗粮过来。”是个姑娘的声音。

“送狗粮？”汪秀美一喜，小声说，“还真献殷勤了。”提高声音道：“稍等一下！”

小小进门放下三袋法国皇家狗粮就告辞了。汪秀美翻看一遍，都是 1.5 公斤的。鱼骨跑过来伸鼻子嗅一嗅粮袋子，叫了两声。

“想吃吗？”汪秀美想，送狗粮是什么意思？给鱼骨说，“你忍着吧，我得想想这事。”

她靠在床头上蹙着眉想起来，又不知从哪里想起，就听见粮袋子嗞啦作响，“鱼骨，不敢撕破袋子！”下床一看，鱼骨已经拖着一袋咬开了封口，正吃得带劲儿。“你这死鱼骨，怎么吃开了，你要陷我于何地？死东西！”一抬脚，鱼骨嗖地窜了。

正待追打，手机响了，苏大宏请她带鱼骨去天宠做体检，说冉医生告诉他了，鱼骨虽然已经病愈，可要定期检查以防复发，还要谨防传染给主人。

汪秀美推辞了半天，一听说有可能传染给人，心理防线瞬间崩溃。“这么厉害呀？”她故意笑出一声，装作不在意的样子。

“以前有过这样的病例，不然，我怎么敢乱说？”苏大宏完全是大夫的口气，“勤检查总不会有害处，冉医生正好有空。你还是来一下，查过没事也就放心了。”

“好……吧。”汪秀美答应得有些勉强。

到了天宠，鱼骨被冉医生抱去检查，苏大宏招呼汪秀美坐进接待室。看得出来，他把自己收拾了一番，头发明显是刚理过的，汪秀美想他应该是昨晚理的，还换了一身米白色西装，虽说有些不太生活化，可总比死气沉沉的黑色西装提人。不过，苏大宏比昨天稳重了许多，没有嬉皮笑脸，多少有些老板的样子。

“一般半年给狗狗体检一次，这样会免去不少想不到的麻烦。”苏大宏打开保鲜柜，拿出一听芦荟饮品，“这是杨凌的新产品，听说有养颜功效。”

“不喝冷的。”汪秀美没接。

“不是冷的，这是保鲜柜。”苏大宏继续递过来，“这样吧，我带你看看我们医院。”

“不用看，我是贝贝的会员。”汪秀美仍然没接。

苏大宏把饮料放在她手边，说：“天宠对您这样的贵宾全程免费。”

“全程免费，开医院玩吗？”汪秀美不看他，拿起饮料转来转去，似乎在看说明。

“您是芬姐的朋友，就有享受这种待遇的特权。”苏大宏说，“哪敢见谁都免。”

苏大宏还是劝动了汪秀美，他们一块儿转着看。苏大宏介绍门诊部是接诊治疗、决定手术的部门，住院部的功能和人住的医院差不多，还有检查部、手术部、美容部，连会计部都转到了。让汪秀美好奇的是，天宠不仅治疗宠物还经营宠物。

二楼有一间宽敞的房子，大小铁笼里全是宠物。捷克狼犬、萨摩耶、藏獒、罗威纳、法老王猎犬、美国秋田、罗秦，还有萨路基。苏大宏介绍狗的品种时，汪秀美就想起黄亦凡曾说过“买一条捷克狼犬才叫拉风”的话。她从没见过这种狗，今天见了，感觉并没奇异之处，和普通狼狗没什么两样。她好奇地问价格，苏大宏说："捷克狼犬是狗中极品，随行就市，没有固定价格。"

"吹吧。"汪秀美还是喜欢萨摩耶，慢慢走到萨摩耶笼前。这只狗立即站起来，汪秀美觉得亲切，甚至从它眼神里看出了祈求领养的神情。

"狼犬自有它的好处，活泼、勇敢、有个性……"

"萨摩耶呢？"汪秀美盯着萨摩耶问。

"噢，萨摩耶比不上捷克狼犬。"他突然从汪秀美眼神里捕捉到了占有欲望，赶紧说，"虽说萨摩耶是拉雪橇出身，可最懂得照顾主人，加上性格温和，是女士们普遍喜欢的宠物。"

"怎么卖？"汪秀美虽然是随意问问的口气，但其实她真想知道价格。

苏大宏说："这只萨摩耶两岁，正是好狗龄，成犬市场价六七万元。价格就是狗品，这狗绝对是上品，芬姐的萨摩耶就是从我这里牵走的。"他看见汪秀美脸色变了变。

上来一名医生助理，给苏大宏说鱼骨一切正常，苏大宏让给鱼骨洗个澡，叮咛用雪貂沐浴露，助理刚下楼，他又喊："用仿鹿皮毛巾和专用洗澡刷。"助理答应着下去了。

"说到哪里了？噢，这条萨摩耶血统不纯……"

汪秀美抢道："不要你的狗，吓死了，什么血统不纯。"她转身要离开。

“千万别误会，真是这样，芬姐那条和这条一样，都是西伯利亚萨摩人培育出来的第三代，不过，优选优育，更聪明漂亮了。”苏大宏赶上一步，“别急着走呀！”

“看够了，不走还等啥？”汪秀美没回头，却站住了。

“这条萨摩耶你领走。”苏大宏略加考虑，狠下心说出了这句话。

“不要。”汪秀美心里咯噔一下，随即想：他是啥意思？

苏大宏说：“不要不行了，任何事情都讲究缘分，你回头看看，黑妞舍不得你了。”

“瞎说。”汪秀美转过身来，黑妞瞅着她，眼神里还真充满了期待之情。“不要。”汪秀美转身下楼去，“不会养，哈哈……”其实她想说“养不起”，不知怎么出口却成了“不会养”。

汪秀美走出天宠，苏大宏撵出来告诉她有事随时过来，她点点头离开了。鱼骨小孩子一样撒起欢来，汪秀美却若有所失，心情不大愉快。“领回去养着？六七万怎么领？”她立即反感起苏大宏来，“真是心黑，虚情假意的东西。”她一路喃喃自语，把鱼骨早忘到了脑后。

到家打开门，鱼骨先一步挤进去，汪秀美骂：“你也不是东西，爱体检吗？爱洗澡吗？受人家小恩惠干啥？”说得气愤，她从包里翻出那张体检卡一扬手扔了，“别以为保护我立过功就不挨骂，这么没皮没脸！”鱼骨觉察到气氛不对，卧到阳台的纸箱里不敢出来。

汪秀美仰躺在沙发上，想自己受到了轻视，受到了奚落，甚至受到了侮辱，又想黄亦凡答应的每月一万元生活费总是不及时给，更是生气。

“都是这东西害了我，不然凭我汪秀美，还愁嫁不了亿万富翁？黄亦凡，我宰了你这孙子！”这样的喊骂不止一次了，在自己家里，怎么叫骂也无伤大雅。“有什么用呢？已经跌进泥潭里了。”骂过后往往会产生这种想法，旋即又悲伤起来，胡思乱想许多事情。如果嫁的是亿万富翁，出入前呼后拥，芬姐算什么，给自己提鞋还嫌她年纪大。想着想着，幻想似乎变成了现实，她立即得意起来，可当发现现实还是这么残酷时，闭上眼一动不动，一躺半天就过去了。

黄亦凡的问候照样及时，如果遇到汪秀美在幻想命运，即使拨上百十次也休想接通。今天就是这种状况，手机声音不大却一直在响，鱼骨进来了三四次，看见汪秀美死了一样，又无奈地出去了。它饿了，把苏大宏送来的狗粮撕咬出很响的声音，也没能惊动汪秀美。

手机还在顽强地响着，“喂——”汪秀美不看显示屏也知道是黄亦凡。

“吃了吗，小米粒？”录音一样，天天重复。

“不想吃，我在睡觉，别打搅我，挂了。”这是客气的时候，不客气直接就挂断，如果再打，那就是招骂。

“白毛狗为啥叫黑妞呢？”她又想起了苏大宏的那条萨摩耶。

黄亦凡在日复一日的问候中学乖了，他不知道汪秀美心情变化的原因，但却知道这女人情绪善变。起初，他很在乎影响汪秀美心情的原因，如果察觉到她不高兴，一定要问个清楚，还要千方百计安慰她。最甚时，他发现自己的心情受制于汪秀美，她高兴他就无名高兴，她不高兴他就无名不高兴。有一次，他极尽好言劝慰过汪秀美后，突然产生了找不到自己的感觉，而且特别累，戒了多年的烟又开始抽了。

今天是星期天，有点儿小风，汪秀美眯着眼赖在床上假寐。窗外那棵高大的反复长豆豆掉豆豆的大叶女贞，摇动的声音不断传来。“出不去了，风对皮肤不好。”汪秀美这样想，很遗憾今天要待在家里。“会待傻的。”她又无故烦恼起来，甚至烦这房子，因为装修是黄亦凡设计的，没一点儿层次感。

门铃突然响了，汪秀美一惊，第一反应是：“又送狗粮？”她没像上次那样下床后才应声，而是在床上就大声问：“谁呀？”

“我，小小。”听声音是那姑娘。

汪秀美一喜，把睡衣裹了裹，顾不上戴文胸一把拉开了大门。

“您好！”小小和那只想了一夜的萨摩耶站在门口。汪秀美有点儿蒙，下意识问：“这是……”

“老板让送黑妞过来。”

“我没说买呀。”

“老板也没说卖，只说让送过来。”

“送？”汪秀美面露惊色。

“他是这么说的。”小小伸手递牵绳。看得出，这条牵绳是新的，霞色那种红，很漂亮。

“等等，等等。”汪秀美不知所措起来，心想：要不要呢？要了怎么办？

“老板说，黑妞是混血，最多值两万元。他的意思是，只要您去天宠打理就行，天宠不靠卖狗挣钱，芬姐那两只狗也是这样的。”

“是吗？”汪秀美急问，“宝财也是这样的吗？”

“老板说是的。”

“噢，原来如此。”又问，“你们老板怎么不来？”

“他和冉医生出诊去了。”

“这样吧，你先牵回去，以后再说，我这里还没做好准备。”

汪秀美认为应该推一推，这明显是便宜，直接占了怪不好意思的。黑妞往门里挤，用嘴蹭汪秀美的脚面。

“您看，黑妞都愿意留下来。老板说，您和黑妞心有灵犀。”

“瞎说。”汪秀美往边上一让，黑妞跑进屋去，角角落落嗅起来，一抬头，看见鱼骨警惕地站在阳台门口。两只狗对视着，黑妞呜一声扑过去，鱼骨旋即钻进沙发下面。

小小递给汪秀美黑妞的户籍卡和健康证明，汪秀美搓着手说：“这不合适吧。”

“政府规定，每只狗都要有这个，不然就是非法饲养。”小小把卡片放在门内鞋柜上，又拿出一张卡，“这是天宠的一卡通，老板让给您。”也放在柜面上，她就转身离开了。

汪秀美呆站着，是黑妞和鱼骨的吵闹声把她唤醒的，回头看见黑妞把鱼骨压在前爪下，和宝财欺负鱼骨的动作神态一模一样。不过，她没有生气，坐在沙发上，饶有兴趣地看它俩玩。

她想应该给苏大宏打个电话，说清楚两万块钱一定要给他，这个便宜不能占，这算什么呀？欺负我买不起吗？想好后拨通了，却没人接。安排好黑妞的住处，又打过去，还是没人接。

“你为啥叫黑妞？”汪秀美哄孩子一样，声音极少这般温柔。和黄亦凡热恋时曾经有过，不过想起来都让她后悔。鱼骨是享受不到这种温柔的，站在一边傻傻地瞅着。

“为啥？你说。”黑妞紧挨着她，蹭得她裸露的小腿痒痒的，特别舒服。“不过，你不能名不正言不顺地在我这里住下，必须给你赎身才行，明白吗？”

第二天苏大宏的手机还是没人接，汪秀美觉得应该去天宠一趟，时间拖得太久，她担心他认为她就这么接受了。出门走了一半，又想应该带上两万块钱，不然显示不出买狗的诚意，她又折回去拿了钱才到了天宠。迎面碰上小小，这姑娘说苏老板出差了。

“出差怎么手机也没人接？”汪秀美问。

“不知道。”

汪秀美知道让小小转交不合适，可她还是拿了出来，小小果然不收。汪秀美也没坚持，她相信小小会把这事告诉苏大宏的。

一直找不见苏大宏，汪秀美估计他是故意不露面。“或许，苏大宏是给我台阶下，不至于让我过分为难。”这么一想，她改变了对苏大宏轻浮的看法，认为他还是个不错的人。

汪秀美想反正决定买了，迟早给钱就是了，也没想占他便宜，心放宽下来，于是开始带上黑妞和鱼骨出去散步。一大一小、一白一黄两只狗在汪秀美身前身后跑动打闹，也有了打猎的阵势。

在汪秀美眼里，今天的步行街比往日繁华了不少，她的脸上始终堆着微笑，也不怎么训斥鱼骨，反而会说：“黑妞，别欺负鱼骨。”说这话时，心里充满了温柔，这种温柔感染得似有似无的阳光都明亮了起来。

同样一只萨摩耶从远处飞奔而来，鱼骨迅速藏到黑妞身后。黑妞看见了气势汹汹的同类跑过来，挺身挡在鱼骨前面，在汪秀美看来，黑妞已经做好了战斗准备。“真聪明，还知道保护鱼骨。”她高兴地笑出声来。

来者是宝财，趾高气扬地站在黑妞面前，黑妞对它视而不见。鱼骨也胆大起来，和黑妞并排站在一起，甚至发出了呜呜的威胁声，宝财没敢造次。豆豆牵着梅超风站在一边，梅超风对这种对峙一贯的态度是视而不见，汪秀美却饶有兴趣地看着它们，嘿嘿地笑个不停。

“嗨，这是谁家的宝贝？”显然是芬姐来了，汪秀美只顾看狗狗们对峙，竟没瞅见芬姐已经到了眼前。

“给鱼骨找了个伴。”汪秀美若无其事的口气，听起来很随意。

“不错呀，叫什么？”芬姐想摸一下黑妞，黑妞躲开了。

“黑妞！”汪秀美故意提高声音说。

“白毛却叫黑妞，有意思，有嚼头。”芬姐把伸出的手缩回去时，汪秀美才注意到她胳膊上挎着一只新包。

往常她肯定会说包很漂亮，今天不知怎么搞的，话到嘴边就是说不出口，最终也没正眼看那包一眼。不过，包的确漂亮，汪秀美知道芬姐的东西都不便宜，不由得产生了自卑感。她不等这种感觉流露到脸上，就告辞说：“遛遛它们去。哥俩，走喽——”她把声音挑得高高的，甚至没问芬姐去哪里。

瞅着汪秀美离开，芬姐想起小小无意中给她透露过苏大宏让给汪秀美送狗粮的事，自言自语道：“上次送狗粮，现在又有一只萨摩耶？”芬姐琢磨开了，“这只萨摩耶从哪里来的？不会与天宠有关吧？”芬姐想去天宠二楼看看，又不知道苏大宏到底养了多少只狗，还担心万一与天宠无关，汪秀美知道打听她的事可能会产生误会。

转念又想，闲转总不至于误会吧。她到底还是放不下这件事，让豆豆继续遛狗，自己装着没事人一样去了天宠。

“芬姐！”小小的声音总是充满了惊喜。

“嗨，”芬姐说，“溜顺了腿，就进来了。”

“盼您天天来呢。”小小领她进了接待室。

“走了一圈，口渴了。”芬姐问，“你们老板不在？”

小小端来一杯茶，说：“老板出去了，有事我给您带话。”

“嗨，没事。”抿了一下茶杯沿，芬姐问，“他忙什么呢？”

“不清楚。”

“小小。”芬姐想了想，瞅一眼这姑娘，正色道，“你也知道天宠的投资内幕……”

“您是真正的老板呀，我们都知道。”小小抢着说。

一时半会儿，芬姐还真想不出更巧妙的打听办法，干脆直接问："打听一件事，不许告诉别人。"又加重语气说，"要是胡乱说，你知道后果的。"

"我知道，我知道。"小小心想自己怎么这样倒霉，芬姐有事偏巧来问自己，"可是我知道什么呀？"

"说真话就行。"

小小满脸紧张，不知道芬姐要问什么，看神态问题好像挺严重的。

"你知道不知道，秀美那只萨摩耶哪里来的？"芬姐压低声音，在小小听来，已经有了阴森感。

"这个……"小小想，苏大宏也没叮嘱不让给别人说，再说，他的确也给熟人送过狗，只是送给汪秀美的这只更值钱罢了。

"你知道？"芬姐眼睛瞪起来，有了逼供的意思。

"是……是老板送的，"出卖老板总归不是好事，她赶紧补充，"老板也是为了做生意，让她来咱店里打理。"

"没收钱？"

"没有。"

"噢……"芬姐靠在沙发背上伸直双腿，若有所思地说，"知道了。"

回到家里，芬姐还在考虑送粮送狗的事。"打理多少年才能挣回来萨摩耶的本钱，他显然存有其他目的。”整个下午，她都围着这个问题转，“汪秀美就这么大咧咧地接受了？凭什么呀？”她摆在脸上的是那种遇到重大问题需要做出裁决的表情，“男女之间，除了私情还能发生什么？汪秀美是不守妇道的人吗？没看出来呀。”继而又想，“不管什么目的，都是用天宠的利益做交换，萨摩耶就是证据。敢损害我的利益，立马一拍两散。”她重重放下茶杯，喊一声：“苏大宏，你到底想干什么？”半天过去了，也没想出一个明确结果。不过，这两个人却成了芬姐关注的重点对象。

汪秀美并没有喝咖啡的习惯，闻到咖啡就反胃，可她必须强迫自己喝，而且要喝生磨的，因为芬姐就喝这个。步行街上的雀趣咖啡店芬姐经常去，不知能喝多少，反正一坐大半晌。靠着窗，眼睛总往外瞟，一副悠然自得的神情。

汪秀美带着黑妞和鱼骨，装着没事人一样在雀趣门外散步，她不想碰见芬姐，等练习得差不多了，再约芬姐出来一块儿喝。经过雀趣时，她用余光瞅见靠窗的位子空着，转身回来时，确定芬姐常坐的位置上的确没人，这才决定进去。

刚坐下，苏大宏忽然进门来，一副不期而遇的惊讶表情。汪秀美肯定他是尾随来的。

“天天都在找你，微信转你吧，还有这几天的利息。”汪秀美说着打开手机。

“看看，我好像来要钱的？都说过了，到天宠打理就足够我的了。说真的，一个哥们儿说过好几次要拉走黑妞，我想让狗盲拉走，黑妞肯定受罪，反正都是送，还不如送给你这懂行的。”苏大宏很自然地坐在她对面。

“真的？”汪秀美满脸狐疑。

“我没必要说假话，那哥们儿那天下午又来了，多亏让小小上午把黑妞给你拉过去了，不然它就遭罪了。是你救了它，还收什么钱？”苏大宏不喝咖啡，要了一杯白水。

“总是要给钱的，不然就是讹你。”汪秀美一笑。

“一年送出去十多只，还没有送你的一只？真不送的话，那是我在讹你。”苏大宏摆摆手，“别再提这事了。”

汪秀美侧头看看黑妞和鱼骨，两只狗乖乖地卧在脚旁。“芬姐怎么还不来？”汪秀美的意思是没事他就可以走了，她不想让芬姐碰上自己和苏大宏在一块儿。

“她今天来不了。”苏大宏口气相当肯定。

“来不了？”

“去太平峪菜地了。”

“噢，她说过要去菜地转，我没得空，她倒得空了。”汪秀美不愿承认自己不掌握芬姐的动向，含混了这么一句，心倒是放下了。

“你知道不？”苏大宏问。

“啥？”汪秀美并不看他。

“我这个天宠，芬姐投资最多。”苏大宏的表情有点儿神秘。

“噢？”汪秀美心里一颤，感到自己的语气过于凝重，补充说，“是就是，这有什么？”

苏大宏透漏机密一样的口气，继续说：“她的老公还有三家私人医院。”

“知道呀。”汪秀美没抬眼戗了他一句，苏大宏却判断她想继续听下去。

苏大宏说自己创办天宠时，不是很顺利，看起来没什么，算起来也没什么，真动手投资了，才知道需要很多资金，正无计可施时，熟人介绍的芬姐走进门来。她看见天宠空荡荡的，就说真要能长期干下去，她愿意投资医疗器械。“我肯定要长期干，答应把器械折成现金给她分红。说定后，她老公的医院派人送来了输液量控制器、血液生化机、血氧监护仪、犬猫专业血糖仪、X光机、B超和血液分析仪，拉来一大车，生意立即有了起色，可流动资金仍有困难，她一下又投进来一百多万现金。”

汪秀美不动声色，慢慢搅动咖啡。苏大宏继续说：“冉医生也是她老公介绍的，医术特别了得。”

“还有什么？”汪秀美表情平静，语气平淡，其实心里早已不舒服了。

“天宠给芬姐的分红也相当可观，她和她的两个宝贝怎么花也花不完。”苏大宏笑了。

“难怪她家的宝财和梅超风都在你这里打理。”汪秀美嘴一撇，“你好像还是它们的专职医生和美容师。”

“是啊，这么高级的客户肯定要服务好。”苏大宏很殷勤，给汪秀美要了一杯柠檬漱口水，“对您更要服务周到了。”

“别作践我，”汪秀美知道自己没法和芬姐比，“好好的天气，平白无故说这些丧气话。”汪秀美起身喊：“服务员！”

“哎呀，我哪里说错了？你千万别在意。”苏大宏赶紧起身付账，“既然碰见了，怎么还能让你埋单？”

付过账回头，汪秀美不见了，他追出门去，看见她和两只狗转弯的背影，顿有跌入深井怅然若失的感觉。

汪秀美的确受到了打击，她觉得自己很可笑，为买一只萨摩耶和黄亦凡闹别扭，说到底就是不想被芬姐轻看，其实，在人家眼里自己就是秋后败叶，一文不值。怎么比得过人家？天宠多半都是她家的，老公还有医院，自己有的这条萨摩耶还是苏大宏送的。又想，按照芬姐和天宠的关系能不知道黑妞的来历吗？怎么好意思让苏大宏替自己保密？再说，他凭什么听自己的？汪秀美相信自己的所作所为在芬姐眼里毫无秘密可言，眼泪都要流出来了，不由得又埋怨起黄亦凡来：“不是他无能，何以使我如此难做？”

从雀趣到尊苑，也就十多分钟路程，汪秀美今天走了很久，来时的轻松全变成了沉重，道路都阴暗了起来，截了树冠的梧桐面露狰狞，连跑在前头雪白的黑妞都像一块坚冰，令她心寒，鱼骨更像一把刀，刺得她心痛。

拖着绵软的双腿进门倒在沙发上，如剔了骨的五花肉一样瘫作一堆。鱼骨知道这个时候不能打扰主人，悄悄去了阳台，黑妞也感到气氛不对，卧进纸箱做成的窝里，瞅着对面鱼骨的简陋蜗居，一声不吭。

“明日黄花，”汪秀美狠狠地这么想，“老态龙钟。”她总是这样给自己宽心。其实芬姐四十刚过，并没有中年妇女的明显老态，虽比不上汪秀美漂亮，可还是很有姿色的。她是雍容华贵那种美，汪秀美是小清新，各有所长罢了。

汪秀美虽数落芬姐，但其实她也知道不关芬姐什么事，一切都是黄亦凡钱少造成的，汪秀美有什么办法呢？“阴险的老娘儿们。不是东西。”前半句是骂芬姐的，芬姐的确没透露过与天宠的丝毫关系，像其他消费者一样进进出出，汪秀美一点儿没看出来，认为芬姐藏得深，“阴险”就成了自然判断。后半句是骂黄亦凡的，已经骂过千遍万遍了。

汪秀美眯眼一望窗外，天色灰暗，日落多时了。手机提醒来了微信，汪秀美抱怨道：“讨厌。”知道是黄亦凡的问候，她一动不动，心里全是失落积淀的空虚和无助。她根本不看手机，直接去了厕所。

语音通话铃声响了起来，这是黄亦凡每天功课的三部曲，微信不回，拨语音通话，再不接就该打手机了。果然，手机铃声响了。

“小米粒。”还是甜腻的嗲声。

“吃屎呀。”汪秀美没好气。

“咋了，小米粒？发这么大脾气。”

“我刚才在厕所你打什么电话，不是想吃屎还能干啥？”

“哈哈，我不知道嘛。是这样，这阵子忙完就回来了。”

“爱回不回，有本事打过来五万元，我买了一只萨摩耶，没钱就别打电话，烦不烦。”自己说完就挂了电话，这是汪秀美的习惯。

摁了手机，坐在沙发上发呆，恨了半天，她累了。鱼骨过来低声哼唧，她才想起该喂它们食了，打开一包优胜，给各自的碗里分了些，无精打采地站在阳台上往下看。街上总是人多车多，没几个人像自己这么悠闲，可悠闲的人也有烦恼。两只狗开始抢食，她懒得管它们的事。

她决定买一身衣服，拿起手机准备浏览天猫，却意外发现黄亦凡给自己的微信转了五万元。她立即有了精神，坐直身子看了又看，的确是五万元，嘴角马上有了笑意，边收钱边骂：“傻子，不知道转到卡上，这种转法要收很多手续费的。”这笔收入更坚定了她买衣服的决心，并把心理价位提高了好几倍。“不信压不倒你这个半老婆娘。”她甚至忘了表扬黄亦凡一句，立即扑进了天猫。

在天猫上黏了大半个晚上，也没决定买哪一件，眼睛实在睁不开了才和衣睡去。被手机铃声吵醒时，已是第二天上午十点左右，她没动，铃声又响起来。睁开眼，看见黑妞和鱼骨并排站在床边，她笑了，说：“这么快就学会了鱼骨的把戏。”

拿起手机一看是苏大宏，猜不透他要干什么，没多想也没理会，开始起床。她一下床，两只狗立即追逐起来。天气不错，比起昨天下午，今天上午的心情和窗外的秋阳差不多，有些温暖透亮。

门铃响了，她没作声，两只狗先叫起来。从猫眼看出去，门外是苏大宏，想不开门，但狗已暴露了屋里有人。还没想好对策，门铃又响起来，她后退了几步，装出懒洋洋的声调问：“谁呀？”

“大宏，听见黑妞叫，知道你在家！”苏大宏是笑着说话的。

“有事吗？”汪秀美并不愿意别人随意进入自己的领地，“不然，你先回去，过会儿我去天宠。”

“不用你跑，给黑妞打防疫针，最后一次了。”

“打防疫针？”汪秀美犹犹豫豫地开了门，说，“麻烦你了。”

“今天特忙，从你这里出去，还有几家要跑。”苏大宏抱进来一个医疗箱，打开来，戴上白手套，拿出了针管。

“用帮忙不？”汪秀美手机响了。

“不用，不用，黑妞很乖的。”苏大宏给一次性针管吸了药，叫黑妞时，鱼骨也跟了过来。

“喂，芬姐！”汪秀美进房间去接电话，“呀，真的想去，菜长得咋样？”汪秀美尽量压低声音说：“不巧得很，昨天受风了，刚喝了感冒药，想睡一会儿。”

她尽管声音不大，苏大宏还是听见了。汪秀美没说他在这里而撒谎说自己感冒了，他会心一笑。

接完电话，汪秀美没事人一样出来，问：“完了？”

“完了，就一针，很快的。”苏大宏收拾了医疗箱，“你忙吧，我还得继续上门服务。”

“做生意也不容易呀，看你忙的。”汪秀美问，“多少钱？”作势打开小皮夹。

“与钱无关，本来应该过了免疫期才能给它打，现在打你不找我麻烦就可以了，哪里还敢收钱？”苏大宏抱起箱子笑着告辞了。

苏大宏走后，汪秀美站了一会儿，有一种丢了紧要东西的失落感，坐在沙发上好一会儿都没能缓过神来。打过防疫针的黑妞卧在阳台上没再出来，鱼骨还是老样子，这儿站一会儿那儿站一会，百无聊赖的样子。汪秀美觉得自己和鱼骨一样无聊。

多半天就这样在发呆中过去了，想去芬姐家租种的菜地也没意思，到阳台上看黑妞，黑妞趴在窝里睡着了，又看窗外的世界，楼下的行人如蚂蚁蠕动，为生活奔忙也没啥意思。她不知自己该做什么，连想要什么也不清楚，只是间断性地想起苏大宏的影子和他客气礼貌的告别声。

汪秀美一天没吃东西，觉出饿时才想起两只狗也没吃，鱼骨哼哼唧唧地已经跑来跑去好几趟，她拿出狗粮却叫不来黑妞。她把优胜放到黑妞碗里，黑妞闻都不闻，汪秀美一惊：“病了？”吓出一身汗来，赶紧拨苏大宏的电话。苏大宏根本就没去别的客户家，一直在天宠等她这个电话。他清楚黑妞没病，只不过是打了催眠针的原因，他告诉她不用着急，自己马上赶过来。

挂了电话，她焦急地等待苏大宏过来。“咋还不来？”去大门边看了好几趟，总不见人影。她只会摸黑妞的头，理一理毛，别无他法。鱼骨好像也知道黑妞病了，用嘴嗅嗅它，黑妞蔫蔫地不抬头。汪秀美都要哭了。

“叮咚——”门铃一响，汪秀美飞一样过去开门。

“怎么才来？”顾不上客气，二人直接去了阳台，“快看，咋了？”

“没事，不用着急。”苏大宏打开药箱，拿出了听诊器。

汪秀美帮不上忙，就去客厅泡茶。这时电话响了，她想肯定是黄亦凡，便没接。泡好茶她又想，如果不接，苏大宏会认为自己有故意不接电话的毛病，对圈内人留下这种印象不好，尤其是苏大宏，以后用他的地方肯定少不了。

“喂——”尽量放软声音，没流露出一星半点儿平时对待黄亦凡的恶声恶气的腔调。

“收到了，谢谢老公，在外面注意安全。”声音特柔软，“一个人呀，还能有谁？别整天疑神疑鬼的。好了，我在追韩剧，挂了。”

阳台上的苏大宏听见汪秀美又撒谎，心里有了主意。汪秀美端过茶来，他接茶杯时，故意半握了她的手，她没有他预想中明显避嫌的动作。

“好了，没事了。”苏大宏神色坦然，“忘了告诉你，打过防疫针后，有些狗就会产生这种反应，已经处理了，保证明天早晨活蹦乱跳。”

“吓死我了。”不知怎么搞的，汪秀美的声音有些发嗲，她赶紧恢复正常语调，“看看，又麻烦你一次。”

“什么麻烦不麻烦的，我就是干这事的。”苏大宏合上药箱，走到客厅把茶杯放在茶几上，回头看了汪秀美一眼，汪秀美旋即躲开他的眼光。两个人呆呆站着，谁也没说话，渐渐地，汪秀美感到空气有些凝固，赶紧说：“谢谢你啊。”脸上似乎有些发热。

苏大宏没吭声，走到门边，回身看见汪秀美跟在身后，他傻笑了一下，她也傻笑了一下，他脑袋里瞬间空白，一伸胳膊搂住了她。她极力往外推，他极力寻找她的嘴，她头不停摆动，他只好亲了她的耳朵和耳朵后面的脖颈。他还是一句话没说，提起药箱跑了。

汪秀美喘着气，眼泪大颗大颗地掉下来，没有关门，就那么站了半天。鱼骨跑到门外看了好几次，又进来站在她的脚边。这个晚上，汪秀美失眠了。

五

伊人大酒店距离汪秀美家不到三站路，不是苏大宏告诉她这个地方，她从来不知道有这家酒店。很快，伊人成了两个人约会的地方。汪秀美并没有苏大宏想象的开放，坐一会儿还可以，其他事一概免谈。苏大宏搞不明白汪秀美年纪轻轻，怎么就能守得住空房？只要约她就来，来了喝茶说话，开房是坚决不去的，还会因苏大宏的挑逗而生气，苏大宏有些迷茫了。

汪秀美十分清楚女人的价值，上了黄亦凡的当后，把自己弄成了现在这个样子，就算有后悔药也治不了她的后悔病。这个苏大宏也不怀好意，她坚决不能再上当，保持着高度警惕。

这一天，约完会回到家，洗过澡喂过狗，还没来得及吹干头发，手机就响了，又是黄亦凡的问候。自从和苏大宏开始约会，汪秀美对黄亦凡的态度有了明显转变。

“还在外面忙，就不知道回来了？”好像有些委屈。

“已经回来了，哈哈……”听声音，黄亦凡兴奋不已。

“骗人。”汪秀美举着手机去房间察看，门铃却响了，不会又是苏大宏吧？再敢私自上门就要他好看。传来钥匙扭动的声音，汪秀美心里一紧，“真回来了？”她赶紧在睡裙上擦了擦右手背，下午苏大宏摸过这里。

进门来的果真是黄亦凡，拉着箱子。“小米粒——”扑上来抱住她。汪秀美不说话只是流泪，黄亦凡手段用尽，都止不住她的眼泪，他以为她想他了。

他检讨自己，不该一走这么长时间，更不该留小米粒一人在家守空房，等这笔货梯生意做成，就带她一块儿出去。不管他说什么，汪秀美都不接话，只是把头埋在他怀里抹眼泪。黄亦凡检讨了十多遍，也没换来汪秀美一句话。他想，不能再让汪秀美在家干这干那受劳累受委屈，他提议雇个保姆，又能干活又能陪她，汪秀美头摇得像拨浪鼓一样。

“不用节省这点儿钱，”黄亦凡说，“明天就去找中介公司。”

“我有那么娇贵，需要人伺候？”汪秀美终于说话了。

“留你一个人在家我不放心呀。”黄亦凡又往紧抱了抱。

“喘不上气了，你这死鬼，放开。”汪秀美为过日子算计，“经常回来就好了，用得着花这笔钱？”又说：“我一个人习惯了，还有黑妞和鱼骨。放心好了，咱家这么高，只要不开门，没人进得来。”

“千万千万别给男人开门。”黄亦凡本来想开玩笑，却不觉语气有些严肃。

“说什么呢？除了你这骗子，哪个男人都比你好。”汪秀美转过身去，黄亦凡只能对着瘦俏光滑的美人脊背傻笑。

汪秀美给黄亦凡的解释是，黑妞是待过的打印部一个同事姐姐家的。她姐姐急于移民，就便宜卖了，自己等于捡了个大漏，不然，像黑妞这种狗市场要卖六七万呢。

“你喜欢就行。”黄亦凡对狗没有兴趣。

“当然喜欢了。”是娇滴滴的那种语气。

第二天，她让黄亦凡带她去离家较远的万达广场看《哪吒之魔童降世》，一路喋喋不休地给黄亦凡讲黑妞和鱼骨的趣事。一到晚上，对黄亦凡极尽温柔，到了白天，就嚷着要去这里要去那里，甚至让带她去茂陵这种偏远的地方。汪秀美有求黄亦凡必应，只要汪秀美高兴，黄亦凡也兴高采烈。

黄亦凡有一辆奥迪，放在地库时间久了开不动了，就刷了一辆共享汽车，带上汪秀美、黑妞和鱼骨出发了。汪秀美笑脸如花，看得黄亦凡心生荡漾，虽说不上是老夫妻，可也结婚三四年了，他仍然被她的漂亮折服。有趣的是，汪秀美照顾黑妞多些，黄亦凡却处处招呼鱼骨。鱼骨有了靠山很嚣张，好几次向黑妞汪汪，黑妞竟然不吭声。

“远离城市，住到山里不回去才好呢。”汪秀美也说不出住在山里的好处，反正就是想去没人的地方。黄亦凡回来后，她把手机铃声调成了静音，又缠黄亦凡去偏远景区，就是不想接电话，不想碰见天宠的人，尤其是苏大宏。

“住山里谁给你打理狗？”黄亦凡突然问，“黑妞也在贝贝打理吗？”

“噢……”汪秀美一惊，“才……才买回来没几天，还没想好呢。”既然和苏大宏没发生什么事，还遮掩什么呢？汪秀美也不清楚，只是心虚罢了。

一个礼拜过去后，黄亦凡不得不出发，生意伙伴的电话越催越急，简直都要开骂了，不得已，黄亦凡千叮咛万嘱咐后留下汪秀美又飞走了。黄亦凡走得心事重重，汪秀美却感到轻松。她长长舒了一口气，一个礼拜来的小心翼翼和莫名担忧随着这口气全被释放了出来，她又调响了手机铃声。

翻看手机时，奇怪竟然没有苏大宏一条信息，也没有一个未接来电，她搞不明白原因。“他知道他回来了？”旋即又想，“绝对不会。”没有找到苏大宏联系过的痕迹，汪秀美特别宽心，“这个人，挺会来事。”她琢磨是不是需要联系他，又没想到联系的理由，只好作罢。

苏大宏是动了心思的，他其实发现了汪秀美和黄亦凡的行踪，立即就隐遁了。他能体会到汪秀美接到不期而至的电话时的惶恐，就决定不打，不让她担心，这样她对他的好感就会上升。果然，汪秀美对他的印象是“挺会来事”。

苏大宏也在等，他不急于联系汪秀美，是想看看这个女人到底有多大耐心。过了两天，双方都没动静，苏大宏故意把发给芬姐的微信同时发给了汪秀美：芬姐，已经准备好了，送过去还是您过来？今年生意特别好，给您的分红比例提高了一个点。

和预计的结果一模一样，汪秀美果然回话问：“什么意思呀？”苏大宏先装糊涂，然后赶紧道歉：“对不起，发错了，难怪芬姐没回话，原来发到了你那里。”并叮咛汪秀美一定要保密。汪秀美无意传播微信的内容，她关心的是芬姐的分红比例，到底每月能分到多少钱？她在客厅转来转去，给黑妞和鱼骨喂食也三心二意的。“芬姐能投资，我也能呀！”这么一想，又有了担心，“万一赔钱怎么办？”汪秀美能想出来的唯一办法就是控制住苏大宏，分红就能落到实处。男人都一个德行，黄亦凡能被降伏，苏大宏也不会例外。挣到分红的钱，手头更宽裕，就不用老看黄亦凡的脸色，要钱跟马吃长草一样艰难。“对，就这么干。”她给自己说，“天宠就在眼皮子底下，一天去三回，还能出什么乱子？”汪秀美打开余额宝，上面有二十五万元，又打开理财通，上面还有二十五万元。她犹豫的是全部投进去呢还是先投一半，想了半天也没拿定主意。

再去天宠时，苏大宏像以前一样热情，闭口不提黄亦凡回来的事，也不问她前段时间忙什么。正说着话，芬姐在豆豆、宝财和梅超风的簇拥下，嘻嘻哈哈进门来。

“嗨，人呢？给这俩汪星人洗个澡，去了一趟菜地，搞得浑身是土。”芬姐走进接待室，两个女人随即聊上了。苏大宏安排好给宝财和梅超风洗澡的事，再回来时站在接待室门口小声叫芬姐。

芬姐瞅他一眼，问："什么事不能大声说？秀美也不是外人，用得着偷偷摸摸吗？"

苏大宏提进来一个塑料袋，瞅一眼汪秀美，汪秀美站起来说："要不，我回避一下？"

"嗨，什么话？"芬姐拉住她，"坐下，坐下。我说大宏，你不是鬼鬼祟祟的人……"她故意停顿一下，才说："也没做过鬼鬼祟祟的事，今天这是怎么啦？"

"哈哈……"苏大宏心里一怵，芬姐这话什么意思？来不及细想，赶紧打圆场，"那我就说了，是这样，您吩咐的事办好了。"

"噢，给菜地投资大棚用点儿钱。不是转账吗？现在谁还拿这么多现金？"芬姐瞟一眼汪秀美，"大宏办事就是这么笨，太直接，是不是，秀美？"

汪秀美脸一热，随口答："不了解呀。"

"小小不在，没人会操作电子账目。"苏大宏把钱放在茶几上，"我一着急就提了现金。"

汪秀美揣摩钱袋里的数目，听苏大宏说："是按提高后的比例算的，要不要点一下？"

"嗨，几个零花钱点什么？你忙去吧，我们女人还有事情要说。"芬姐就没正眼看那袋子。苏大宏起身出去了，两个女人又聊起来。

“大宏这人聪明，也能干，不过……”芬姐瞅着汪秀美的眼睛。汪秀美在想投资的事，随口应付道：“怎么了？”

芬姐哈哈一笑，说：“你不了解他，他呀，哈哈，好色。”

汪秀美脸红了，马上稳住情绪，嘴上仍不吃亏，说：“给我说不着啊。”

芬姐知道她反感了，换成关切的口吻说：“我就随便这么一说。不过，大宏看见你，眼珠子总凸在眼眶外面。要当心呀，妹子，真被他缠上了，可别怪老姐没提醒过你。”她还想说“别贪小便宜吃大亏”，不过这句话太明显，说出来就不是暗示而是明示了，汪秀美肯定受不了，就把话咽了回去。

汪秀美仍面带笑意，嘴一咬，说：“他想死也是白想。”

“那就好，那就好。”芬姐岔开话题，说山里发水冲了菜地，还说那里的别墅被拆倒了一大片，老罗姐夫的大别墅也被拆掉了，里面的红木家具都没来得及搬出来，他姐夫不敢要赔偿竟然也不敢承认别墅是自家的，你说怪不怪?

汪秀美听得心不在焉，她哪有心思聊这些事情，脑子里盘算的净是投资的事，简直刻不容缓。芬姐还在嘻嘻哈哈，她只是点头应付。

两个人一块儿离开了天宠，看见汪秀美走远了，芬姐又折了回来。她告诉苏大宏女人的便宜不好占，遇到厉害的会被扒下一层皮，老老实实做生意才是正道。苏大宏听得云山雾罩，芬姐却转身回家了。

汪秀美焦急地等待苏大宏再次约她去伊人大酒店，可这个苏大宏消失了一样，连续半个月没了人影。汪秀美不由得心生怨气，借遛狗故意在天宠门外经过。步行街上人来人往没有变化，天宠也在正常营业，门口有四个女孩子替天宠散发传单。汪秀美看传单上有“宠物保护神”“全市最大、设备最全、医疗水平最高”这样的话，投资心情就更急切了。可是，混账苏大宏就是不约她，她也不好打听他的行踪，怎么给他说投资的事呢？汪秀美都急死了。

平时，除过遛狗，汪秀美也没其他事，不过，她今天可真有事了。按说她的例假是相当准时的，迟与早不会超过一天时间，今天早晨躺在床上扳指头一算，已经过去五天了还没有情况，心下顿生疑窦。“黄亦凡这次回来，是不是怀上了？不可能呀，他难道在套套上做了手脚？”这么一想，躺不住了，立马起床，快速装扮，安顿好黑妞和鱼骨，拉上阳台门，飞奔下楼，直接叫车来到了女子专科医院。检查结果，她怀孕了。

“黄亦凡！”她在心里狠狠地骂，“我杀了你！”咬牙切齿过后，她猜黄亦凡肯定采取了某种她不知情的手段，才有了这样的结果。她现在还不想要孩子，甚至给黄亦凡生不生孩子还没考虑好。

“打掉！”她狠狠地想。

还没回到家，苏大宏打来了电话说：“对不起，对不起，出差去了湖北，参加狗狗护理培训，学习了营养餐搭配，很实用。”他回来后做的第一件事就是给黑妞开了一份保健膳食单，给鱼骨开了一份去泪痕美毛进补单，然后才约汪秀美去伊人大酒店，说要当面把单子交给她，特别强调膳食药材已经准备好了。

“去不了。”汪秀美拿捏一把。

苏大宏对汪秀美的态度早有预料，这一招他会应付，他叫她“宝贝”，说为了黑妞和鱼骨的健康，为了汪秀美以后的好日子，必须来一趟。

“好日子？”汪秀美一愣，马上想到了投资的事。

“当然，我做的每一件事都是为了你好。”苏大宏给自己的语气赋予了真情，特别动听，“宝贝，十万火急，好事等你来。”

“是吗？”汪秀美对他有点儿生气，去外地也不事先打个招呼。

“只为你和黑妞好，宝财算什么，那个半老婆娘算什么。”苏大宏几乎把自己逗笑了。以前约会时，他说过“我真的喜欢你”这样的话，汪秀美听后撇撇嘴说：“太假了。”不过，她是笑着说的。

汪秀美听他说“那个半老婆娘算什么”后，立即掉头去了伊人大酒店。这句话太能打动她了，黄亦凡永远也说不出这种令她快活的话来，苏大宏就能行。汪秀美想知道，苏大宏说芬姐是半老婆娘，他们之间是不是有了隔阂?

老地方、老位子、老样子，一杯茶、一盘瓜子开始聊天。苏大宏首先递上的是给黑妞和鱼骨开的膳食进补单，汪秀美扫一眼说，太复杂，自己操作不了，不接单子。苏大宏答应在天宠配好，让小小送到尊苑去，汪秀美才收起了单子。汪秀美假意拒绝，原因是苏大宏没及时告知自己他的行踪，就属于不可靠的人，她不收不可靠之人送的东西。苏大宏连连赔罪，保证这种事以后不会再发生。

两个人拌了一会儿嘴，汪秀美眼一翻，说：“你说什么半老婆娘，我去告诉芬姐。”

“我不怕你告密，当然我也知道你不是那种人。”苏大宏嬉皮笑脸，话语像炒豆般蹦出嘴来。苏大宏的意思是芬姐在天宠的投资过高，对经营有生杀予夺的大权，如果多吸收几个投资人，不仅能平衡权力，更重要的是能集思广益，利于天宠的发展。

“给我说这些你啥意思？”汪秀美进一步试探。

“都是好朋友了，就无话不谈。天宠目前发展顺利，效益不错，眼睁睁看着别人挣钱，心有不甘嘛。”苏大宏的表情深含惋惜。

“别人是谁？”汪秀美耍小聪明。

“就是除你之外的人喽。”苏大宏这句话有些轻浮，忙给自己打圆场，“大把大把往别人家拿钱，看得人心疼，你拿回家我就不会心疼。”

汪秀美白他一眼说：“你有没有正经？”她想问芬姐的分红比例，可实在开不了口。

苏大宏接了一个电话，哼唧了一通，并没说一句完整话。挂了电话，他说：“秀美，咱们不绕弯子，如果你投资，不管多少，比那半老婆娘高十个点，就这么定了。还有，楼上开了一间豪华套房，带美容那种，本来是待客的，可是客人刚来电话说改期了。爱来不来，不管那么多，这是房卡，你上去享受一番，我还要去三门峡，就不陪你了。”

“不去，又不是专为我开的。”汪秀美头一扭，其实满脸是笑。

“又没人用过，你进门前我才开的，和给你开的没什么两样。”苏大宏把房卡推给她，“你坚贞得像块石头，我哪敢开房等你。”苏大宏从包里拿出一份资料，递给她说：“这是投资合同，做完美容看一看，投不投没关系，了解一下也没坏处。噢，这房带中餐，可以让送进房间，明天下午一点之前都是你的时间。好了，我得赶紧走了。”苏大宏匆匆离开了酒店。

汪秀美仍然坐着，她随手拿过报架上的《华商报》，胡乱扫了一眼。选择这里约会是苏大宏的主意，他分析芬姐她们不会来这里，不是嫌贵而是没有来这里的习惯，或许压根就不知道有这么个地方。他们来这里五六次了，汪秀美都坚持不和苏大宏身体接触，她并非为黄亦凡守贞操，而是不想再发生让自己后悔的事情。所以，苏大宏几番施展手段，都没能得逞。

汪秀美去了一趟卫生间又过来坐下，她有去豪华套房的好奇心甚至冲动，尤其带美容的套房太有吸引力了。要在这里过夜，需要先安排好黑妞和鱼骨，正在盘算时手机响了。说话的是苏大宏，告诉她自己已到三门峡，打电话的意思是，他吩咐小小今晚照顾黑妞和鱼骨。不等汪秀美说话，他又说马上要和绿宝贝宠物食品的老板谈生意，就挂了电话。

她看看号码还真是外地的，一查0398果真是三门峡的区号。“这么快。”她当即上楼进套房查看了一番，很是吃惊，如此宽敞、如此豪华、如此奢侈，那半圆澡盆就同时能泡三个人，卫生间比她家客厅还大。她猜测，大宏到底有多少钱？反正比黄亦凡有钱。她的判断依据是苏大宏出手大方。

手机再次响起来时，是小小打来的。汪秀美不愿让小小知道自己的行踪，反问小小苏大宏是怎么说的。小小说老板只说让照顾黑妞和鱼骨，其他没说什么。汪秀美很满意苏大宏的机灵，麻烦的是自己需要回家一趟。她又待了一会儿，重点看了看套房内放的化妆品，研究了一个多小时，才有点儿不舍地下楼来。她决定快去快回，然后在大池子里泡一会儿，再下来享受美容服务，接下来躺在长宽足有三米的方床上睡一觉。

来回路上她把要想的事情都想到了，看着小小带走了黑妞和鱼骨，她又悄悄回到了伊人大酒店。豪华套房里提供的任何一项服务，汪秀美都是第一次经历。泡完澡，美容设备也摆好了，专业技师态度恭敬，技法熟练，和颜悦色地介绍了许多她过去根本不了解的皮肤护理知识，使自己的虚荣心得到了极大满足，都有了飘飘欲仙的感觉。

享受的时间过得总是太快，一晃天就黑了。汪秀美想回去，心想这床大得不像话，除了大应该没啥特别之处，光脚上去走了一圈，自语："也就是这个样子。"

想做的事都做了一遍，躺在沙发上还训了黄亦凡几句，黄亦凡只会软着舌头说安慰的话。对唯唯诺诺的黄亦凡，她更是瞧不上了。挂断黄亦凡的电话，就想该不该拿走套房内的化妆品。"拿不拿呢？"她决定问一下前台，如果可以拿，一扫光，马上回家。

门铃突然响起来，她赶紧去开门，急切地想知道又有什么服务等在门外，甚至没顾上从猫眼往外看一眼。门一拉开，竟然是苏大宏站在门口，手里捧着一束蔷薇花。汪秀美一愣，第一反应就是关门。

她关门动作飞快，苏大宏甚至没来得及反应就被关在了门外。汪秀美穿的是睡衣，她要赶紧换衣服。不承想苏大宏还有一张门卡，一进来就从后面紧紧抱住她。她一阵窒息般的紧张，使劲儿也没能挣脱苏大宏有力的拥抱，折腾了一会儿实在没力气了，被苏大宏抱上了那张巨大的方床。她瞬间明白，这是个圈套，去三门峡跑一个来回，高铁两三个小时足够了。

她闭着眼睛接受了苏大宏，没有多少不愿意，也没有多少愿意，也说不清楚为什么不再反抗了，也不知道为什么没有喊人，反正没劲儿了苏大宏就得手了。说起来也不能全怪自己，女人总是没男人劲儿大，她闭上眼睛的同时就原谅了自己。

“你是预谋好的。”苏大宏终于坐到沙发上喝水去了。汪秀美躺着没动，瞪着天花板，声音听起来冷冰冰的。

“没有，没有，我是太喜欢你了。”苏大宏顾不上咽下茶水，含糊地说，“我保证，不是故意的。”

汪秀美并没想太多失身的事，她关心的是投资分红的比例。真说床上这档子事，就算闹到公安局，丢脸不说，自己还捞不到什么好处。再三衡量，提高分红比例才最实惠。

“向好朋友下手，你心怎么长的？”汪秀美开始实施计划了，“我怎么见人？你说。”

“秀美呀，别说这事了，我们相互都有感觉，不是吗？”苏大宏一改过去弯腰点头的乌龟样，“还是那句话，我不想让别人大把挣钱。”

“哼，谁和你有感觉？”汪秀美猛然想起芬姐说过的“苏大宏好色”的话，这不是应验了嘛。她有些担心，试探地问：“刘芬花是不是知道什么了？”

“她知道什么呀？”苏大宏不以为然。

汪秀美把芬姐说的话告诉了苏大宏，苏大宏才想起芬姐给自己说的“女人便宜不好占”的话原来暗含深意。不过，自己费了这么多心思才把美人降伏，说什么也不舍得丢开。“别理她，咱的事她操什么闲心？我早讨厌这半老婆娘了，生意上的事她要问，私人的事也要插上一腿，以为自己是谁呢。”苏大宏用浴巾裹住自己，跷起二郎腿说，“以后别提这个无聊女人，你关心的应该是怎么挣钱的事。目前来说，只有投资一条道，芬姐虽然投资最多，可我是实际经营者，我可以负责任地告诉你，投资天宠没有风险。天宠很快就要发展连锁店，以连锁模式在本市至少发展五十二家店，规划已经做好了，目前正在宣传，吸纳合伙人。当然，为这件事你要我赔偿也可以，那就成了一次性买卖，没有多少油水，你自己选择吧。”

苏大宏这番话也是备过课的，他拿不准完事后汪秀美会提什么离奇条件，这番话能起到杜绝过分要求的目的。汪秀美似乎睡着了，其实她在想刘芬花这个阴险女人施展手腕的目的是在阻止自己挣钱，“我偏投，就不让她的阴谋得逞。”又想苏大宏说话的意思，“他什么责任也不想负，只开了投资一条道，不能让他白占了我的便宜！”

“刘芬花的红利是百分之十五，给你百分之二十五，这事我能定。”苏大宏坐到床边来，伸手放在她盖着睡衣的肚皮上。

汪秀美转过身去，苏大宏对着她的脊背说：“明天，我们去山里玩，虹鳟鱼正是最肥的时候。”汪秀美没吭声。苏大宏明白此刻无论如何得出血，绝对没有白占的便宜，接着便道：“早想给你买件衣服，就是不知道你爱好啥，也不敢瞎买，你自己买肯定比我买得好。”

汪秀美想的是，刘芬花和苏大宏的关系并非铁板一块，这就好办了，现在和苏大宏有了这事，调教他听自己指挥，还有什么好担心的?

“哎呀，零钱不到三万了，给你转两万五千吧。”苏大宏自语，“怎么弄的，花钱这么快，前两天还有五万多呢。”

汪秀美抽泣起来，苏大宏慌了手脚，忙问：“宝贝，怎么啦?好好的，怎么哭了？”

“我哭自己命苦不行呀。”汪秀美是故意哭的，“占了便宜还骂人，你还是不是人？”

“哎呀，宝贝，我错了，该打。再转三千，两万八千，这数字吉祥。”苏大宏又开始转账。

“刘芬花的投资有什么保障？”汪秀美说不哭就不哭了，穿好衣服坐起来，苏大宏献殷勤被她拒绝，“坐在沙发上听我说话，不许过来。”

苏大宏坐在沙发上，说：“保障是天宠的营业额，是按时分红的信誉，是说到做到的承诺。”

“有几家愿意加入天宠连锁店？”汪秀美把头发弄下来遮住半边脸，她不好意思瞅苏大宏。

“接触的有五家。”苏大宏底气十足，“正式谈判的有三家，两家基本确定了。这样下去，多少店都开得起。”

“上次给了刘芬花多钱？”汪秀美终于没忍住，问出了口，两人有了这种事，她觉得可以问了。

“三万。她是年底分红，平时偶然要一些，年底算总账多退少补。”苏大宏对芬姐不感兴趣，“说过了不要再提她。”

“如果我投一些，你刚说按百分之二十五分红？”汪秀美要确认一下比例。

“没错。”苏大宏答得很干脆。

“那你算算，五十万按月能分多少钱？”汪秀美算不了这种拐来拐去的利息账。

苏大宏掏出手机摁了几下，说："整数账，按月分红一万元。可……可是，天宠没有按月分红的先例。"

"我就要按月，"汪秀美提高声音，"不行吗？"

"行，行，行，没说不行呀。"苏大宏了解女人的小脾气，顿了顿说，"为了避嫌，明天你去找小小，让她给你办投资手续。"

汪秀美觉得钱还没投出去心就空了，是那种慌乱的空，没底的空。"五十个月才能返本，四年零两个月。"她在心里叹，"这么漫长啊！"她双手捂住面颊，不知道今天这一步迈出去会有什么后果，心里连念阿弥陀佛，尽管她从来不信佛。

六

苏大宏将第一个月的一万元红利亲自送到汪秀美手里时，汪秀美正在考虑腹中孩子的去留问题，还没做出决定，苏大宏就拉上她去郊区玩了。汪秀美很快学会了开车，东、西、南、北的郊区都留下了他们欢乐的笑声和轻快的脚步。

他们的郊游时间一般选在礼拜二或礼拜天，因为这是芬姐美容美体的日子，不可能安排聚餐、喝咖啡或看菜地这样的活动。

汪秀美拒绝随意约会，尽量减少两人同时在市区露面的次数，就是去超市，宁愿多走两站去百福总店，也不图方便去步行街分店。

有了分红，加上苏大宏的百般奉承，汪秀美感觉自己是最幸福的女人。虽说黄亦凡的问候还照常进行，可多半时间联系不到汪秀美，偶然联系上了，汪秀美也不耐烦地和他说话，用遛狗、美容、给狗剪毛搪塞他。黄亦凡的感觉是，汪秀美忙碌起来了。

汪秀美真的很忙，带着黑妞和鱼骨走遍了市郊差不多五十公里范围内的所有景点。她打扮入时，戴一副大号墨镜，头上一般还有一顶造型别致的帽子。她已经不太关心黑妞和鱼骨了，需要忙的事全成了苏大宏的事情。她走在前面，苏大宏牵着黑妞跟在后面，黑妞旁边是不用牵绳的鱼骨，两个人两只狗，不管到哪个景点都是最惹眼的。汪秀美的做派绝对如大腕明星，一举一动都很讲究。她特别满意男男女女投来的仰慕眼光，虽说也有冷漠和厌恶，可仰慕的人总是大多数。

这是个礼拜天，他们来到了关中民俗博物馆，汪秀美就喜欢这里的古典民居。宠物不许进门，苏大宏有办法，一千元“啪”地甩在警卫室的桌子上，说：“弟兄们买盒烟抽，不是一定要进去，是汪总实在离不开这两个小家伙。”这番动作和这几句话，基本没有拿不下来的门卫。他们会给苏大宏一个塑料袋，让注意卫生，绝不能弄脏景区内任何一块地面，苏大宏满口答应，问题就解决了。

游玩时，汪秀美随时会坐下来，叹一声：“唉！走不了路了，五千元的鞋子，怎么照样磨脚？”

“活动多了，脚就胀了。”苏大宏的任务之一是给汪秀美答疑解惑。

“啥时能住上这样的房子，有花有草有院子，有楼有台有荷池。”汪秀美随口一说，苏大宏就替她展望未来道：“如果天宠连锁办起来，这个想法很快就能实现。”

“吹吧！”汪秀美白他一眼。

“不怕贵，只要有价就好办。”苏大宏从来不坐，戴着墨镜，牵着黑妞，俨然保镖一样。

说说笑笑，一天就过去了，比起和苏大宏好上以前，汪秀美的日子丰富多彩了许多。游玩时从来没碰见过熟人，胆子就大了起来，也敢并排走路，坐在一起吃饭了。

从关中民俗博物馆出来，两个人大大方方走在一起。身后有喇叭声，一辆小车越过他们后，犹犹豫豫地似走非走。“什么破车，在人面前显摆。”汪秀美扶了扶墨镜，嫌车带起的尘土眯了自己的眼，小嘴噘了起来。

“这是特斯拉，不是破车。”苏大宏小声说。

特斯拉开走后，汪秀美略有所思，猛然站住，脸色渐渐变了，

“呀，不好，刘芬花好像说过，她家最近买了一辆什么斯拉？”汪秀美方寸大乱，“快走。”

“不会这么巧吧，没听说她今天要来呀。”苏大宏被汪秀美说得也慌乱起来，拉着黑妞快步跟上去。

两个人坐进车里，汪秀美气喘吁吁，脸色难看地说：“不错，绝对错不了，就是特斯拉，完了，彻底完了。”汪秀美埋怨苏大宏，“我说去野河山，你偏说这里好，这下好了，全暴露了。”

苏大宏装出不在意的样子，说：“没事，别自己吓自己，就算她知道又能怎样？那个小她七岁的小白脸，不是经常在富润阁酒楼等她吗？别以为我不知道。”

“你啥意思？猪不嫌老鸦黑，是吗？”汪秀美大喊了一声，“回去！”

苏大宏不敢抗命，一路给汪秀美宽心，说：“我明天去打听一下，她家到底买了啥车。”

“傻子，这不是不打自招吗？”

两个人心里钻了蛔虫一样，说不出什么滋味。汪秀美怨气不断：“都是你害了我。”苏大宏只是不作声。

快到家了，汪秀美“呀”一声惊叫：“鱼骨呢？鱼骨去哪里了？”

苏大宏赶紧把车停在路边，检查了一遍，后座上只有黑妞，鱼骨丢了。汪秀美哭起来，说："让你照看它们，怎么搞的？咋没把你丢了？"汪秀美一哭，苏大宏心里更乱了，连忙答应尽快物色一只小鹿犬。

"可那不是鱼骨呀，你到底安的什么心？"汪秀美大发雷霆。

"你又不喜欢它。"苏大宏嘟囔。

"我不喜欢是我的事，你有什么资格丢了它？"

"我不是有意的。"苏大宏申辩。

"你还敢有意？你敢吗？"汪秀美心情坏到了极点，"今天遇见鬼了，找不回来鱼骨，你就等死吧！"苏大宏知道找不见了，也没打算回去找，静静站在车下，低着头挨骂。

鱼骨走丢后，汪秀美心里不痛快，毕竟鱼骨陪了她多年，再说，这小家伙知道保护人。有一次，她和鱼骨在街上散步，突然，旁边门店窜出一只日本秋田犬朝汪秀美狂吠，汪秀美吓得转身就跑，秋田追上来，鱼骨扑了上去。和秋田比起来，鱼骨根本不值一提。战败而归的鱼骨遍体鳞伤，在贝贝连续住了半个月，才捡回一条小命。平时，汪秀美数落鱼骨，其实它是在替黄亦凡受过，汪秀美也清楚这一点，对鱼骨还是心存善意的。苏大宏承认丢失鱼骨完全是自己的过错，并借机发誓，要像鱼骨一样忠诚于她。汪秀美喜欢听这话，就不再找苏大宏麻烦了。

一连多天，汪秀美不出门。不过，芬姐那边也没有任何动静，苏大宏也没传来有价值的消息。汪秀美猜测，芬姐在和自己较劲儿，只要开口打听芬姐那天的行踪，就等于承认了自己的丑事。没有解开可能被芬姐发现的心结，她却做出一个决定，不管今后日子咋过，腹中的孩子都要拿掉。她本想告诉苏大宏自己怀有身孕的事，可又一想，既然决定做掉何必给他增添烦恼。

这天晚上，她搂着苏大宏并不健壮的身体，决心天一亮就去女子医院除掉这个麻烦。苏大宏不会知道一声高过一声的汪秀美在想什么，他极尽所能展示本事。两个人正在尽情享受性爱的美妙时，汪秀美突觉小腹一抽，一阵疼痛，下身出血了。

苏大宏惊恐起来，只会问："咋办？咋办？"

汪秀美知道咋回事，不过，她没告诉苏大宏实情，看见血流出来，倒有些庆幸，反而沉着起来。"车在楼下？"她用棉纱堵住下身。

"在……咋办？"苏大宏仍很慌乱，眼泪都出来了。

"送我去女子医院。"

"我背你。"苏大宏蹲下去。

"傻瓜，快去开车，我就下来。"

从女子医院出来已是后半夜，回到家，苏大宏换过被血染了的床单和被罩，汪秀美躺下就睡着了，她实在太累了。苏大宏尽管不知道汪秀美得了什么病，可他清楚要给汪秀美补补身子。

天色微亮，他悄悄出门去，再进门时，汪秀美仍在酣睡。他跑了三趟，才把所有补品搬进屋来，光补气血的汤粥就有三盆，有当归黄芪乌鸡汤、红枣桂圆粥、四红补血羹。他把粥碗羹匙齐齐摆在床头柜上，软着声叫："美美，美美。"

汪秀美轻轻哼了一声，一副无力的样子，实在让苏大宏心疼。他关心地说："喝点汤，美美。"

"你出去了？"猫叫一样。

"是。"

"天气好吗？"

"不错，太阳红红的，就是有点儿风。"

"可不敢受风。"汪秀美挪动一下，"把窗都关上。"

"一直就没打开，趁热喝一口吧。"苏大宏端起红枣桂圆粥，轻声劝她。

"不想吃。"

"就一口，乖，就一口。"

苏大宏扶起汪秀美，她看见吃的喝的，说："辛苦你了。"

苏大宏一勺一勺喂她，汪秀美喝着喝着，流出泪来，说："大宏，就你对我好了。"抽泣起来。

苏大宏笑说："谁让我爱你哩。"

"贫嘴。"汪秀美含泪笑了，"你也吃。"在汪秀美的撒娇声中，苏大宏吃了一口，赶紧又喂她乌鸡汤。

毕竟年轻，三天过后，汪秀美躺不住了，缠苏大宏带自己出去玩。最后他们商量，一块儿去百福总店采购日常用品。

大病初愈的汪秀美心情不错，苏大宏不断献殷勤，每走一步都搀扶着她，汪秀美拧着身子不让他扶。

“我又不是老太太。”嘟起嘴来甩开了他的手。

“你是重点保护对象。”

“讨厌，快去找抽纸。”

两个人过分亲昵的举动招来不少路人的目光，汪秀美有些小得意。不过，她没注意到，货架后面有一双阴霾的眼睛正在盯着他俩，这个人正是齐玉香。前不久，她刚从步行街百福分店调到总店当防损员，冤家路窄，今天又遇上了。

令齐玉香费解的是，汪秀美没和黄亦凡在一块儿。“他当乌龟了？”齐玉香并不想知道答案，而是掏出手机，拍下了两个人亲昵的照片。

回到家后，齐玉香反复想了半天，要不要管呢？管这事当然不是关心而是报复，就是要给黄亦凡找不自在。她站在儿子的房门外，心想为了儿子也要报复一下，离婚六年了，儿子都上三年级了，他主动看过几次？这么一想，随即下了决心。

“宝贝，”齐玉香的报复行动开始了，“妈妈手机打不开了，用你的手机查个商品价格。”

她先把照片发到儿子的微信上再转发给黄亦凡，还在照片后面跟了一句话：“偶然在百福总店拍到的，与儿子无关，也不用回信。如果你没离婚，那就衷心祝你和有了情夫的女人幸福！”发过这句话还不解恨，后面又跟了三张笑脸，然后清除操作痕迹，把手机还给了儿子。

黄亦凡的问候显然成了汪秀美的麻烦，“小米粒”的称呼让汪秀美心生厌恶，微信发来不打开直接删除，语音通话只说一句“忙着哩”随手就挂断，如果打手机她就发脾气说：“讨厌，麻酥酥的，哪像个男人！”当然，这是她一个人的时候说的。如果苏大宏在场，她会毫无表情地摁断，苏大宏万一问，她就说是骚扰电话。

这一天，苏大宏送来狗粮后，说要去跑连锁店的事，并承诺每谈成一家连锁店，给她提高一个点，汪秀美欢喜地催他快去。还不到六点，也就是不到黄亦凡平时问候的时间，汪秀美的手机就响了，她以为是苏大宏，拿起手机一看却是黄亦凡，不接会担心他要回来，只得勉为其难，拉着脸接通了。

“喂，小米粒，你好吗？”他还是以往的问候。

“好着哩，说事。”不冷不热的口气。

“我们要发财了，小米粒，今天上午谈成了我以前给你说过的那笔生意，就是科威地产买三十部货运电梯的事，是那种大型电梯，三千万订单。哈哈，你要发了，等结过账，马上给你换别墅住，买跑车，买捷克狼犬，买你想要的所有东西。你在听吗，小米粒？”黄亦凡一口气把想好的全说了，而且抑扬顿挫，情感饱满。

汪秀美一听就蒙了，下意识地问：“能挣多少钱？”

“百分之四十，小米粒，挣一千多万。哈哈，总算拿下来了，你可以过上想要的生活了。”通过声音，就能听出黄亦凡喜形于色的样子，“先给你报个喜，接下来还有不少辅助合同要填，明天早晨去公证处，这样的大合同必须公证。小米粒，你再忍忍，我会拿钱回来的。”

“你在哪里？还是上海吗？”汪秀美心里一热一冷，一惊一颤，滋生出一种酸涩感，她不知道这种感觉与后悔有没有关系。

“小米粒，乖乖在家，好吗？”他仍然是兴奋的声音。

“好的。”这句话说出口，汪秀美心里有些别扭，她好久没给黄亦凡这么说过话了，何况声音还是软软的。挂断电话，汪秀美的心一直往下沉。她放下手里的狗粮，坐在沙发上发呆，脑子里空空的，不时叹息。黑妞瞅了她半天，无趣地回阳台了。

发呆中天黑了下来，汪秀美觉得今天的天黑得特别早，街灯把窗玻璃染成了橘子皮那样的红色。中午到现在没吃一口，也没有饥饿感，又坐了一会儿才默默起身，反锁了大门然后上床躺下，心里像被掏去心肝一样，不仅空荡荡的，而且凉飕飕的，时不时还会打个冷战。

汪秀美一会儿想苏大宏，一会儿想黄亦凡，也搞不清要想两个人什么，交替出现的是他们的影子，不知不觉中眼泪就下来了。她没有擦，盯着灰红的天花板，有被洪水淹没的窒息感。

清晨是在一夜等待中缓慢来到的。黑妞像过去的鱼骨一样，无声进门来，静静站在床边。汪秀美没有喂它的兴趣，扭头看着别处，黑妞又无奈地悄悄出去了。

十一点过后，汪秀美仍然没有起床的意思，苏大宏的电话就来了。“起床了吧，宝贝？”两个人好上以后，她第一次从他的声音里没有听出关切来，“今天是礼拜二，咱们去哪里？”

“还没起来。”她清了一下嗓子，“你忙吧，我不想出去，你也别过来。”

“我想告诉你，昨天谈的那个老板对连锁店特别上心，估计有戏。”苏大宏嘿嘿一笑，“我给你送吃的过去。”

“别来，什么也不想吃。”汪秀美坐起来准备下床，“挂了。”

她感觉头有点儿沉，“是不是病了？”摸摸额头，“没有呀。”身子绵软，走路摇晃不稳，“睡太久了吧。”她这样给自己说。

还是不想吃饭，给黑妞放了两把优胜，动作明显比以前潦草了许多。一整天是在恍恍惚惚中过去的，六点还没到，她主动想起了黄亦凡，不时打开手机翻看，疑心有他的电话。

终于等到六点，黄亦凡第一次失约了，没有电话，也没有微信。一直等到八点还是没有消息，汪秀美犹豫再三，第一次主动给黄亦凡发了一条微信："一人在外，照顾好自己。"过了半天，黄亦凡才回信，先发来一枝玫瑰，后面跟了一句话："谢谢小米粒，我很好。一直忘了问你，上次我走后，你怀上了吗？"跟着一连串的憨笑表情。汪秀美心里一颤，随即回道："没有。"黄亦凡回信"哦"，又接一句："这两天特别忙，被这个合同折腾坏了，不过，绝对值得。晚安，小米粒，我还在陪科威的老板，有进展再告诉你。"

第二天下午六点，黄亦凡没有发来问候语，而是发来了与科威签订的合同照片。汪秀美一页一页翻看，大红印章，让她眼晕的巨款。她莫名其妙地产生了对抗芬姐的勇气，自言自语道："让你再嚣张。"

不知什么原因，苏大宏一连两天没找汪秀美，她虽然需要清净下来想一想自己的问题，可他不露面毕竟不正常。其实，苏大宏这两天过得并不比汪秀美轻松，他不是为情所迷，也不是为财所迷，而是被芬姐叫到家里接受盘问。

七

那天在关中民俗博物馆外，芬姐的确坐在那辆特斯拉里。看见汪秀美和苏大宏后，芬姐第一个想法是千防万防，这俩人还是有了私情；第二个想法是苏大宏到底给了汪秀美什么好处，绝不会是几袋狗粮和一只狗这么简单。芬姐太了解汪秀美了，没有肉骨头，她怎会低头去啃？宁愿饿死也要保持那点儿可笑的虚荣心。

“给了什么好处呢？”芬姐猜测，苏大宏不是给了汪秀美现金就是给了分红。她把自己的想法告诉老罗后，这个民营医院的院长很不以为然。

“不可能，”罗院长说，“你是最大投资人，你没点头，他有这权力吗？”

“很难说他没有这个胆量。再说，送点儿小东西汪秀美还不至于做出掉身份的事。送狗粮送狗的事我都忍了，以前敲打过他们，看来没起作用。”芬姐严肃地说，“如果敢作弊，我就拉走器械，抽去周转资金，贝贝找我好多次了，咱有钱哪里不能投资？”

“你是投资玩呢，赔了挣了有啥意思？别太在意，真要搞的话动作不要太大，敲敲山震震虎就行了。”罗院长对芬姐的事从来都不怎么上心。

“我玩是我的事，可不能把我当傻瓜。看来，苏大宏有了外心，我也不用拐弯抹角，直接问他。”芬姐相信自己的判断，“秀美那点儿小九九，我能不了解她？哼……”

罗院长说：“真不放心别人，就自己办一个，免得受气。”

芬姐说：“我要不是嫌麻烦，早就办了。”

苏大宏接到芬姐电话时，正是汪秀美接到黄亦凡签订货梯合同信息的第二天早饭后。苏大宏兴冲冲地进了罗宅。

“来了，好，坐下吧。”芬姐考虑了半个晚上，问题都在嘴边，开口就问，“你和秀美咋回事？”

苏大宏的脸上像唰地涂了一层鸡血，不知眼睛该往哪里看，回道：“没……没……咋回事。”

“我都看见了，就别哄我了。”芬姐很不耐烦，丝毫不掩饰自己的情绪。

“就是一块儿转转。”苏大宏支吾着。

“行了吧，苏大宏，前段时间你给她送粮送狗，我提醒过秀美也警告过你，可你们根本不听。当然，你俩交往是你俩的事，我没兴趣也没义务监督。我想知道的是，除过送粮送狗，你还给了她什么好处？”芬姐拉着脸，“你个人的财产都给她是你的事情，我绝不过问，我要问的是，你是不是把天宠的利益给她了？”

“没有，没有，绝对没有。”苏大宏额头上汗涔涔的。他搞不明白送粮送狗这件事芬姐是怎么知道的，难道是小小告诉她的？他不好确定，汪秀美经常出入天宠，店里人多半都知道这件事。

“每粒狗粮都是天宠的利益，更不用说一只昂贵的萨摩耶，你有什么权力送人？”

“没有，我没有这权力。”

“已经过去的事我不想再追究，可是你要知道，不追究不等于你没错。”

“是，是。”苏大宏低头不看芬姐。

“秀美如果投资了，按预先确定的分红比例给她分红也没什么，可如果没有投资却拿了天宠的利益，不管多少，绝对不行。”芬姐品一口茶，“说说吧，别磨蹭，到底怎么回事？”

“这个，这个……”

“告诉你，这事说不明白，我就撤资，拉走所有……”

芬姐话没说完，苏大宏赶紧说：“别，别，千万别。”

“那就快说。”

“她……她……投……投了。”他继续支吾着。

“投了是好事，天宠吸引的资金越多越好。说吧，分红比例多少？”

“大家都一样，这是规定。”苏大宏情绪逐渐稳定下来，“您放心，绝对不会侵害您的利益。”

“好吧，一块儿去天宠看看账，我也好放心，现在就过去。”芬姐起身喊豆豆，让管好宝财和梅超风，别让跟着她。

到了天宠，芬姐直接去了财务部，站在小小桌前，敲着桌面说：“拿半年的账本看看。”

小小的笑脸立时僵住了，看一眼苏大宏，苏大宏汗又下来了，说：“姐，去接待室给您说清楚这件事。”

“刚才为啥不说？”芬姐站着没动。

苏大宏让小小出去，关上门低声说：“姐，我一时糊涂，给她分了二十五个点，您别生气，我这就改过来。”

“好，很好！苏大宏，我刚才怎么说的？按规定分红没什么，可你是怎么做的？按这个点分红，你是不是诚心毁掉天宠？你告诉我，天宠有这么高利润吗？”芬姐一拍桌子，“有吗？”

“没……没有。姐，您别生气，我马上就改。”

“她投了多少？”

“五十万。”

“年结还是月结？”

“月结。”

“也只有你这个糊涂蛋才会答应，烂泥扶不上墙啊苏大宏，天宠才看见几个回头子，你就开始挥霍了，往后还怎么办？我明确告诉你，投资谁我都能发财，为啥一定要投资你？”芬姐转身往外走。

“姐——”苏大宏一把拉住她，“我知道错了，马上收回多付的十个点。”

“哼，小错大错，你接连犯错，等于把天宠的投资收益拱手给了别人，懂吗？”芬姐面色冰冷，语气更冷，“苏大宏，你不听人劝啊。还是老罗说得对，市场不会给犯错的人留下改正的机会。今天一个汪秀美不要紧，明天再来一个张秀美，后天还有李秀美、陈秀美，我受得了吗？”

“不会了，姐！”

“过不了女人关能干成什么事？贝贝的老板是个女人，我在考虑投资她。如果不成，我就雇人开一家生活馆，免得被你出卖，听懂了吗？”芬姐扬长而去。

天宠员工个个目瞪口呆，交头接耳，不到一顿饭工夫，汪秀美投资分红导致芬姐不满的事就传开了。女员工开始骂汪秀美是婊子，男员工倒羡慕苏大宏有艳福。

苏大宏喝了毒药一样肠肠肚肚都难受，他想主动去找芬姐，坚决退掉汪秀美的五十万向芬姐表忠心，不然还能咋办？只要不撤走资金，不运走器械，什么条件都能答应。他抱着被骂死也不还嘴的决心，匆匆出门去了。

汪秀美的心情比苏大宏好不了多少，她一直在家，不知道天宠发生的事情。她面对的难题是，黄亦凡的生意有了起色，自己却做出了令人不齿的丑事，还因此流掉了黄亦凡的孩子，这些事怎么敢让黄亦凡知道？天天盼望的好日子眼看就要来到了，她却预感将失去享受这种生活的资格，虽说自责了一千遍一万遍，但还是没法给自己一个享受黄亦凡成功的理由。

在漫长的等待中，黄亦凡三天没有任何消息，主动问候黄亦凡显得有些做作，她没发信息，而是忐忑不安地等待黄亦凡联系自己。

第四天下午，她站在阳台上想，是时候和苏大宏一刀两断了，接下来需要做的是如何掩盖自己的过失。这时，手机突然响了，她赶紧跑到客厅，是黄亦凡打来的。

“小米粒！”仍然是兴奋的声音，“问题都解决了，接下来进入订货环节，咱们要给电梯厂交八百万元预付款，昨天我谈好了一千万贷款。不过，银行是分期到账，第一笔五百万一星期内直接打给电梯厂，差三百万不是大问题，咱们自己的二百万全部投进来，剩下的一百万我找朋友借。再说，过不了几天，科威的三百万诚意金就能到账，资金不是问题。我手里的一百五十万和你的五十万先集中起来，我建行卡号你知道，明天去银行转到卡上。”黄亦凡从来没这样口齿伶俐过，像打好草稿一样。

“不动用我的钱不行吗？”汪秀美这么说是因为钱不在自己手上。

“小米粒，夫妻同心其利断金，关键时候不敢出问题，挣回来都是你的。哈哈，我等你。好了，约了银行的朋友，我得提前过去点餐。还有，这几天太忙，不能及时问候，可别胡思乱想，祝小米粒永远开心漂亮。”说完就挂了电话。

“怎么办？”这是汪秀美接完电话的第一个想法，找苏大宏要钱是第二个想法，给苏大宏打电话是第三个想法。

她立即拨通了苏大宏的手机。

苏大宏追到芬姐家里，一把鼻涕一把泪，把自己祖宗十八代骂遍了，用性命保证不再和汪秀美来往。芬姐是趾高气扬惯了的，养成了有钱人的任性，想好的事情永远不变，苏大宏越是痛哭流涕，她越觉得这个人虚伪。她庆幸发现得早，不然把那么多器械和百万流动资金交给这种人继续经营，说不定会发生什么灾难，想起来真有点儿后怕。她简直要感谢汪秀美了，是汪秀美给了自己认识苏大宏的本性的机会。现在也没造成什么损失，抓紧抽资还有不错的盈利。她在心里说：“这个小骚货还真帮忙，不枉认识一场。”

苏大宏哪里知道芬姐的心思？她不点头，苏大宏还以为自己表现的诚意不够，更是连哭带骂汪秀美。苏大宏表忠心没起到任何作用，反而坚定了芬姐撤资的决心。苏大宏无功而返，正在烦恼，汪秀美的电话打来了。他呆看了一会儿手机屏幕，勉强接了。

“大宏吗？”汪秀美在苏大宏接通电话之前，想法变了好几次，是直接要钱呢，还是先告诉他黄亦凡生意上的事情？还没想好，电话就通了。

“是我。”苏大宏听出自己的声音有些沉重，汪秀美也听出来了。

“怎么啦？”她问。

“没事！”他提高了音量。

“没事就好。”按月分红没出过问题，要钱的话她竟不知如何开口。

“秀美，这段时间天宠业务多，还得去一趟湖北，可能要耽搁几天，等办完事我给你打电话。”稍一顿，又说，“这个月的分红日期到了，明天，我让小小给你送过去。”

汪秀美想来想去不要回投资不行，尽管语塞还是必须开口：“大宏，是这样，我急需用钱，你看能不能撤资？要是不行的话，你给我筹五十万，我的投资等于还你账了，分红也是你的。只是……撤资的话，可能就违约了，是吧？”

“你不存在违约，真需要钱，我来想办法，你要给我几天时间，好吗？”苏大宏的话很中听。汪秀美放下心来，赶紧说：“当然可以，我等你好消息。”

苏大宏好像还叫了一声“宝贝”，汪秀美没听清楚苏大宏就挂了电话。不管他说了没有，总之钱的事不用操心了，苏大宏答应自己的事从来还没失言过。

第二天，汪秀美如期收到了一万元红利，心里更踏实了，甚至有兴趣和黑妞玩了。一旦不考虑钱的事，就只剩下掩盖私情这一件事了。“苏大宏当然不会说，谁还会说呢？我不会傻到自首吧。”她的主意是，一拿到钱就和苏大宏一刀两断，拉黑他的手机号码和微信，他要找麻烦的话，自己就和黄亦凡一块儿出去做生意，省得一个人在家无聊。这么一想，私情的事等于也解决了。只要黄亦凡三五天内不催着要钱，自己的所有过错就会消失得无影无踪。想得开心，她哼着降央卓玛的《那一天》，逗黑妞玩。

万幸的是，黄亦凡没有催要汇款，不过，苏大宏也没有消息。这让她多少有点儿着急，借下午遛狗去步行街转了一圈，天宠还是老样子。汪秀美摸出手机，要再催苏大宏一次。

“大宏，你好。”汪秀美想都没想，顺嘴溜出“你好”两个字来，这可不是她以往的风格。

“这么客气。”苏大宏也听出来了。

“别贫嘴，”汪秀美没心情开玩笑，“那件事咋样了？我这里有点儿情况，比较着急。”

“你别急，真要退出去不是不行，只是需要核算一下账务。”听苏大宏这么说，汪秀美一下子着急起来，嚷道：“来不及了，得快点儿！”

“我在想办法，我的钱也冻起来了，等核算清楚后，才能转出转入。”苏大宏说话时，隐隐约约传来女人的笑声。

汪秀美管不了那么多，催道：“不行，我需要马上拿到钱，真的有急用，非常着急。”

“好吧，我尽力而为。”苏大宏话音刚落，又一声女人笑，这一次比较清晰。汪秀美没听错，是有女人，不过她没听出来是芬姐。苏大宏这会儿正在芬姐家里劝她不要撤资。

芬姐笑的是苏大宏根本没有几个钱，如果电话那头是汪秀美，她肯定惨了。苏大宏投入天宠的主要是租来的门店、装修、家具、各种手续和人员，他拿什么“尽力而为”？芬姐想，这个苏大宏不仅虚伪，而且还有骗人的毛病，更坚定了撤资的决心。

汪秀美刚挂断苏大宏的电话，黄亦凡的电话就打进来了，她的心一下子提到了嗓子眼。

“小米粒，你的钱怎么没转？银行贷的钱、我借朋友的钱、我的钱全部到位了，就差你的五十万了。”黄亦凡的话音里仍带着笑声，不过汪秀美听来有点儿冷。

“亦凡，我刚到银行柜台去了，他们说网络坏了。明天吧。”汪秀美也只能想到这样的托词。

“别急，小米粒，明天早晨换一家银行。交预付款的期限还有三天，过期交不齐，这笔生意就泡汤了。”黄亦凡边安慰边说了事情的紧迫性。

汪秀美又拨打苏大宏的手机，被摁了。实在没办法，她掉头去了天宠。天宠的人看见她纷纷躲避，连小小也躲开了。她没心思揣摩原因，拉下脸不吭声，给黑妞办了寄放手续，马上给苏大宏发信息说在伊人等他。苏大宏回的信息是：“我在湖北。”

汪秀美急得忘了，苏大宏说过要去湖北。汪秀美见不上他的面，也没心情领回黑妞，也不想回家，便独自坐在街边瞅着人流车流发呆。明天怎么过呢？就算苏大宏能帮上忙，时间也来不及了，看来，事情要败露了，她没有解决这件事的能力，除了发呆只有抹眼泪。她太难了，通往幸福的路明天就要断了，越是这么想，眼泪越是止不住地往下流。

从现在的情况看，钱是拿不到手了，黄亦凡的生意要泡汤了，他知道真相后，一定会和她离婚的。她低声说：“哪个男人受得了呢？”过了一会儿又想，也许，他在乎我的漂亮，会原谅我的，我以后不再惹麻烦就是了。汪秀美想象黄亦凡原谅自己的可能性和理由，“如果他真爱我的话就会原谅我。”却又不敢确定黄亦凡真爱她，“我都不爱他，他能爱我吗？”过一会儿又想，万一离婚了就嫁给苏大宏，苏大宏爱自己是看得见摸得着的事实。

“房子是他的，五十万是我的。”结婚时间不算长，落五十万也不亏，好在自己聪明，没生孩子，要不然拖累就大了。

她没有想出解决问题的办法，却来回衡量自己的得失，“也不用吵，拉上箱子走人，反正躲不过去了。”汪秀美拿定了主意。

城市的夜晚是混浊的，汪秀美觉得自己的心情和夜的颜色一样，没有一块清亮的地方。她感到有点儿凉意时才起身往回走，进门就上床躺下，“还能在这房子住多久呢？”没想明白就睡迷糊了。第二天她是被手机铃声叫醒的，眼一睁，嗓子干燥，头疼难忍。

“亦凡，我病了。”汪秀美哭起来。

“昨天还好好的，怎么突然就病了？”黄亦凡第一次没叫小米粒。

“不知道，头炸开一样疼。”她抽泣得双肩抖动起来，光滑瘦弱的肩头也病了一样，失去了往日的光泽。

黄亦凡没了声音，汪秀美也不知道说什么，她明白自己无话可说，心里越来越虚。

黄亦凡终于说：“你一个人在家的确不方便，以后有钱了，和我一块儿出来，又能观光又能挣钱。这样吧，身体更重要，反正还有两天时间，你先去看病，别忘了明天寄钱就行。赶紧去医院，听见了吗？”听声音，黄亦凡并不着急。

汪秀美又赢得一天时间，头还在疼，她却庆幸头疼来得正是时候。她晃晃悠悠下床，找了一粒康泰克吞下又躺上床，她没心情去医院，更没体力跑那么远的路。

“苏大宏在干什么？回来没有？”她揉揉太阳穴，拨了苏大宏的手机号，传来连续的嘟嘟声。她还是第一次遇到这种情况，再拨还是忙音。放下手机就感到累了，“过一天算一天吧。”抑郁中，迷迷糊糊地睡着了。

中午，小小打来电话问接不接黑妞，她反问苏大宏在不在天宠，双方的回答都是否定的。她不想起身，躺在床上有一种安全感，站起来四周空空的，无着无落，很不安全，她不由得把被子往紧裹了裹。头不疼了，但还是有些沉。“怎么办呢？”她又问这个问了千遍万遍的问题。不管问多少遍，结果都一样，没有解决办法。

一天时间在头晕和反复疑问中很快就过去了，接下来这个晚上，她虽没睡踏实，却总嫌时间过得太快。她瞪着眼睛，第一次看清楚窗帘是灰色带暗花的，“原来是荷叶，以前可没注意过。”这枕头还是结婚时自己和黄亦凡一块儿去百福超市买的，今晚才第一次体会到枕头的绵软，“以往怎么没感觉到呢？”就连挂在墙上的那张俗气至极的山水年画，都看出好来，“从来没有认真看过呀。”汪秀美毫无睡意，干脆下床在房子里转起来，角角落落都要看一遍。到厨房时，她连厨柜上迅速跑过的小黑虫都觉得是可爱的，“小家伙忙什么呢？”放在往常，可是要一巴掌拍死的。

她开始打扫卫生，扫了一遍又一遍，抹完桌子抹凳子，床头、柜子、茶几，黄亦凡的玻璃书柜，连柜子顶都被她擦得光亮如新。不觉天就亮了，她假装没看见，继续抹擦，擦着擦着就哭了。尽管哭得很伤心，手却不停，连在抽屉缝隙找到的一根针也要擦一擦。她突然听到一声狗叫，像极了鱼骨，赶紧拉开门查看，门外却空无一物，只有微明清冽的晨风在楼道里徘徊。她去阳台整理了鱼骨的小窝，把里面的窝垫铺平，把烂了边的小碗用宠物清洁剂洗了又洗，自语道：“如果你还能回来，就继续住在这里吧。”

她站在客厅，环顾整理一新的家，不由得泪眼婆娑，难过起来，摇摇头说：“他不要我了，不会要了。”接下来开始收拾衣服，每从柜子拿出一件，心就像被刀捅了一下，把自己的全部衣物叠好放进拉杆箱里，虚脱一样倒在了床上。从夜里两点一直收拾到早晨九点，倒没感到有多累，就是有点儿口渴。喝了一口水，心想该来电话了吧，刚好手机就响了。

“今天别忘了去银行。噢，对了，头还疼吗？”黄亦凡的口气像门外的晨风，清冷的气息从手机听筒传了出来。

“亦凡，”她哭着说，“是……是这样，”犹豫了一下，咬了咬嘴唇，“我把钱投到一个朋友的生意上了，都催好几次了，一时半会儿拿不回来，我给你惹祸了。”

黄亦凡没有安慰她，口气更冷地说：“是个男人的生意吧？”

“别人介绍的。”当然要尽量掩盖事实。

“哼！”显然是冷笑，汪秀美心头一颤，黄亦凡又“哼”了一声，“你老实说，到底咋回事？”

“没啥说的，暂时还不了。”汪秀美紧张得心都要炸了。

“除了钱，还有什么事？”黄亦凡问。

“没有了，我能有什么事呀？”汪秀美嗲了一下。

“你自己知道。”这句话听得汪秀美心头连打冷战。

“我知道什么呀？”她试探他。

“我又不傻。”

汪秀美的嘴僵住了，同时耳朵也出了问题，听黄亦凡说话有一句没一句的。“你跟我四年也不容易……我在外挣钱没错也有错，没错是为了让你过上你想要的好日子，错就错在不应该放你一个人在家……”黄亦凡一激动，打乱了计划好的要回五十万的步骤。他看见齐玉香发来的照片时，就知道发生了什么事。他希望汪秀美没出事之前自己的生意就能成功，可事与愿违，货梯合同来得有点儿晚。“五十万给你了，房子是婚前买的，你如果还有什么要求，可以给律师讲。”

“没有要求。”汪秀美不想求黄亦凡，再说自己的所作所为实在无颜提要求。有年轻在，有漂亮在，有爱自己的苏大宏在，就没什么好怕的。再说，天宠正在搞连锁，一旦连锁成功，按照苏大宏的实力给自己买一套房子，绝对没有问题。这么一想，她横下心来说：“就按你说的办。”

“你第一次这么听话。”黄亦凡说，“我就不回去见你了，房门钥匙交给律师就行。”

泪水溢出了眼眶，不过她没有抽泣，鼓足劲儿说：“我知道。”

双方停顿了一会儿，谁也没吭声。汪秀美没听见黄亦凡任何声响，默默挂掉了电话。

她坐在沙发上，没有思维也没有眼泪，心情不沉重也不轻松。看见茶几上有抹布擦过的痕迹，起身去洗抹布，之后又把茶几抹了一遍，忽又想起沙发垫上有一根线头，总说剪去却总是忘记。她拿来剪刀找见线头剪掉了，很认真地放进垃圾桶中，还笑出一声。

中午刚过律师就来了。律师说双方没有财产纠纷，也没有孩子抚养问题，和平离婚，体现了文化人的素质。她在离婚协议书上签了字，交了钥匙，问：“早准备好的吧？”律师没吭声，点了点头。

她又问：“什么时候能拿到离婚证？”

律师说协议离婚，必须双方一块儿去民政局做笔录，然后才能拿到离婚证。律师要走了，汪秀美也只好离开。

“多干净漂亮的家呀。”律师感叹一声，拉上了门。

汪秀美谢绝律师送她，拉着箱子直接去了伊人大酒店。一个人慢慢走着，心里空空的，脚下沉沉的，两三站路，对她来说不亚于一次长征。猛地看见路旁有一只小鹿犬独自跑动，像极了鱼骨，她赶紧叫：“鱼骨——”小鹿犬停下来，看了看她，不认识，低头边嗅边跑远了。

“不知道鱼骨怎样了。”这么一想，心里难过起来，眼泪差点儿掉下来。四年多来，黑天白天都是鱼骨陪在身边，自己不开心就拿它撒气，现在想起来就后悔，不由得叹息：“鱼骨对我挺好的，是我亏欠了它呀。”有时候，鱼骨为了逗她开心，故意朝她叫两声，蹦到沙发上再跳下来，没站稳就跌个嘴啃泥，她就笑说：“真笨。”她的笑就是鼓励，鱼骨更显本事了，门口稍有响动，叫起来声比平时都大了许多。想起鱼骨，汪秀美走得更慢了，朝远处瞅瞅，那只小鹿犬早没了踪影。

她开了一个套间，进房就拨打苏大宏的手机。苏大宏说上午刚从湖北回来，并答应立即来酒店看她。她把昨晚到现在发生的事情电影一样过了一遍，觉得毫无真实感，可自己却真真实实地坐在酒店里，眼前清清楚楚地摆放着拉杆箱。她伸手一摸箱子，说："真的离婚了。"心头一痛，泪水旋即湿了眼眶。这时，门铃响了。

苏大宏进门来，手里拿着一个未拆包装的纸盒子，没有高兴的表情，也没有沮丧的神态。"给你买的包，比那半老婆娘的包漂亮。"苏大宏开始拆包装，他似乎没有察觉到汪秀美潮湿的眼睛，也没看见那只箱子。

"我离婚了，"汪秀美本想笑一下，可不由得落下泪来，"刚签了协议。"

"别瞎说。"苏大宏拿出包，"看看，纯白绿边，多漂亮。"

"是漂亮。"汪秀美接过包放在茶几上，"我真的离婚了。"

苏大宏的手机响了，他一看，笑说："我老婆的，这女人从来不打电话，今天不知怎么了，连着打了两个。"他放开嗓子，大声问，"什么事这么着急，等我回去再说？"不知对方说了什么，他说"你自己处理吧"就挂了电话。

汪秀美本想靠在苏大宏的肩上哭一场，可他没有拥抱她的意思，对他说过两遍自己离婚的事也没引起他的重视。他老婆的这个电话来得也是时候，完全破坏了汪秀美设想的抱头痛哭的场景，而且给她留下了阴影。苏大宏多次说过他对自己老婆的不满，留给汪秀美的印象是，他老婆是他事业的绊脚石，还不懂人情世故。她尽管反感并严令苏大宏不许在她面前提他老婆，可现在他居然开始接他老婆的电话了。

她没心情质问这件事的原委，含泪笑着看他。苏大宏一时不知说什么好，递过一张纸巾，才问："真的？"

汪秀美点点头，泪如泉涌。苏大宏举手理了理她鬓角的头发，"那……先住在这里。"他拉开随身带的皮包，拿出三万元现金放在沙发上说："本来准备存银行的，现在正好给你用。我知道该怎样做，你放心。"在汪秀美的泪眼中，苏大宏离开了。

日子里灌了铅，既沉重又无聊，汪秀美毫无心情吃喝闲逛。过去，两个人在这里约会时，她比苏大宏大方，出入并不害怕熟人看见，可是现在，签了离婚协议倒怕碰见熟人，连吃饭都是苏大宏叫的外卖。她哪里也不想去，待在房间里来回想离婚的事，找了许多理由安慰自己。

苏大宏暂时没心情去酒店玩乐，他全力以赴和芬姐谈判。汪秀美对这件事一无所知，还盼着苏大宏能来酒店看自己。她要用温柔淹没他，让他唯命是听，确保自己的收益。还有，要提醒他尽快兑现离婚承诺，当然，离婚这事不用多说，离是肯定的。她太清楚他想要什么了，只要漂亮还在，主动权就永远在自己的手里。

一连三天，苏大宏没能改变芬姐的想法，第四天他带上老婆柳小仙又来了。在苏大宏的创业史中，处处都有柳小仙的影子，苏大宏需要帮忙时她会毫不犹豫地冲上去，处处配合苏大宏创业。她经常给苏大宏说：“努力了就不后悔。”十多年的创业路上，柳小仙的确非常努力。

现在苏大宏的事业遇到了麻烦，柳小仙根本不做考虑，当即向瑞宝兽药公司请了三个月长假，决心和苏大宏并肩作战，稳住天宠的动荡局面。苏大宏最感激柳小仙能与自己风雨同舟，对自己不离不弃，柳小仙没说过这就是爱，苏大宏也没这么想过，反正两个人一直都是这么配合的。

这一次，天宠出现的危机很可能导致两口子费尽心机、精力和积蓄开创的事业濒临破产，在苏大宏几乎绝望的情况下，他没敢隐瞒任何细节，把芬姐撤资的来龙去脉全部告诉了柳小仙，他和汪秀美的交往也尽量真实相告。柳小仙不动声色地听完后，一耳光打得苏大宏眼前一黑，差点儿跌倒。柳小仙骂道：“竞争失败无话可说，自己毁掉自己的生意，猪都不如！”

平日里，苏大宏是间断性找女人，打架也就间断性发生。打过后日子还得过，柳小仙还要忙于上班、带孩子，不可能时时处处监督苏大宏，更制止不了苏大宏对女人的遐想和冲动。待到打架的风波平静下来后，苏大宏就开始酝酿下一个目标，这次是汪秀美。

苏大宏只是阻挡柳小仙进攻，自己并不还手。柳小仙不管不顾，抓住任何东西都往苏大宏身上砸。苏大宏只会说："姑奶奶，问题解决了再打行吗？"其实柳小仙也没心情恋战，她清楚眼前的重点是解决天宠的危机，而不是和苏大宏纠缠女人的事情。发泄过后，两个人商量的解决办法是下跪。

夫妻俩走进芬姐家，宝财跑过来围着两个人转了一圈，梅超风远远站在旋转楼梯上。没看见芬姐人影，夫妻双双跪在客厅里。这是柳小仙的主意，在夫妻俩的奋斗历程中，共同下跪的事至少有过三次，一下跪问题就顺利解决了，两口子对下跪这一办法很有信心。

客厅地面铺的是大理石，硬邦邦的，尽管膝盖硌得难受，可柳小仙一动不动，苏大宏却龇牙咧嘴，挪来挪去。芬姐肯定知道这两口子跪在客厅，虽说她家别墅不小，可超不过四百平方米，没理由不知道。再说豆豆来过好几趟，她的眼神告诉他们，消息已经传递过去了。

八

汪秀美还在设想下一步的计划，不过想得越多担心就越多，好几次不自信地自问："大宏不会是舍不得他那个土包子老婆吧？"每有这个想法，她就赶紧去镜前照一照。镜中的自己虽说有些憔悴可仍旧妩媚，穿上衣服性感，脱掉衣服勾魂，照来照去，她对自己的身段和脸蛋又充满了信心。她坚信苏大宏不会舍弃自己，"他不会傻到区别不出哪个漂亮吧？"

过了几天，她不再难过，也原谅了自己的所有过错，甚至想，黄亦凡只是生气自己耽误了他的生意，说不准已经后悔了，如果他来求自己，坚决不能答应，必须让他在报纸上刊登道歉信，还必须承认，是由于他的愚蠢决定才使貌美如花的妻子受到了伤害。当然，他如何后悔也不能挽回自己了，她只是帮他认识他的荒唐行为造成的严重后果罢了。"不信你不后悔。"汪秀美欣赏着镜中的自己，做出一个笑脸，"黄亦凡，哼，薄命鬼。"

她的信心不断增加，已经愿意出门散步了。来到步行街，老远看见天宠就笑，心想这已经差不多是自己的店了。从天宠门前慢步走过，连台阶缝中奄奄一息的小黄草都亲切起来。她向门内望了一眼，戴胸牌的服务人员着装整齐，来回走动，她觉得他们都在给她挣钱，这种愉快的感觉迅速膨胀，把离婚的阴霾全部挤了出去，她甚至为离婚太迟而感叹："终于离了，这下好了！"她故意放慢步子，延长从自家店前走过的享受时间。

"秀美姐！"小小跑出店来。

汪秀美堆上笑脸，可小小并没有以前那么拘束和矜持，甚至有些没礼貌，说：“你家的狗还在这里，每天一百二十元代护费，都十几天了还没结账，今天狗要带走吗？”

汪秀美的好心情彻底被破坏了，小小当然不会知道自己快要成为天宠的女老板这件事。汪秀美摆出一副不可侵犯的表情说：“我过来遛遛它，遛完继续放这里，账务的事不用你管。”她想，一旦成为女老板，她要把所有不尊重自己的店员全部开除，包括小小。

她牵出黑妞，刚一转身，女店员就骂上了，只是她没听见罢了。黑妞一直往尊苑方向跑，她拉不住，一个劲儿喊：“不去那里！”

黑妞拽着她进了小区到了单元门前，门前有一把座椅，她把黑妞拴在座椅扶手上，黑妞不安地转来转去。她抬头看见了一个礼拜前还是自己家的窗户，窗帘还是拉着的。记得那天离开时，她有意合上了所有的窗帘，中午阳光太亮，遮一遮，室内光线就不会过于刺眼。“没人进去过。”她想，“他没回来，可能还在挽救货梯生意。”她摸着黑妞的头悄声说：“这里已经不是咱们家了，黑妞，知道吗？所以也不用上去了，上去也进不了门，没有钥匙了，知道吗？鱼骨万一回来，也找不见咱们了。”声音越来越小，不知怎么就哽咽上了，“鱼骨没了，我和黄亦凡也离婚了，你知道离婚吗？”黑妞没有刚才焦急了，仰头听她说话。“我在这里住了四年，黄亦凡买了这房子我就住了进来，还以为这里是永久的家，谁能料到会发生变化呢？四年，大多时间我和鱼骨在家，守着空房等他发财，等他带给我快乐。每个夜晚都是漫长的，每个白天都是无聊的。你知道吗？鱼骨很敬业的，可我对它不是很好。现在想来我对黄亦凡和对鱼骨的态度差不多，没有给他和它多少关爱，不给关爱是因为我不爱黄亦凡，有点儿讨厌他。说起来也都不容易，我想要的生活和黄亦凡给我的不一样，我就让他不快乐，他又不在，我就让鱼骨不快乐，我也很少快乐。认识了苏大宏，我快乐了，他把你送给我，我更快乐了。他给我快乐是为了从我这里得到快乐，快乐来得太突然，消失得更突然。我不知道爱不爱他，现在这种情况，也只能靠他了。”汪秀美叹了一声又一声，“快乐过后，往往是忧愁，你明白吗？”

汪秀美感觉有泪涌动，抬手一抹还真有泪，在她的絮叨中天黑下来。她再次抬头时吃了一惊，窗户竟然有了灯光，“谁会在里面？”她立即紧张起来，“黄亦凡吗？不会，他回来肯定要找我去民政局，那会是谁呢？那天离开时，关了所有灯，连总闸也关了。那个律师？不会是小偷吧？要不要上去看看？”汪秀美瞬间想了许多可能性，她决定等下去，看看究竟是谁在自己曾经的家里。她后悔没带一条纱巾把脸遮一遮，万一是黄亦凡，碰见就尴尬了。她往四周看了看，挪身坐到有树影的木椅上，两眼盯着单元门。黑妞像她一样，注视着出入的每个人。感到脖子酸痛时，她终于看见那个律师和一个学生模样的姑娘拉着手走出门来。她心头立即腾起了愤怒之火，猛地站起来，黑妞呜地往前一扑，却不知道目标在哪里。

律师和姑娘从她的身边说笑着过去后，她才发现自己两只拳头紧紧攥着，指甲都陷进了肉里。“无耻！烂货！”骂出了声，黑妞仰头瞅她。“狗男女！”她狠狠地骂，眼泪大颗掉下来，滴在黑妞雪白的头上。她不能容忍别人在她家里约会，即使曾经的家也不能容忍。“不知道家被他们作践成什么样了。”汪秀美心情大坏，黑妞也察觉到了主人的不快，乖乖跟她往天宠走，它永远搞不懂为什么不回家去。

这个晚上，汪秀美又失眠了。

昨天，苏大宏夫妻的感化行动无功而返。芬姐始终没有露面，豆豆传话说让他们回去，他们不回去，不吃不喝继续下跪。芬姐后来的折中方案是，由她收购天宠，苏大宏可以继续投资，但永远不许踏入天宠一步。苏大宏知道芬姐不会回头了，夫妻俩商量后决定拒绝收购。芬姐没有得到满意答复，更不可能见他们了，还拨通了贝贝老板的电话。

苏大宏两口子诅咒了芬姐千遍万遍，最终决定另择便宜地段，缩小经营，伺机东山再起。这时，汪秀美给苏大宏发来一条短信：“过来说说咱俩往后的事情。”苏大宏看了一眼赶紧删掉了。

一直没有等到苏大宏的消息，汪秀美有些耐不住了。这几天，外卖也是有一顿没一顿的，打手机是忙音，发信息也不回，汪秀美预感不妙，有悬在空中荡来荡去的不实在感。赶紧去镜子前照一照，脸蛋仍旧漂亮，身段照旧性感，“没理由不来见我呀！”

自从苏大宏告诉她，芬姐真的看见他们后，她就不愿见到芬姐，两个人好久没再联系过，这时她想打听苏大宏的行踪，却不知如何向芬姐开口。汪秀美来回在房间转悠，满心怨气，一个失眠之夜又在等着她。

连续的失眠折腾得汪秀美快速消瘦，颧骨都突了出来。顾不上那么多，连拨苏大宏的手机，忙音故意嘲笑她似的，一次比一次刺耳。她无法忍受这种等待，胡乱化了妆，抬脚出门，要去天宠找他。

苏大宏的短信就是这时发来的：“宝贝，有事吗？半老婆娘知道你的分红比例后非常生气，我在她家正为你开脱，请放心，比例不会变。宝贝乖，最近别去天宠，半老婆娘天天在店里转悠，就等给你好看，也不用找我，我抽空去看你。”汪秀美一连看了三遍才舒出一口气，“原来在忙我的事。”她心里骂刘芬花“牛槽上的马嘴”，还下楼买了两袋方便面，心平气和地回到了套房。

又在等待中过了三天，汪秀美对煎熬有了更加深切的感受。迷迷糊糊又过了一夜，接着是懒散的早晨。刚起床前台就来对账，服务员再三解释不是讨账，而是告知消费情况，还问结账时要不要发票。汪秀美听完，摆出傲慢的神色，慢条斯理地说：“不用提醒，才一万多嘛，住够五万再说。”服务员微笑着告辞出去后，汪秀美赶紧拿来纸笔一算，不知不觉已经住了二十多天，每天五百多，可不是一万多吗？她心里一紧，又给苏大宏发信息：“有事商量，速速前来。”

这条信息发出后，立即有了回信：“秀美，你好！上次你提出商量咱们以后的事，我考虑过了，不好意思告诉你。我老婆是农村出来的，很土，不及你万分之一，不过她为了我的事业，付出了很多，你明白吗？我不能经常去看你了，但红利绝不会少你一分。敬请保重！”汪秀美一抖，手机掉到了地上，拾起来连看五遍，才肯定没看错。苏大宏的意思很明确，她被抛弃了。

汪秀美头脑一热，失去了冷静，拨通了芬姐的手机，开口就问苏大宏是不是在她那里。芬姐还是老样子，说话的语气很随和，道：“嗨，我又不喜欢他，哪能在我这里？你最近忙什么呢，也不来看我？”汪秀美没回答就挂断了电话。她略一思索，又拨黄亦凡的手机，所幸通了。

“喂……”汪秀美开始哭。

“我在听，你说。”黄亦凡语气平和。

“亦凡……”她泣不成声，“我……我错了，我知道错了，你原谅我吧。我再也不给你惹麻烦了，好好做你的妻子，给你生儿子，亦凡……”

黄亦凡没吭声。

“亦凡……”汪秀美语无伦次，“我不愿意离开你，我是故意气你才签的字，那不算数的。我爱你，亦凡，求你只原谅我一次，这辈子我再不会惹你生气了，亦凡……”

“你别激动。”黄亦凡很冷静，“我让律师过去陪陪你，你在哪里？”

“我在酒店里，我不见律师，他只会骗我签字。我要见你，我去上海找你，好不好？”汪秀美撕心裂肺的哭声让房间摆放的插花都耷拉下去了。

“是这样，”黄亦凡说，“货梯生意很麻烦，我考虑要找一个懂市场、懂经营、懂管理的伴侣协助我，一个人太累了，你说呢？”

“我……我什么也不懂……”

黄亦凡似乎点了一支烟，问：“你在哪家酒店？房号多少？”

汪秀美满脸是泪，从耳边拿下手机，瞅了瞅还在闪动的屏幕，伸出的手停顿了一下。

“喂，秀美……”黄亦凡还在叫她。

“我不适合你，从来就没适合过你。”自语中，她用颤抖的右手，挂断了电话。

九

分红的日子终于到了，汪秀美却迟迟没有收到红利，也没等来银行的信息。她怀疑银行搞错了，专门去了当初开户的建行，查来查去，柜员告诉她本月没有资金出入。

她无法联系到苏大宏，心急如焚又无计可施。刚进酒店，前台服务员又拦住她，客气地说可以继续住，只是需要结清以前的房款。她没说什么，直接办了退房手续，结了将近两万元房费，拉上箱子，顾不上观察服务员的脸色，灰溜溜地去了隔壁的快捷酒店。她的想法很简单，住这里便宜。

办完入住手续，她一秒钟都没耽搁，顾不上洗脸化妆就去了天宠。没舍得坐出租，走一走跑一跑，她只有一个想法：找到他，找到他；我的钱，我的钱！高跟鞋把脚磨疼了她也没顾上歇息。

终于进了步行街，她边跑边伸头往天宠的位置看，天宠门前从来都是人来人往，今天怎么没看见有人？心往下一沉，她又加快了脚步。越接近越惶恐，“关门了？”她惊出一身冷汗来。跑到门前，双手拉住玻璃大门的把手摇了摇，才发现门把手用铁链锁着。脸贴上玻璃往里一瞧，只见前台倾倒，货架倒地，厅内一片狼藉。

她用尽所有力气喊了一声：“人呢？”旋即觉得眼前一黑，顺门溜了下去，失去知觉的瞬间，她好像听见鱼骨的叫声。

小西的天空

埋完爷爷的那天晚上，天黑极了，空旷的村子像隔壁蝉姆姆的眼睛，没有几丝光亮。雨小偷一样悄悄地落下来，弄出不大不小的偷偷摸摸的响声。大人们不在意雨的声音，我在旁边听累了爸爸唉声叹气的诉苦声，就跑到门外看黑天里雨的样子。

前两天，为分摊埋葬爷爷的费用，爸爸和两个叔叔没少吵嘴，姑姑和姑父看不惯丢人的事情传出去，主动承担了寿棺的开支，这场争吵才在爷爷下葬的前一天平息下来。今夜，他们又在吵吵闹闹地分摊酒席的费用。

石川村没有多少常住人口，在我的记忆中，零零散散就现在这七八户人家。村西头两户，是老矮子爷爷和黄瓜脸的六十他奶；中间四家，共三个上学的孩子；村东和村西差不多，除了半盲人蝉姆姆和她打工致残的二儿子外，就是爷爷、奶奶和我了，就我一个学生。奶奶早几年过世后，村里又少了一个人，现在爷爷也找奶奶去了，家里剩下我一个人了。

雨不大，给人毛茸茸的感觉，拉拉围在我腿边，一声不响。它是一只淡黄色的小狗，有一双又黑又亮又圆又大的眼睛，耳朵隐在毛里，但听觉灵敏，我随时叫，它都听得见，能听懂人话似的，特别聪明。拉拉个儿不大，但跑得快，它就像我的影子，甚至夜里都要卧在我的炕头上，它是我最好的朋友。我看雨，拉拉也看雨，我不说话，它也不弄出任何响声。“这是雨，拉拉。”我抚它的头，它伸鼻子去触檐下的雨滴。

大人们还在争执，不知怎么说到我了。姑姑说：“不如把小西留给我吧，你们知道，我和三敏多年来也没个孩子……”她的话被爸爸打断了：“不行，我要带去城里，便民站正缺帮手……”

“帮手？”姑姑更大声地打断了爸爸的话，“小西才多大，满算不过十一岁，当帮手？这是啥话？噢，带到城里去给你挣钱，你忍心不？再说，上学咋办？”

“省城上学贵着哩。”爸爸烟熏的嗓子很低沉，“还有一个在上三年级，已经够我受了。”

“所以，才让小西留下来，在我这里不光上学不会中断，也好给你减轻负担呀！”姑姑越说越来气，“三敏，你也说句话呀！”

“我没意见，这么多年，小西上学放学都从我家门口过，也经常住我家，早就习惯了。到城里，听冬定这话，是让娃干活的，才这么小，又是女娃，你就忍心耽误娃的前程？”听得出，姑父的话里明显带着不满情绪。

“别说了。”又是爸爸的声音，“我的娃我说了算，明天就走！”

“冬定，”姑姑缓和了语气，“三敏说得对，不能耽误小西的前程。我家里的条件你知道，还算可以，又不是过继，就是我替你养着，不要你出一分钱，这么好的事，你倒不愿意了。”

雨像散步一样，不紧不慢地从天上踱到地上来。拉拉待烦了，进屋去转了一圈，估计屋里的沉闷气息拉拉也受不了，很快又出来，在我腿边磨蹭。我也不知道应该去哪里，石川村本来就是我的家，没有了爷爷奶奶，家也就没有了。姑姑的家和石川村隔着一里地，大声说话两个村都听得见。我几乎有一半时间都住在姑姑家，放学走累了就住下，爷爷奶奶到时间没看见我，就来姑姑家吃饭。没奶奶了，爷爷的习惯没改。他还喜欢看姑父侍弄的大棚菜，摸摸黄瓜、西红柿，还有细身子嫩生生的西芹。每次看了，爷爷都坐在棚下，捋着白胡子说，三敏呀，怕又是一个丰收年哩。姑夫就笑了。来来往往的，说是两个村子两家人，其实和一家人没啥区别。自打记事开始，我就这样生活着。没见过妈妈几次，他们在城里生下一个弟弟后，就更难得见面了。说心里话，我不愿意见他们。

雨没有停，拉拉的跑动也没有停，他们的谈话却停了，就像几个聋哑人坐在一块儿，但没人离开。拉拉进去在他们脚边游走，抬头看看这个，走两圈又瞅瞅那个，每个人都铁青着脸呆着面孔。拉拉不明白怎么回事，委屈地“吱吱”叫两声，又无趣地到门外来找我。拉拉撞动门帘时，屋里的灯光一闪，照得雨线像飞驰的银箭，嗖嗖地射入地里，我好像也被射中了，浑身无力，软软地坐在门墩石上。这一夜，我不知道该做什么，想刚刚离去的爷爷是不是可以帮帮我，让我留下来住到姑姑家去，毕竟我已经习惯了这里的生活，去城里，我心里有着不可捉摸的恐惧，像走夜路一样不安。看着雨，我流下了眼泪，为我的无助，也为爷爷的去世。

姑姑最终没能说服爸爸，我不得不来到了城里。爸爸说的“便民站”其实是废品回收站，收购可以再卖出去的各类废品。便民站空间狭小，只有一个开间对着街道，倒是很深，像一口平躺的方形井。最里边的黑处摆放着锅灶，一张小小的钢丝床早已支在了锅灶边，妈妈说这是我的住处。屋子一侧还有小楼梯通向二楼，爸爸、妈妈和昝丰住在上面。楼梯下方是臭气里裹着酸味的厕所，钢丝床就和厕所门正对着。拉拉去门外转了一圈，赶紧扭头跑回来了，估计它和我一样，对这个陌生地方也提不起多少兴趣。

对了，是在我的坚持下，爸爸才允许带拉拉一块儿来的，本来是要把拉拉送给姑姑的，姑姑也说会养好拉拉，可是我不愿意，不然，我身边就没一样熟悉的东西了。妈妈看见拉拉一块儿下车时，噘着嘴嘟囔："怎么还有一只狗？这不多一张嘴吗？"然后才和我说话，"来了就好好帮妈妈干活，店里活多着哩。"

我本来就不喜欢她，她不问别的，张嘴就说干活的事，我就更讨厌她了。她一天都没管过我，我也没花过她的钱，她凭什么给我派活？

爸爸送我到这里后，就骑上三轮车收废品去了，他甚至没有给妈妈交代我的情况，好像我是这里的常客似的。他喝了一大缸子凉白开，匆匆地说："回去几天耽搁了不少活，不要等我吃饭，别忘了接丰丰。"说着话发动了三轮车，黑烟刚从车屁股冒出来，就像爷爷喝酒一样着急，突突着开走了。

我坐在小床边，抚摸着拉拉。妈妈从楼上抱下来铺盖，边铺床边说："都这么大了，眼里要有活，别像个木棍戳在屋里。"妈妈拿来的褥子、床单太大了，折来折去的，总算铺好了小床。她又说："丰丰还没从学校回来，你要替妈妈照顾好弟弟。"这里完完全全是别人家的感觉，我就是客人，怎么知道该干什么活？再说，照顾人的事我也不会。

我站在床边，摸着书包问妈妈："不让我上学了？"

妈妈不看我，语气很坚决地说："还上什么学？做生意挣钱不比上学强？你弟弟一个人的借读费、择校费、学杂费一年就得好几万，怎么还能供得起你？”她的手像扫帚一样在床上扫了扫，说，“好了，就这样了，你就住这里。正巧收了这张床，留着没卖，这不，你刚好用上。”妈妈看见我带来的书包，提起来很老到地掂了掂，以行家的口气说：“有八九斤吧，能卖两三块钱。”她把书包扔回地上，指挥我，“去，把书掏出来，和门边那堆废纸放一块儿，赶明儿卖了。”我不吭声，也不动手，眼泪和哭爷爷时一样，就像堵不住的洪水，冲出了眼眶。

“嗨，我说啥了？怎么哭起来了？才来半天，就想谁了？”妈妈一副大咧咧的样子，动手把我的书包扔在了废纸堆上。书包落地的瞬间，我有被飞镖插中心脏的感觉，浑身一缩，猛地一颤，手脚都凉了。拉拉不断抬头看我，低低叫了一声。

“哟！女子来了！”门口有一个上身胖大、下肢瘦小的女人，手里拿着姑姑也绣过的红红绿绿的十字绣，站在门口向门内瞧着，大声嚷嚷。

“来了还不是多一张吃饭的嘴？啥都不会干！”妈妈整理着从纸堆上滑下来的潮乎乎的旧报纸，和那女人搭腔，顺嘴叫我，“小西，过来，让你翠姨看看！”

我没动，还在为她丢了我的书包难过，怎么会听她的话过去见一个陌生人呢？妈妈叫我时，我正在想如何救回我的书包。

“没出息不是？”妈妈搬来竹梯子靠在废纸堆上，纸堆顶部快要挨着房顶了，她爬上去，“翠，把那个书包递给我！”

名叫翠的这个女人扭动着胖大的身子，递书包给妈妈，看得我心里突突地跳起来，放这么高，怎么救得下来？我又惊又急，都忘记流泪了。拉拉猛地跑过去，冲着翠姨汪汪。“什么时候还养了狗？这小东西，去，走开！”翠姨凶拉拉，拉拉跑过去咬住她放在磅秤边的十字绣，拉上就跑。翠姨喊着：“咬坏啦！这小东西疯啦！”妈妈在纸堆上喊我：“小西，禁住你的狗，听见没有？”我不得已，招手叫拉拉，它才放下十字绣，得胜的将军一样骄傲地跑过来。我鼓励地摸摸它的头，它又要冲出去，我挡住它，它发着呜呜声，真替我出气。

“这狗……真是……”翠姨拾起弄乱了的十字绣，在腿上摔打，攒着眉出去了。

“小西，看着门，我去接丰丰了。”妈妈从高高的纸堆上下来，解掉围裙，脱下套袖，双手拍打着前襟，出门去了。

出门左拐，她就不见了。我害怕起来，这么大的店，怎么看得住？我起身从床边慢慢向门口挪了几步，总担心山一样高的纸堆会倒下来，瞅着似乎摇摇晃晃的废品堆，我赶紧到了门口。门内右侧有一堆废铜烂铁，左侧有一个大磅秤和一把彩条布蒙成的躺椅。阳光斜斜地照在躺椅的扶手上，上面落满了苍蝇，我一走近，苍蝇哄地散开，一部分落在屋顶垂下来的电线上，一部分落在了墙面上。墙面黑油油地抹了猪油一样滑腻，苍蝇落上去似乎都能滑倒。贴在墙上的年画，是褪了色的财神和一大堆粘了苍蝇屎的金元宝。站在门口回头看这间屋子，它更像是放倒的大烟筒，四壁黑魆魆滑溜溜的，堆起来的废品就像是锈蚀了的烟灰。能隐隐看见屋子最深处的墙上，挂着各类炊具，有竹笼、炒锅、水瓢，还有红、黄、白、蓝等各色塑料绳和粗细不一的铁丝，这些东西隐在灰黑的深处，构成了一副副狰狞的嘴脸。

城里的街道比石川村的村街宽多了，街上一家挨一家全是店铺，路上的汽车比石川村的蚂蚁还多，人更是不少，走来走去的。这些人很有意思，有的匆匆忙忙，有的闲散慢步，有的连背带挎好几个大包，流着汗蜗牛一样往前挪，有的空着手行走如飞，不知道他们都在忙什么。这条街是灰色的，门牌也是灰色的，蒙了一层土一样没有亮光，虽然能透出花花绿绿的底色，却总掩盖不住像石川村那样的荒凉感和穷酸相。爷爷说穷日子就像剩饭一样没有香味，只有冲鼻的酸味，这条街就有着剩饭一样的味道。

“女子，叫什么名？小……小什么……”翠姨像老矮子爷爷抽打的陀螺，又转回来了。

我不吭声，也不看她。

“你妈刚才叫你什么？”她手上还拿着那件十字绣，靠得近了，拉拉朝她叫起来。我快步走进了屋子的暗处，坐在小床上，盯着门口。她要是偷拿东西，我就让拉拉咬她。

门口跑进来一个男孩，八九岁模样，背着书包，很兴奋的样子问：“谁是小西？人在哪里？”他就是爸爸妈妈来城里后生的弟弟，叫昝丰。我出生后一直待在石川村老家，没进过城。昝丰正好与我相反，他出生后一直待在城里，很少回石川村。他两三岁时我在老家见过一次，那时他还小，现在已经跑得很快了，“小西，出来！我回来啦！”

我不动也不说话，拉拉“呜呜”着，很警惕地盯着昝丰。“狗！妈，咱家哪来的小狗？”昝丰蹲下来“哟哟”地叫，拉拉就是不理他。

“小西，帮丰丰把书包拿下来。丰丰快上楼写作业去，饭好了叫你。你爸爸这死人，怎么还不回来？”妈妈进门时，手里提着一袋菜，坐在门口的躺椅上择起来。

我慢慢过去帮昝丰卸书包，问：“你上几年级？我上三年级了。”昝丰从口袋掏出一个绿鹦鹉棒棒糖，放在嘴边，伸出舌头一舔一舔的，和拉拉舔骨头一样，发出黏糊糊的刺啦声。“别动我！”昝丰把书包放在案板上，“我自己会放书包。”他回身又逗拉拉，拉拉就是不理他。“过来，过来给你吃糖。”拉拉盯着他，并不过去。我很满意拉拉的表现，摸摸它的头，这是我和拉拉约定好的，它表现好就摸它的头，表现不好就拧鼻子。它蹲在我脚边，看都不看昝丰一眼。

“狗叫啥名字？”没人理他，昝丰拿一片废纸扔拉拉，“妈，狗不理我！”

“上楼写作业去！不然别想看电视！”妈妈吼昝丰。他无趣地提着书包上楼去了，站在楼梯上说：“狗叫啥名字？不会和你一样叫小西吧？”

我瞪了他一眼，他狡黠地一笑，说：“两个哑巴，屋里多了两个哑巴，一个是小西，一个是一只狗。”我讨厌昝丰，咋咋呼呼地欺负人，不叫姐姐就算了，还骂我是狗，我对他立即有了强烈的厌恶感。

“妈，我要喝柜盖上的酸奶！”昝丰在楼上大声叫着。

“喝吧！喊什么？问问你姐喝不喝。”妈妈这么说了，昝丰却没有问我。我也不稀罕喝，在家里时，姑姑经常给我买的，又不是没喝过。

“去门口站着，看见装废品的三轮车从门前过时，叫住卖给咱家。”妈妈拿着择好的菜进来了，我不得不去门口站着。叫卖废品的，怎么叫？我心里没底。刚站定，就看见一辆三轮车装着纸箱，纸箱上捆着废旧洗衣机和电视机，慢腾腾从不远处过来。我着急起来，没多想就朝屋里喊：“三轮车！”妈妈小跑出来，连声问：“在哪里？在哪里？”到了门口，她大喊，“老李！老李！”骑二轮车的老李看着妈妈，不理不睬，就像没看见她一样。妈妈笑着站在路边，老李离得近了，妈妈说：“收获不少呀，来！从那边人行道上来！”老李骑得很慢，他不停车，也不按照妈妈说的从人行道上来，笑着说：“不敢再去你店里，你那磅秤是老虎秤，心太黑了，哈哈！”妈妈脸红了，手一指老李，说：“胡说啥哩？磅秤哪有不舍分量的？啥人嘛！这点儿道理都不懂！”妈妈走回来，还嘟囔，“抠鸡屁股的东西。”老李似笑非笑地还在说：“黑呀！实在黑！”妈妈进屋去没再吭声。

我仍站在门口，感觉自己像一根木桩，没有任何知觉，眼睛看到的街景没有经过脑子，只在眼眶里变换，耳朵也不灵光了，除了“嗡嗡”的嘈杂声外，听不真切一句话，估计和爷爷喝多酒时一个样。他每次醉了都会说：“西子，说话声大些，酒可能进了耳朵，淹得听不见了。”这会儿，我耳孔就像有东西堵住了。

我又看见一辆装得像麦草垛那样高的三轮车慢腾腾地过来，正着急得不知怎样叫人家时，车子倒主动停在了门口。爸爸先从围拢的纸箱中探出头来，然后才钻了出来。

“小西，叫你妈验货！”爸爸弯腰解开勒在车帮一边的绳子，声音少有地轻快，完全不像在老家说话那样低沉和沙哑，给人烟熏火燎的感觉。“听见没有？今天可是大丰收，几天没回来，都给我攒着哩，谁也别想占了我的地盘，明天照样是一车。”爸爸自己就能卸得下来，解完绳子后，却不拿下纸箱，问我，“你妈咋还没来？”

我站在屋子中间，不好意思张口叫妈，多年没叫过，很陌生很塞口，叫爷爷、奶奶、姑姑、姑父倒是挺顺嘴的。爸爸又催了，我嘴里硬是叫不出这个“妈”字，着急地喊了一声：“爸爸回来了！”

“回来就回来嘛，叫什么？”妈妈在案板边忙活，头也没回，可能还在生那个老李的气吧。

爸爸站在门口叫：“梅梅！看我这车硬货！”

妈妈搓着手慢腾腾出来，说：“什么货？还让……妈呀！真是硬货！不少哇！”妈妈这么一叫，爸爸立即受了刺激般兴奋起来，说：“明天还有一车，比这车还多！”得到表扬后，爸爸满足了，开始卸纸箱。

“卸完吃饭！”妈妈高兴了，走路快起来。我帮爸爸把纸箱拿回屋，听见妈妈喊：“锅溢了！真是，收到了纸箱，却溢了锅。”

“美满嘛！锅溢了美嘛！发财嘛！”爸爸说话并不影响干活，出去了半天，一点儿不见累，看来他精力还挺旺盛的。

开饭时，我吃得很少，比在姑姑家饭量小多了，只吃了半个馒头，几乎没夹菜。昝丰净把自己喜欢的菜拨进了他的碗里，妈妈说，男孩子，就是能吃。爸爸倒是提醒我多吃菜，可我真的一点儿不饿。吃完饭，妈妈让我洗碗，爸爸说孩子没洗过，妈妈没理他，站在门口和翠姨说话去了。其实我会洗碗，只是不会做饭。奶奶去世后，剩下我和爷爷了，虽说我们大多时间都在姑姑家里吃饭，可总有天气不好或爷爷喝醉的时候，遇到这种情况，就只好在家里吃馏馍夹咸菜了，也煮过泡面。吃过饭后，爷爷就靠在前屋的硬背椅子上发迷糊，我就动手洗碗。爸爸还在为难时，我已经挽起了袖子，开始将剩菜倒进一个碟子，饭碗放进锅里，用瓢接来水倒进去。爸爸没再说什么，转身上二楼去了。

没人在跟前，我赶紧将剩菜拨给拉拉吃。拉拉很懂事，它好像知道是在偷着吃，几乎没有弄出声音，和蝉姆姆家的花猫一样，吧唧吧唧地吃剩菜。昝丰的碗最难洗，碗壁上还有厚厚一层饭和菜，搅和着粘在碗壁上，我全拨给了拉拉。洗完后，我端着脏水倒进了路边盖着铁网的下水道里，就听见翠姨咯咯地笑，妈妈手里拿着昝丰的裤子做裤脚，也跟着笑，问：“真是这样？”

“不信的话，今晚你去我那窗口看看，一对年轻男女，笑死人了。”翠姨总站不稳，每笑一声，都要带动着身体在原地挪几步。

“你天天看表演？”妈妈说。

“掌柜才看得多哩。”翠姨又咯咯笑起来。我从两人身边过去，她们也不在意，该怎么说还怎么说，没看见我一样。我端着锅弯腰进门时，听见翠姨说，这个碎人会干活了。妈妈接了一句，还得练练才行。拉拉跟着我来回跑，它像我一样没心思观察这个陌生的地方。做完活，我坐回床边，想着怎样才能从废纸堆上取下书包来。

昝丰将电视声放得很响，传到一楼“嗡嗡”地震耳，他在看《熊出没》。我也喜欢这个动画片，光头强最逗人了，我在姑姑家经常看，姑姑还端来苹果，让我边吃边看。在这里，我不想看了。坐了很久，妈妈叫我过去，教怎样关开卷闸门。她做了一遍示范，让我跟着做一遍，我就是开不了，门太沉，抬不动。妈妈一下子抬起来了，门“嘎嘎”地响着，卷了上去。她又让我用一个铁钩，钩住门下梁正中的圆环往下拉，我自己吊上去也拉不下来。妈妈说可能轮子生锈了，让爸爸抽空用油浸一浸就好了。

“去睡吧。”重新关好门，妈妈收拾了摆在磅秤上的账本，说，“晚上听着点儿，不敢用火，屋里多半东西都怕火。”

我不清楚让“听着点儿”什么，妈妈上楼后，我和衣躺下，拉拉也找到一个纸箱卧了进去。一楼并没有什么声音，倒是二楼不时传来妈妈和昝丰的争执声，加上电视的声音就更吵了。我想起了书包，心突突地跳起来，躺不住了，坐起来试着在床边走了几步。楼上并无反应。拉拉呼地跳出了纸箱，我一挥手，它站在原地没动。我本来想等二楼的人睡着了再爬上纸堆，现在看来，二楼的声音传到一楼这么清楚，等他们睡后，一楼的声音照样可以传到二楼去，惊动他们就不好了。不如现在动手，梯子正好还在纸堆上搭着。这个想法令我心神不安，连坐也坐不住了。

我试着悄悄爬上了四级楼梯，看不到二楼的情形，爬到楼梯的拐弯处时，才看清楼梯正对着房子门，吊着黑乎乎的窗帘，门关着，上面的倒格有光线透出来。娘儿俩的争吵声就是从这里传出来的，奇怪的是并没有爸爸的声音。

等了半天，一切照旧，妈妈在责怪爸爸，说今天的纸箱潮气太重了，明显是渗过水的都没看出来，收回来要赔钱的。爸爸没有反驳，连一个字也没说。过了一会儿，妈妈又说昝丰，让尽快收拾睡觉。昝丰似乎拿了妈妈的手机在玩，妈妈问拿手机干啥，昝丰说玩游戏。“玩吧，玩吧”，是妈妈在说，“反正也快坏了，过段时间给你姐姐用算了。”昝丰喊：“不叫她姐姐，她就是个哑巴。那小狗好玩死了，妈，下去把狗给我逮上来。”

“要狗干啥？脏死啦！你不洗脚就上床？说过多少次了，咋不长记性？”妈妈不知在训谁。“就不洗！”看来是在训昝丰。

没人出门来，如果刚才动手，早就取下来了。我瞅瞅高高的废纸堆，上去应该没问题，可是心里很害怕，又想现在不拿下来的话，明天撤掉了梯子怎么办？这些废纸被别人拉去了，书包就不会回来了。又瞅一眼他们的房门，我下了楼梯，径直往梯子边走去。拉拉并没跟过来，而是站在梯子边，警惕着上面的动静。我心里表扬它，真聪明。

爬上梯子并没有想象的困难，声音也不大，只是由梯子上到纸堆顶上时，每动一下，都会发出刺刺啦啦的响声。我屏气趴在上面，借着二楼和大门缝隙透进来的光线，看见书包躺在靠墙的一边。我喜出望外，盯着书包，慢慢爬过去。由于响声大不敢爬得太快，我瞅着书包拿不到手，急得汗都出来了，从下巴滴到了废纸上，都能听见吧嗒吧嗒的响声。越是着急，汗越是流得快。回头看见拉拉还站在楼梯口抬头瞅我，不动声色地在原地转了两圈，看来它也着急了。

我急中生智，翻身滚过去，顾不得声音大小，抓住书包，一下子就搂在了怀里。紧紧地搂着，就像有一次贪玩忘了回家，姑姑找见我时搂我那么紧一样，姑姑说："宝贝，吓死姑姑了。"我搂着书包，却不知道说什么。

拉拉低低地"呜呜"了两声，楼上的门吱地开了，拉拉唰地跳进了纸箱，惊得我浑身颤起来。我瞪眼瞅着映在墙上的人影，应该是妈妈，不知她往绳子上晾什么东西。"小西！小西！"妈妈叫了两声，我像课堂上老师点名回答问题时正好不知道答案那样，汗水立即从后脊梁往下流。"这孩子，倒睡得快。"人影从墙上消失了，我没做任何思考，抱着书包滚到了梯子边。我先上梯子，再拉书包过来，一下子没抱住，书包掉了下去，“咚”一声。我吓蒙了，双腿不停抖动，几乎无法站稳，颤颤巍巍爬下梯子，跑到床边，躺下去装睡。不知什么时候，拉拉又站在了楼梯边，像一名哨兵，警惕着四周的响动。

奇怪的是，楼上对这一声惊天动地的响声并没做出任何反应，他们没听见吗？不应该呀，二楼传下来的声音都那么大。我搞不明白。既然这么大的声音妈妈都没问，我似乎不用太小心，不过，我还是不敢放开脚步走路，轻轻地把书包拉过来放在床上。楼上的灯突然熄灭了，屋里一片漆黑，我静静站着，卷闸门缝透进来的灯光和黑暗搅匀后，呈现了傍晚那样的暗亮，看得见周围的东西。我不知道应该把书包藏在哪里，刚才往下取时，没有想到藏的问题，怎么办？

伪装在废纸堆里？这办法不保险，妈妈说屋里的废品随时都有可能卖出去，到时候可不就糟糕了吗？还是用这张床做掩护，安全性更大些。我摸了摸，床下是空的，只是空间太狭小，书包塞不进去。我把书掏出来，拿过来一片废纸垫在下面，把书摆上后，再用一张旧报纸盖住，然后把书包压在褥子里。轻着手脚干完这些事，身上汗涔涔的，不过，感到自己好像长大了几岁，思虑问题很周到了。楼上不断传来“呼呼”的酣睡声，这是我的安全信号，我的心蹦得没有一开始那么快了，也没有了多少惊慌。拉拉一直忠实地守在身边，我摸摸它的头，它就去纸箱里睡了。

重新躺下来，悬了半天的心终于平静了下来。这一夜似乎睡着了，又似乎一刻也没睡过。一阵急促的下楼声和吆喝声惊醒了我，原来灯已经拉亮了。“快！快！迟到了罚站，别嫌我叫你迟了。”妈妈催昝丰。我看见他们两个急促地走过屋子，紧接着听到“啦啦……嗵……”的声音，卷闸门开了，“小西关门！”妈妈拉着昝丰跑着出去了。

我起身到门边看了看，清早的大街上，行人没有下午多，多半是学生和送学生的家长。和我一般大的女孩子背着书包，身子往前倾着赶路，很像电视上说的驴友。我在石川村，大概也是这个时候，就该在去学校的路上了，往后，那条路上少了一个我。石川村本来有四名学生，现在剩下三个了。他们会不会问起我？他们可能还不知道我被带到了这里，去不成学校了。

老师不会再教我学习了，妈妈却在强教我认磅秤，说长格的1公斤，短格的0.1公斤？还有5公斤、10公斤、20公斤的磅砣，一个比一个厚，一个比一个重。我不想认识这些东西，磅秤就像个怪物，狡猾地蹲在那里一声不响，其实它像妈妈一样，都是故意不让我学会。“咋这么瓜？几遍了学不会。”妈妈总这样训我，其实她不会教东西。磅秤因我不认识它的深奥而得意起来，挂在一边的秤砣来回荡着，很张狂的样子。妈妈训我时，拉拉就朝她叫。“狗倒比你聪明，还知道护着你。赶紧学，学会就能看店收货了。”妈妈让我熟悉她教过的认秤方法，自己站在门口去东望望西瞅瞅。其实我会认简单的，只是有意乱认，因为，我不喜欢干这事。看店收货，哼，谁愿意干谁干，反正我不想干，我心里想的是，拿语文课本出来，读一遍上星期老师教的生字。

爸爸收拾好了三轮车，说：“慢慢认秤来得及。今天，先跟我去小区转转。”

“还有拉拉。”我愿意接受爸爸的建议，待在井一样又深又黑的屋里都要闷死了。“好！”爸爸说，“带上！”

“小西能帮啥忙？又带上狗。”妈妈不愿意了，“留下来认秤。”

“转转不行哪？认认附近的路也行呀。”爸爸让我坐在车厢里，拉拉急得叫起来，“拉拉！”我叫一声，爸爸将拉拉放了进来，和我一块儿待着。一瞬间，我感到爸爸特别亲切，对姑父就是这种感觉。妈妈气得鼓起腮帮子瞪爸爸，爸爸只当没看见，发动了三轮车，在街道中间跑起来。

路上的车，就像相互追赶着兔子的土狗，一个个竞相往前冲。每辆车里都有一个司机，如果让这些司机坐在车外开车，就能看见他们都是谁了，超过我们的小汽车按着喇叭，很得意的样子。我心里说：“谁呀？开这么快，敢超过爸爸的三轮。”爸爸的三轮车应该是最廉价的，像没钱人见了有钱人一样，总是给别人让路。爸爸有时还停在路边，自语说，走吧走吧！你们走完了我再走。其实车又听不懂他的话，爸爸真可笑。

钻地下通道最有意思，越下越深，两边开口的通道，白天还亮灯，真浪费。拉拉站在车厢里，毛被风吹得乱乱的，像黄瓜脸六十他奶站在村西窑垴上望着在外打工的六十时被风吹乱的头发，没有一根顺溜的。拉拉顾不及理我了，它眼睛一闪不闪，瞅着大街两边像石川村路边杨树那么高的楼房。杨树差不多一个样儿，高楼的形状却个个不一样，装饰着一面墙那么大的人像和酒瓶，还有比电视大好多的方形屏幕，正放着有山有水的广告。拉拉瞪着眼看这些在村里没见过的东西，我跪在车厢里，像拉拉一样目不转睛。城市真美呀，都是谁住在大楼里呢？我能住这样的高楼吗？这些问题没有答案，估计爸爸也不知道。

三轮车在一个小区门口停下来，门口的小房子里走出来一名警察。爸爸赶紧上去递烟。“老昝，多日不见？”警察问爸爸。“回老家一趟，处理些事务。”爸爸说话文气起来了，我很好笑爸爸文绉绉说话的样子。警察嘴里“哼哼”着答应，叼上烟，手从窗户伸进去一按，挡住大门的黄色栅栏缓缓抬了起来。爸爸对警察恭维的态度，我从来没有见过，简直快赶上我用骨头逗拉拉时，拉拉摇头摆尾的样子了。这个发现着实令我吃惊，我瞅着一身黑衣、扎着腰带、挺着大肚皮的警察，心想他一定比爸爸富多了，所以爸爸才对他这样。

爸爸很熟悉这个小区的道路，拐来拐去，最后在一排装垃圾的绿色大塑料桶边停下来，趴在桶沿从里往外翻，纸箱、塑料瓶、废油桶什么的一律挑出来，放在三轮车的旁边，对不明用途的东西，举在眼前来回看，还不断自问："这是什么？能卖吗？"一个人在疑惑。我从车上下来，拉拉不敢跳，我抱它下来，它立即跑到绿化带那边抬起一条腿撒尿，并紧急地跑开了，又到另一处撒尿，看来它憋坏了，总尿不完。我瞅瞅明晃晃的大玻璃门，看见门侧的牌子上写着 19 号楼 3 单元。

"小西，抱这些东西到车里去。"爸爸又到另一个绿桶里翻腾，桶太深，他可能够不着想要的东西，整个人都快要钻进去了，吊在桶外的两条腿让我一阵惊慌。"爸爸只剩两条腿了。"我赶紧叫，"爸爸！爸爸！"

"叫什么？装东西去！"爸爸瓮声瓮气的，听不太清楚，只要爸爸能说话，我就不害怕了。

抱着爸爸拣出来的废品，一件件放进车厢里，抬头看让人目眩的高楼，心想住这么高不晃动吗？楼里边是什么样子呢？自己什么时候能住上这么高的楼呢？正在这么想着时，拉拉突然惊慌失措地跑过来，模样是受到强敌威胁后的那种惊慌。"拉拉！"

我一叫，它朝我跑过来。它的身后果然跟着一只小牛大小的长毛狗，我一把抓住拉拉放进了车厢。这只长毛狗呼地扑到了眼前，我吓得变成了冰人一样浑身发凉，连惊叫都不会了。幸好，这狗没攻击我，前爪搭在车帮上，瞅着拉拉。它的叫声绝不比大喇叭声小，有着极强的回音，我被它的叫声包围了起来。爸爸吊在桶外的两条腿一抖，退了出来。他看见这么一只大狗，也不知道该咋办。

“熊！过来！”一个男人的叫声从大狗跑来的方向传来，大狗回头一看，前爪从车帮上下来跑回去，又和主人一块儿过来了。

“老昝，2单元门口有几个大纸箱，快去，小心别人捡了去。物业好像又让新人进来了。”狗主人说。

“是吗？”爸爸像我刚才受惊一样也僵硬了，“好好，谢谢。可是，我是给物业交过钱的。”

“快去吧！”狗主人和小牛一样的大狗往大门方向去了。

拉拉从车厢伸出头来，仍惊恐地四处张望。我受惊后变得迟钝了许多，半天才想起放拉拉下来。爸爸好像也迟钝了，没再钻垃圾桶，只是一遍遍地捆绑已经压在一起的废纸，却怎么也绑不好。

“爸爸，楼上住的什么人？”

“什么人？有钱人。”

“门口那警察也有钱？”

“什么警察，烂保安。”爸爸打断我的话。

“爸爸……”

“你去2单元门口，有纸箱的话，坐在上面，爸爸就来。”

“在那边吗？”我指一指大狗来的方向。

“对，快去！”

“你快来呀，我……”

“就过来，你先去。”爸爸很不耐烦的样子。

“拉拉！”我叫一声，先走了，拉拉又恢复了胆量和勇气，跑在了我前面，也许它知道我会保护它的。

2单元很好找，门口照样有一块牌子，上面写着19号楼2单元。门外同样并排放着五个绿色垃圾桶，这排桶后，果然有叠起来的大纸箱。爸爸让我坐在纸箱上，我就把纸箱拉出来，本想一个摞在一个上面，但不好摆弄，纸箱太厚太大了。我胡乱把它们堆起来，然后坐在一边，等爸爸来。拉拉又不知跑去哪里了，“拉拉！”我一叫，身边低矮的树丛中立即有了沙沙的响声，我马上就放心了。

2单元旁边的石子小道上转过来一个人，穿着蓝色大褂，戴着口罩，一头花白的头发暴露了他的年龄，他还穿着下雨时才穿的高鞘儿雨鞋。我仔细看他，因为他朝我走了过来。走近了，我才发现他没有右胳膊，因为右边的衣袖是空的，蝉姆姆二儿子的左腿裤管搭在残疾车上时，就是这种空空的样子。他左手拿着一把耙子，只是耙子比爷爷耙地时用的小多了。他站在垃圾桶边用耙子在里面翻，并不像爸爸一样钻进去。“哇”，本来就不怎么好闻，他一翻，酸味霉味都散发出来了，不仅熏鼻子，而且蜇眼睛。我捂上鼻子，揉揉眼睛。他发现了我，问：“谁家孩子？坐在我纸箱上干什么？起来！”听他这么说，我吓坏了，爸爸怎么还不来？“拉拉！”我不答他的话，叫拉拉给我壮胆。不远处的花丛里，拉拉钻了出来，我又叫：“爸爸！”

“怎么着？起来吧，我要拿走箱子了。”这个老男人已经动手翻纸箱了。

我不知道怎么说，胡乱回了一句：“是我捡到的。”

“是吗？”老男人笑了，“你怎么拿得动？”

“不用你管！”我故意不告诉他我是和爸爸一块儿来的。

“是吗？小姑娘还挺机灵。”老男人放下纸箱，一耙从桶里钩出一只装过纯净水的塑料瓶子，“和你爸来的？”

“不是。”我惊奇他怎么会知道，噢，刚才我着急时，叫了一声爸爸，让他听见了。

爸爸骑着三轮车从我身后来了，刹住车，和这老男人对视了半天，两个人都不说话，脸上也没有表情。爸爸下车来，我才从纸箱上爬起来，知道这个人抢不去纸箱了。

“啥时来的？”爸爸问。

“就这两天。”老男人说着，走到单元门口的台阶上坐下来，“来！抽一支！”

我以为爸爸不会过去，因为他们刚才对视时，充满了敌意。他怎么会过去和自己的敌人一块儿抽烟呢？“呀！”爸爸过去了，我心里喊了一声。怎么搞的？老男人给爸爸发了烟，打火点上了，两个人抽起来。

“来时就知道，你在这里有两年多了。”老男人说。

“快三年了。”爸爸不看老男人，他只是低头抽烟，抬头时，也只瞅我这边。

“和别处一样，都是交了钱物业才让进来。”老男人说，“起初，我知道你也交了钱，可物业管事的说，你并没有全包，我只要交钱也能……”

“老哥！”爸爸插话说，“一个人吃得半饱，你来了大家都饿肚子吧。这小区二十栋楼，没有多少东西，都吝啬着哩，稍微好的垃圾，他们都自己拿去卖了，不会扔的。就是上门去收，三毛两毛计较起来没完没了。”

“每个小区都差不多，大方的人少。”老男人说。

“我的意思……”爸爸掂量着心思，很老练的样子。

“你来得早，你说了算！”老男人挥舞着耙子，很大气的样子。

我把纸箱一个一个拉到爸爸的车子边，老男人没有挡，爸爸也没吭声，估计是他害怕爸爸了。

“我的意思，别为这点儿事搞得不愉快。”爸爸又文绉绉起来了，他说，“你管前十栋，我管后十栋，划了地盘，各干各的，不许越地盘收货捡货。”

“好嘞！”老男人猛地起身，屁股下有弹簧似的，“就这么着吧。”说完话，他从来的石子路上又回去了，这些纸箱肯定是爸爸的了。将纸箱装上三轮车时，爸爸一直没有说话。

说分开立即就分开了，爸爸只在划分的自己的范围内连扒带捡可回收的废品。楼上的人叫爸爸收废品时，他爽快地答应着，给人利索、愉悦的印象。叫他的人走在前面，他提着木杆秤跟在后头，还叮咛我不许走开。这样的话不用回答，因为他已经跟人家进了那道光亮的玻璃门。

我是多么想进那道门啊，去看看大楼里面是什么样子，看看大楼里的人家是怎么住的，他们的小孩子都长什么样子。可是，爸爸，唉，总让我看他的三轮车和废品。可能他还不知道，根本不用看，从这经过的人，连拉拉这么聪明的狗都没人在意，更不用说废品了。小区里多了一个人，多了一只狗，他们似乎没有发现，这和石川村不能比，村里多一只鸡，都会引来村东村西几天的议论，不搞个水落石出不罢休的样子。城里人的眼睛都看什么呢？为什么不看看我呢？为什么不看看拉拉呢？根本没人看，怎么会有人偷呢？

我慢慢走到玻璃门边，趴在上面往里瞧，楼里的墙面和地面一样，都是贴过方块瓷砖的，很光滑很好看。奇怪的是，他们都进同一道门，走进去一个男人，过会儿出来一个女人，进去一个牵狗的老头，过会儿却出来一个小孩，真有意思。我正看得有趣时，猛然瞧见拉拉随着一个穿裙子的女人进去了，“拉拉！”我惊叫一声，它忽然从那道门里窜了出来，向我奔来，隔着玻璃偎不到我。我赶紧到玻璃门边去等，拉拉也等在了里面，如果有人出入，它就能出来了。我担心拉拉进了那道门，变成一头猪出来，可不就麻烦了吗？

正焦急时，爸爸扛着一捆报纸出来了，他举手在什么地方一摸，噔的一声门就开了。拉拉先窜了出来，我追上去拧了一把它的鼻子。它每次做错事我都要这样，一拧鼻子，它就不撒欢了，老实待在我身边像受了责备的孩子，没了一丝欢劲儿。

“那道门，是什么呀？”我指着变化无穷的门问爸爸。

爸爸回头看了看说：“电梯呀。”见我不懂，又说，“上楼用的，像坐飞机，越升越高。”听了爸爸的话，我觉得大楼里更神秘了。

“今天不会有货了，一碗饭变成了半碗，唉，回去吧！”比起昨天的战果，今天这车少多了，爸爸像遇到庄稼歉收的爷爷一样拉长着脸，埋怨物业的人说话不算数，白交了承包垃圾的费用。我听不大明白，却知道是别人没守信誉，让爸爸吃了亏，他却毫无办法。

“今天就这样了，我还有别的办法多收废品，整不死我的。”爸爸推我屁股，让我爬到车顶去，叮咛面朝下趴在上面，抓紧绑箱子的绳子。我一手抓住绳子，一手搂着拉拉，双脚也找到了蹬的地方，好像是绳子相交的结点。爸爸发动了机器，车子抖动起来，跑在街上时，我在车顶上晃动得很厉害，随时要倒的样子。我紧闭着嘴，死死抓住绳子。拉拉也很紧张，爪子已经在纸箱上划出了痕迹。

太阳将左边的大楼染成了橘子皮那样的颜色，暗暗的红红的，很老成也很沧桑，有点儿书上说的暮秋之气。楼太多了，看不见太阳在哪里，许是让街道右侧的大楼遮挡住了，我判断出了我们是向南边走。不拐弯时，车顶上能平稳些，可还是不敢大意，车子随时都有可能拐弯，多半是为了躲避其他车辆或是横穿马路的行人。

我顾不上欣赏城市下午的太阳，只觉得灰灰白白的天空像患了病的人那样寡白着脸，没有表情和滋润气息，比不得石川村蓝天白云轻快。看来，城里和乡下并不是一个天，这现象没法想透，很奇怪。

车顶晃动的幅度越来越大，我叫起来，因为我和拉拉已经向一边倾斜了，爸爸没听见我的叫声。“三轮！三轮！要倒了！”路边有人在叫，爸爸才停下来，开始紧绳子，并不让我下去。我很想到地上站站，这顶上太可怕了，还没有荡秋千稳当。

三轮车再次启动后，很快拐了一个弯。在逸夫楼的顶角处，太阳光一闪，箭一样射入了我的眼睛，马上就看不见东西了。幸好，发射箭的地方，又被大楼挡住了，我不敢再看那里。因为这一箭，射得我眼冒金星，赶紧闭上，没敢再看一眼城市的天空。

“到了！”随着爸爸一声叫，三轮车刹在了路边。

“就这么点儿？不会吧？”我居高临下，看见妈妈从洗衣盆边站起身，用沾满肥皂泡的右手指着三轮车，疑惑地问爸爸，“昨天不是说，今天更多吗？怎么会……唉，这种事过去可是没有过的。”爸爸解开了绳子，说：“今天就这么多，说不准明天会多一些。大楼上的人都出门玩去了，可能没人在家。”爸爸举着胳膊，“来！溜下来！”

“还有人？”

“小西呀。”

“我都忘了，上面多危险，你真是……唉！”妈妈又叹一声，我抱着拉拉溜下来。地面上稳当多了，拉拉还像在车顶时一样，叉开四肢不敢走动，试探性地向前走了两步，才跑起来。妈妈从盆里捞出洗好的衣服，拧干了，用力一甩，把身边的暖水瓶撞碎了，“哎嗨，这是怎么了？没收到货，再碎一个水壶，冤不冤呀！”

“平安呀平安，发财呀发财。这是好事呀冤什么？”爸爸抱着纸箱进门时这么说，他并不看妈妈，也不问碎了什么，自言自语说平安呀发财呀什么的。

进了店门我才发现，屋子里空空荡荡的，却亮堂了许多。废品全卖了？这么想着，我赶紧跑到床边，用手摸摸床下，空空的，什么也没有，我的课本还是被当作废品卖掉了。可是妈妈怎么会没有一点儿反应呢？看不出来她有做错事的内疚感，她怎么能这样呀？我坐在床边，眼泪无声地流过脸颊，从下巴滴到了腿面上，像从纸堆上拿书包时流下的汗那么多。我心里虽然难过，可是并不作声，只是想起了姑姑对我的好。

晚饭后，照例是我洗锅。昝丰今天从学校回来，一声不吭，吃完饭就上楼去了，他的饭碗和昨天一样脏。刚洗完锅，妈妈就让我上楼去陪昝丰，说他今天在学校受批评了，让我监督他做完作业再看电视。

爸爸在灯下颠来倒去折腾磅秤，妈妈坐在一边说：“老李到处宣传咱的磅秤不准，你还调什么？……唉，学校又要交三百元，怎么又要交钱了？都是谁在搞这些混账名堂？”妈妈从身上掏出一张票据，“看看，没有校名、没有公章、没有收款人的收据，却拿走了咱家三百元。”她看见我还在床边坐着，催促说：“怎么还不上去？”

我心里恨着她，不愿意听她的话，可是又没办法，只好起身慢腾腾上台阶，拉拉跟在后面也上来了。我刚推开门，昝丰就大叫：“下去！下去！不要你上来！农村来的哑巴！”

“你一个人写作业行吗？……行不行？……这孩子！”妈妈仰头朝二楼喊，“那……你下来吧。”我没能进得了门，转身下来又坐在床边，什么也不想，一个劲儿发呆。拉拉也呆站着，并不去看爸爸在忙活什么。妈妈去门外看了看，犹犹豫豫的样子，回屋里转一圈，又出去摸晒在路边的衣裳，收回来了，进门时却说没干好，得到阳台上再晾一晾。她抱着衣服上楼时，回头给我说：“把晾衣绳解回来，够不着的话，脚下垫个凳子。”

解回来绳子，扔在躺椅上。我和衣躺在床上，这床好像比昨天舒服了些，是不是今天跑累的缘故呢？吱吱两声，我侧头看见拉拉在床边望着我，原来它的窝也被卖掉了，没地方睡了。可怜的拉拉，失去了家，干脆睡到我脚边来吧。我说：“上来吧。”拉拉仰望着我，大眼睛一闪不闪，看来没听懂我的话。我伸手抱起它放在脚边，它追着自己的尾巴转了两圈，就卧下了。

这一夜，没有梦，没有听见任何响动，街道的车声和二楼的嘈杂声，都没有传入我的耳朵。最后，还是遭了土匪一般的慌乱声吵醒了我，昝丰和妈妈在卷闸门“啦啦……嗵……”的响声中出去了，屋内立即恢复了安静。

小厕所的尿臊味没地方排走，从门口冲出来，在店里乱窜。我的床正对着厕所门，气味难闻极了，可是不得不闻。我从厕所出来又躺下，用卫生纸团了两个小球，塞住鼻孔，反正嘴又闻不到，就用嘴呼吸算了。

双休日是爸爸最忙的时候，别人都在家休息，收拾屋子，卖废品的人自然比平时多些，他骑着三轮车跑起来不知道歇息，有时中午就能送回来一趟。他博得妈妈的表扬后，很是得意，马不停蹄地又出去了。当然，也有落空的时候，妈妈就说大楼里住的人都是懒汉，不知道收拾屋子卖废品，放在屋里又不会生利息。爸爸就会说，跑一天了，该吃一碗扯面了吧？妈妈就说爸爸喜欢吃女儿和的面，又软又筋道。我学会和面是最近的事，暂时还和不了扯面条用的面团。爸爸不吭声，我去拿面盆时，他指明让妈妈和面。“怎么了？”妈妈问。爸爸说：“小西比案板高不出多少，和你一样高时，做饭就没问题了。”妈妈说：“现在的孩子，哪有你想的那么傻？一个个聪明着哩，做饭算什么？像小西这个岁数，不少孩子都会挣钱了。”说归说，妈妈还是挽起袖子和面去了。

“你爸心疼女儿。”妈妈说，“我就疼儿子算了。”没人接她的话时，她就哼起不知名的歌曲。她有时给我找事做，常说：“你的床要收拾了，袜子怎么放在枕头边？洗了没有？上楼去拿丰丰的袜子下来，一块儿洗了。”

昨晚，在妈妈的催促下，我端洗脚水上楼去。昝丰大喊水太烫，他穿着袜子，用脚一点水就缩回去，嘴里咝的一声，等他认为水温合适了，才脱了袜子。我知道他把袜子扔在了椅子下边，妈妈让我上楼拿袜子，估计就是这原因。安排活，妈妈嘴最快。我只要做过了，她并不经常检查做得好坏。昝丰的袜子臭死了，洗三遍还有臭味，妈妈就说算了，去晾吧，这袜子也不值那些水费。我就拧干水晾在磅秤边的细绳子上。

我对磅秤始终没有兴趣，妈妈不放心我过磅收零散交来的废品，因为，有一次，我给一个老奶奶多称了分量，妈妈多付出去四毛钱。她和翠姨聊了半天闲话，不知想起什么了，才过来复秤，说我多称了分量，我也不清楚怎么就多称了。妈妈拉我到磅秤边说：“怎么教你的？这是多少？说！是几斤？”我就是不说。翠姨过来说：“孩子还小，别难为孩子了。”当着翠姨的面，妈妈总算没再数落我，我如释重负一样跑进去坐在床边发呆。从那往后，妈妈不再逼我认秤了，正好落得清闲，称错了一次，却逃过一劫。

每次清理了屋子的废品后，过个十天八天，又会堆起来老高两大堆的废品。有时是废纸多，有时是纸箱多，但每次都会卖上三五包塑料瓶，还有轻飘飘的、薄厚不一的白色泡沫板，废铜烂铁量不大，也能卖一些。卖废品收钱的日子，最愉快的是妈妈，和平时比就像换了一个人，满脸的笑，头发都随着她的笑在颤动，和开大卡车装废品的司机指指戳戳，相互笑骂。最后我发现，凡妈妈洗头穿裙子的日子，就到了卖废品的时候。爸爸也知道，看见妈妈穿了裙子在洗头，就会说："老罗给纸箱出的价太低。"妈妈把头发放进脸盆的水里，说："今天你就看好吧，怎么着也得让他每斤加三分钱。"

加钱是一个办法，增加重量也是一个办法。其实废纸和纸箱收回来垛成堆的时候就一层一层上过水了，我不知道比例，反正他们两个人就是这么做的。妈妈满头的泡沫，半仰着头说："不敢再上那么多水了，老罗上次数落，嫌咱的纸箱太湿。"

"这一次是自然潮湿的，咱这是老屋，地基比别家的低一些，地气重，有啥办法？"爸爸这么说。我始终不知为什么，他一般不参与卖废品的事，和老罗也不太见面。妈妈收拾好了，爸爸也正好吃喝完了，他一声不响地骑上三轮车，不知去了哪里。

"嘀……嘀嘀……"

“这鬼，嘿，按什么喇叭。”等在屋里的妈妈，整理着裙子，看看外面，慌忙去挂在厕所墙上的镜子前照一照，才笑着出门去。她装扮自己时，很专心，从不管我在旁边看着，也不问我她收拾得怎样。妈妈尽管很认真地打扮自己，可是，和姑姑还是没法比，姑姑洗了脸，不用描呀画呀的，就很漂亮了。妈妈的眼睛不好看，左眼带点儿三角形，颧骨太高，脸长在空中一样；鼻子太小，没有姑姑鼻子高挺。她的头发染成了黄色，没有姑姑染的酒红色好看。妈妈不知道自己的缺点，挺着胸出门去。拉拉早一步到了门外，我不愿意看见下巴长满胡子的老罗，嫌他爱给妈妈说：“女儿都这么大了，你还这么年轻。动作快呀！哈哈！”他说这话时，妈妈就拿眼睛剜他。现在，老罗正坐在门外，敞着怀，肥壮的身子压在小小的板凳上，都快把板凳压进地里去了。有没有太阳，刮不刮风，老罗从不管，我没见他穿过外衣，总穿着一件露肩膀的坎肩，满肩头的疙瘩肉，他的样子和那天我在小区见到的那条大狗差不多。看见妈妈出去，老罗扬一扬满是肥肉的胳膊，说：“建梅，装吧！”

“急什么？”妈妈笑着，走过去一戳老罗的肩头，“说得轻松，咋装哩？”

“上次，你的纸箱太湿，我赔钱了。”老罗似笑非笑地说。

妈妈的裙子上有蝴蝶翅膀那样的花，站在老罗面前，她总不安宁，来回摆动裙子，好多蝴蝶在飞一样。妈妈说："哪有我赔得多？便宜都让你占去了！"老罗哈哈笑了，说："你哪里是吃亏的人？谁都没你会算计。"

我悄悄蹲在门边，摸拉拉的头，没人注意我的举动。我今天看清楚了，老罗眼睛不大，脸盘倒是不小，胡子布在脸上，嘴隐蔽在胡子堆里，像个野人。老罗问："冬定人哩？"

"问我冬定咋哩？吓死你了，嘿嘿，今天的纸箱要加三分钱。"妈妈抬起右脚，轻轻踢了一下老罗的左脚，说，"听见没有？"她的声调就像我给姑姑要钱买红绫头绳时一样，娇滴滴的。

"嘿，好说，只是不敢加太多水。"老罗轻松地笑了，答应了妈妈的要求，"给我这杯子里加些水。"

老罗的喝水杯子比桶小不了多少，妈妈接过去，进店里加了水端出来。老罗接杯子时，攥住了妈妈的手。"这鬼，哈哈哈……"妈妈甩脱后，捶了几下老罗的肩膀，两个人大笑起来。

"一对活宝，大街上就卖骚，没看见女儿在这里？"翠姨永远拿着那件十字绣，像陀螺一样过来了，"只要是你要的，老罗啥不舍得？加三毛都没问题。"

"进去！"妈妈说。

老罗说："女儿真乖。"

"咋了？拴给你做干女儿？"妈妈胳膊抱在胸前，斜乜着老罗，“咋哩？有钱人不想要穷家亲戚？”老罗不笑了，看着我。我挪脚从妈妈身后溜进了店里，拉拉跟着进来了。我去小床边，拉拉站在原地犹豫着，不知道要出去还是要进来。“干女儿好几个了，多一个也不多，拴上就拴上。”老罗喊叫，“车上的，下来装货！”

一屋子废品很快腾空了，妈妈在磅秤边和老罗算账。老罗变魔术一样不知从什么地方拿出一沓钱给了妈妈，妈妈像极了啄食的鸡，数一张，头就点一下。“没问题。”老罗这么说着，上车走了。车抖抖地慢慢离开时，妈妈还没有数完那些钱。

昝丰从来不问店里空了又满了、满了又空了的原因，进门扔掉书包，跑出去找对门修鞋店的孩子玩，妈妈就让我跟过去照看昝丰，主要是防着别家的孩子打了他，不让他玩危险的东西。我的提醒，昝丰从来不理会，还总说：“从哪里来滚回哪里去！跑到我家来的讨厌鬼！”我不在乎他说什么，我也不在乎他玩什么，跟过来，只是为了应付妈妈的命令。昝丰虽然对我很凶，却总讨好拉拉，拉拉又不理他，气得昝丰乱骂：“一路子货！一个农村丫头跑来管我，一只农村狗跑来气我。”他这样说，我只当没听见，因为这样的话我都听厌了。

腾空的门店像老矮子爷爷的家，大而空旷，我一个人在这么大的空间待着，心里是空虚的，还不如堆满废品踏实。晚饭后到睡觉前这段时间，最难熬了。房子空了，没遮没挡的，就更难熬了。翠姨和妈妈站在门外聊天。我不喜欢翠姨，嫌她眉飞色舞的样子像个媒人，还总说见不得人的话，每当我经过她俩身边，她就会说："快别说啦，哈哈，孩子来了，哈哈！"什么话不能当孩子的面说呢？翠姨这么说时，妈妈就会命令我上楼去陪省丰，或者让我去洗昝丰换下来的衬衣、衬裤、袜子、校服，再不就是临时想起的活，刷刷厕所、抹抹灰尘、扫扫屋子什么的。她想起什么活就安排什么活，只要能支开我就行。我一走，她们两个又眉飞色舞地嘻嘻哈哈起来。

我最不愿意干的就是洗昝丰的衣服，搓不动那些死沉死沉的校服，也不愿意陪昝丰写作业，他事情太多，一会儿要吃，一会儿要喝，一会儿上厕所，一会儿还骂人。给他削铅笔，他都能说出十个不好来，一会儿嫌铅芯露出来太长了，削得太细了，一会儿又嫌铅芯太短了，太粗了，反正就没有刚好的时候。他的作业我都会，但我不说，有时候不是我不说，是昝丰从不相信我是对的。"你懂什么？你又不上学，还不是来这里让我爸妈养你。"我一般不反驳昝丰，更不想说"爸爸妈妈也是我的"这样的话，因为，我觉得妈妈并不像我的妈妈，姑姑倒更像我的妈妈。我只给昝丰说过一次这样的话："我也是爸妈生的。"昝丰反应特别强烈，"不是！根本没有你！"他非常生气，蛮横地大声嚷，"我从没见过你，你来到我家里还要当我姐姐，你说，你是从哪里冒出来的讨厌鬼？”我说：“我一直和爷爷奶奶生活在石川村老家，你不知道吗？”昝丰反驳说他的家就在城里，农村没有家，说我和爷爷奶奶是一家，他和爸爸妈妈是一家。他说这话时，我心里就想，谁愿意和你是一家？我还嫌他是赖皮，我愿意和姑姑、姑父是一家。可是这话不能说，说出口了，昝丰就会推我出门，嚷着让我去找我的家人。他连姑姑、姑父都不知道，说自己没有这样的亲戚。

昝丰其实很可怜，除了有骂人、撒泼的本事外，再没啥能耐，任何作业题只要稍微拐个弯，他就不会了，说到底就是一个大笨蛋，光会要吃要喝。妈妈买的橘子，吃不了，他就占着；爸爸有时候让他给我分一个，他就说自己还没吃够。昝丰的东西我从来不吃，他有时流涎水，恶心死啦。

爸爸、妈妈和昝丰晚上在楼上看电视时，我最无聊了。店门关住了，就和外面的街道隔开了，出不去。这时候，只能听隔壁人家的说话声。这家人最有意思，因为他们家的女人老在哭，男人总在打麻将。他们是卖拉面和包子的，生意不好了，叫钢钢的男人就打抱着孩子的焕焕，妈妈和翠姨常去拉架。妈妈说：“手都拉出茧来了，你们还没打够吗？”焕焕没有不哭的时候，尤其生意不好时，就哭着给妈妈说：“梅姨，你听着点儿，钢钢回来打我时，赶快过来拉开他。”翠姨说过“还不如离了”的话，焕焕脸就煞白起来，说：“不敢说这话，会没命的。”妈妈说：“没那么严重，另找一个男人好好过。”焕焕压低声：“真离了，誓死不找男人，实在受不住打了。”

他们家不打架就打麻将，拉桌子就像在我们店里拉动一样声大，东西掉在地上，就像掉进我的耳朵一样响亮。噢，对了，书包掉到地上的那一夜，爸爸妈妈没有追问原因，原来他们以为是隔壁传来的声音。二楼的声音大起来后，就和墙那边的声音混合起来了。他们在楼上大声说笑时，我就知道电视上有了逗人的节目。爸爸有时会站在楼梯口叫我上去一块儿看，可是，昝丰总不让。只要我进门，昝丰就耍刁，说我扰乱了他，其实我坐在床角的椅子上，一声都不吭，就是他们笑，我也不笑出声，只做个笑的样子，并且从不要求换台。尽管这样，昝丰还是挑我毛病，说只要我在，他就看不好。“让小西下去！妈，让小西下去！”昝丰大声喊，扰乱得大家都看不成，妈妈就会说：“小西，你下去吧，看你弟弟这糨糊，又黏上了。”昝丰喊：“我不是她弟弟！”

“胡说！再敢胡说，打烂你的嘴！”有时候，爸爸会这样训斥昝丰。爸爸这样说时，我心里很温暖，很感激爸爸。

“咋不是你姐姐？赶明儿就换小西送你上学，妈妈实在劳累不起了。”妈妈说。

“不！她送我，我就不去学校！”昝丰开始耍赖了。

“你敢！越说越不像话了。”爸爸真发脾气了，昝丰就会哼哼唧唧哭起来，他的哭声黏黏糊糊的，一点儿都不爽朗。

只要我上楼看电视，昝丰就会闹，所以我也不去了，爸爸再叫时，我就说困了，要睡觉了。拉拉的忠实真的令我感动，在石川村时，还没发现这小家伙这么聪明懂事。在空旷的村街上，它不是追鸡就是寻找钻进玉米秆中的老鼠，整天不闲着，想叫它到身边来，除非用骨头哄它。现在好了，它像魂一样跟着我，玩累了，我们一块儿就睡着了，楼上的什么时候睡觉，不关我和拉拉的事。

焕焕家吵架，早已没有新鲜感了，我们这边吵架的次数没有焕焕家多，规律是妈妈一做肉就吵架。做肉一般不让我搭手，因为我至多只会在炒瓢里煮方便面，切萝卜丝都不行。妈妈说我切的菜丝比椽还粗，昝丰更是不喜欢，看一眼，不动筷子，就喊难吃死啦，然后就嚷着要吃翠姨家卖的油茶、麻花和肉夹馍。他一闹，惹得妈妈怨我，让我以后切细些。妈妈过日子手紧，并不是昝丰想怎么着就怎么着，他就是不吃我切的菜，妈妈也不会听任他胡乱要求。昝丰的要求得不到满足，就恨我，他会说，都是你的臭菜搞的鬼。他拿筷子打我的手，爸爸看见又会训斥他，拉拉也会朝他“汪汪”。我不计较，一般是端着碗去门口蹲着，让他一个人发邪火去吧。

妈妈最拿手的是红烧肉，其实我爱吃姑姑做的回锅肉，可是昝丰爱吃红烧肉。有了肉菜，昝丰就更霸道了，总盯着我的筷子，只要我夹肉，他就用筷子挡，妈妈只会说“好好吃”。爸爸会连夹几块肉放进我的碗里，把昝丰气哭了。“她吃我肉！她吃我肉！”他一哭，惹得爸爸烦，妈妈怨。不过，爸爸烦的是昝丰，妈妈怨的却是爸爸，不好说爸爸给我夹了肉，就说：“以后不吃肉了！”我看他们这样，只拣小块的吃了，把爸爸夹给我的肉又放回盘子去，昝丰看见后虽然不哭了，却把我放回去的肉块拨到桌子上，有时还会拨到地上，说这是臭人动过的臭肉。拉拉不敢吃掉在地上的肉，着急地吱吱叫，我也不好发指令让它吃。每吃一次肉，爸爸妈妈的脸就会变成铁青色，难看好几天，这都是昝丰一个人闹的。其实，平常吃饭时我也很少夹菜，我嫌昝丰说我夹过菜的地方是臭的。

“明天你送丰丰上学。”有天晚饭后，妈妈在饭桌上决定了这件事。第一个反对的当然是昝丰，“不要，班里同学会笑话我，不要她送。”

“笑话你什么？”妈妈不高兴昝丰反对自己的安排，“小西送你多好，一块儿又能玩，让妈妈多睡一会儿不行吗？就这样定了，明天早上开始。第一天，你先给小西领路，不许乱闹。”

我只送过昝丰一次，就是妈妈说的那个“明天”。天亮的时候，妈妈还是早起了，叫了我一声就去给昝丰收拾东西。我爬起来揉揉眼睛，站在楼梯口等他们。从进了这个店门到现在为止，我晚上睡觉从没脱过衣服，总感到脱衣服睡觉不踏实，和在石川村时正好相反。妈妈送我们到门口，昝丰抓住门框不松手，满脸的委屈。妈妈劝他，说小西会离你远一点儿，然后给我说，离丰丰远点儿，听见没有？妈妈这样说话的时候，我一般不答应，不表示赞同也不表示反对，反正，都是他们说了算，爱怎么安排都行，我不会有意见的。昝丰低声哭，还是不愿意，像要拉他上台子一样难受。有一次，去学校后他要上台检讨为什么打碎了教室玻璃这件事，早晨出门时，就这样抓住门框不松手。

妈妈真的动了气，一巴掌打在他的屁股上，又一巴掌打在他的肩膀上，昝丰愣了一下，松手了。可他出了门一个人往前猛跑，妈妈让我快追。我就跟在后面跑，拉拉跑在我和昝丰之间。“小心汽车！”妈妈还在后面喊。拐弯时，没想到昝丰在弯后面藏着，我刚拐过去，他就伸腿绊我，不过，没有绊倒，我只是趔趄了一下。他说：“臭狗屎，不许跟我！”我说：“偏跟你。”他就捡石子扔我，我躲着走。反正，他不走我不走，他跑我就跑。他要是追过来打我，我就说，要迟到了，看老师怎么收拾你。他就不得不继续往前走了。他甩不脱我就和我商量，让别跟他太近。我才不愿意跟他近哩，他嫌我臭，其实我早就烦他蛮横了。这么不讲理的学生，学校怎么就不管一管？

昝丰进了校门后，我在对面的路边站了一会儿。这所学校很气派，大门有我们学校那么宽，门口站着很多人，有交通警察，还有在小区见过的那样的保安。校门口站有两排少先队监督员，这和我们学校是一样的。不过，农村的学校没有保安和交警。这所学校全是砖红色的大楼，每层楼上都亮着灯，白晃晃的。我们的学校是小平房，刚修理过，不会漏雨了。教室里也没有电棒，只有一个灯泡，光线是黄黄的那种。如果我在这里读书，绝不会像昝丰这样瞎混，我会好好学习，每学期都考第一名，拿奖状回来，让爸爸贴在墙上。在老家的学校时，我就是第一，在这里照样能考第一。我喜欢学校，喜欢上课，喜欢老师和同学。昝丰光会骂自己的同学，我早看出来了，他根本就是一个不好好学习的笨蛋。

学生们很快都进了校门，顺地跑的铁栅栏门缓缓合上后，家长们烟一样散了，刚才还是拥挤的校门前，一下子安静了下来。我看见大门一侧旗杆下的黑色底座上，刻着“环西区小学”五个红字，这就是学校的名字。看见逸夫楼后，想起刚来城里时，和爸爸收废品经过了一次这里。

听见妈妈的喊声，我才回过神来，刚睡醒一样犯着点儿迷糊。“怎么了？”妈妈疑惑地问。“没事，昝丰早进去了。”我说着话走过她身边，只顾自己走回去。“还以为出什么事了，吓我一跳。这么不让我省心，以后别送了，倒送出许多麻烦来。”妈妈歪着头，脸吊到了肩膀上。我不管她，跑着回去了。回到店里，为了不让妈妈再训我，我赶紧烧水、扫地、抹桌子。这些活干完了，妈妈才回来。手里提着一袋菜，坐在磅秤边的躺椅上择开了。她并没有继续数落我，好像忘了刚才的事情，但是，也没看见我干的活。她两只眼睛不看店里，只瞅街道，过去一个陌生人，都要抬头瞅几眼，可就是瞅不见我干的活。

没活干时，我就拿废报纸看，这上面有许多怪事，都发生在城里。说有一个像我们这样的便民站，收废品时竟收回来一具孩子的尸体，多离奇的事情啊！爸爸有一次问我能不能认完报纸上的字，我摇摇头。隔了几天，他从收来的一捆书里抽出来一本字典，在手里扬着叫我，说："看看，这是一本字典，会用不？"我笑着点点头。爸爸十分高兴，我也很愉快，大着胆要了那捆书中的一本五年级的语文书。爸爸答应了，说多认几个字也好。从那天起，我就不用坐着发呆了，很勤快地翻起了字典。

最最令我高兴的另一件事，就是姑姑来电话了，到城里这么长时间了，姑姑这是第一次来电话。来电话那天的情形我记得很清楚：爸爸在店门口和妈妈说话，妈妈在埋怨爸爸收废品不卖力，我在床上趴着读淘来的课本。她说过去五六天老罗就能来拉一次，现在十来天才能攒够一车。爸爸说，来店里交废品的人也不多，过了这一阵子会好起来的。妈妈就开始诉苦，一家人开销大，什么房费又快到期了，还要买电买水买煤气，又说自从我来之后，水电费明显增加了。爸爸吊着脸反驳她，一个孩子能用多少？还不是二楼用得多？妈妈又说菜太贵，烧不起煤气就改用蜂窝煤算了，省几个算几个。这时，爸爸的手机就响了，爸爸只是“喂”了一声，就喊我过去，我惊奇地不知道该不该过去。“你姑姑叫你！”爸爸这么说。听见是姑姑来的电话，我跑过去拿着爸爸的手机，小声叫了一声姑姑，就哭了。这一哭，所有的委屈全化成了眼泪，相互拥挤着冲出眼眶来。我不会说话了，姑姑也在哭，我们就这样，只是哭，只是哭……

爸爸拿过手机问我姑姑说了什么，我流着泪摇摇头。

“这孩子，妈打你了？还是你爸虐待你了？你这不是给你姑姑告状吗？”妈妈站起来，我赶紧又去床边趴着，妈妈还在说，“按冬雪的脾气，这两天就会过来。干脆过继给冬雪算了，一个烂店也难养活这么多人。说话呀！死人一样。你想好，给你妹子咋说吧。”我感觉爸爸一直在看着我，我偷眼看他时，他果真看着我，没有说话也没有表情。我心里有点儿乱，更多的却是轻松，是哭过后的那种轻松感，像蝉姆姆叹气一样，她说叹一声，心里就能轻松些。我这会儿应该和蝉姆姆叹过气一样，是轻松的。

我的哭，好像给爸爸的脸上涂抹了一层霜，给妈妈的双眉间划上了一道沟，一个冷着脸，一个皱着眉。我赶紧收拾了书本和字典，压在枕头下，去厕所端出妈妈泡了两天的衣服来洗。妈妈一整天都不高兴。两个大人吊着脸，砦丰就不敢过于放肆，只是继续挡我的筷子，不让我夹他喜欢吃的菜。“妈妈，别让小西吃我的菜。”砦丰刚说完，爸爸就吼了：“就你一个吃，不怕撑死你！”我心里得意极了，但我不表现出来，趁着有利时机，我赶紧夹了一片菠菜叶子。砦丰要哭的样子实在难看，可是他没办法。

晚上，我主动送洗脚水上楼去给砦丰洗脚，借机看看爸爸妈妈是不是还在生我的气。妈妈坐在床上，靠着墙看电视，爸爸坐在桌子边抽烟，砦丰在玩电脑。端水上去后，妈妈让砦丰洗了脚睡觉，砦丰要再玩一会儿电脑，我站在旁边看。我们学校也有一台电脑，在校长的房子里，用红绒布盖着，只有我们班的杭杭玩过，因为她二爸就是校长。她也是偷着玩的，玩的什么她也说不清楚。砦丰这个电脑很薄，不像我们学校那个大家伙。“不会玩吧，没见过吧，臭虫。”砦丰笑话我，我并不在意，因为早习惯他这毛病了。他拿一本书挡我视线，赶我说：“不许看，走开！”

“啪！”爸爸使劲儿拍了一下桌面，吓了满屋子人一跳，我赶紧往门外走。“就兴你一个人玩，你姐姐不是这家人？混蛋东西！”爸爸发凶了，砦丰就只剩下哭了。

“哇——”一声，砦丰果然哭了，妈妈立即斥责爸爸：“吃炸药了？好好的，骂娃咋哩？”我已经下楼了，听见妈妈还在说，

“丰丰不是你亲生的？让小西回去算了，净惹事。”

我赶紧上了床，心还怦怦地跳。拉拉本来一直在二楼门外转悠，听见爸爸发凶，跟我下来也不敢乱跑了，在我脚边乖乖卧下。我招手，它就过来，我搂着它，心才稍微有些平静。

隔壁又在打麻将了，几个男人说说笑笑的，夹杂着焕焕哄娃的声音。二楼很快安静了下来，我靠在挨着床的废纸堆上，显得自己太小了，废纸堆像山一样高，如果倒下来，我肯定跑不掉。刚住在这里时，废品的味道熏得我头晕，睡不着觉，现在习惯了，一个人在黑暗里和这些垃圾在一块儿也不害怕，总比和昝丰在一块儿好些，至少垃圾不会嫌弃我，也不会骂我臭。我知道我一点儿也不臭，是昝丰在瞎说。他最会瞎说了，自己考不好试，就说考试时正巧头疼；和同学打架，老师叫家长去学校，他就说因为同学说他有一个农村来的姐姐；想吃好的了，就说自己生病了。反正，他没有一句真话，一天到晚都在瞎说。

爸爸骂昝丰“混蛋东西”那夜过后的第二天，一声不响地跨上三轮车像往常一样收废品去了，我照例开门、扫地、抹桌子、烧开水，忙完了这些活，才想起半天没看见拉拉的影子。我去门口望了望，妈妈和翠姨在路边的树下坐着，两个人又说又笑，手里的活做一做停一停。翠姨永远在绣十字绣，她的手法看上去很笨拙，没有姑姑灵巧。只看了一下，她就掉了两次针。妈妈不干这种活，她不是择菜就是在膝盖上叠昝丰的衣服，这会儿帮着翠姨搓花花绿绿的丝线。还是不见拉拉，我有些急了，想叫又碍于她们两个在面前，我往左走了两家，没看见，又往右走了两家，只看见了修鞋店的白毛狗。

翠姨看着我，对妈妈说：“女子找啥哩？”

“找啥哩？”妈妈问。

“拉拉不见了。”我说。翠姨笑了，说：“女子会说话呀，你还总说娃是哑巴。”

妈妈看了我一眼，瞟着翠姨说：“啥时说过这话？拉拉——”妈妈叫了一声。拉拉听不懂妈妈的声音，我管不了她们在不在场了，赶紧跟着喊：“拉拉——”没有回应，“拉拉——拉拉——”始终没有回应，白毛狗出来看了看，没作声，我又叫：“拉拉——”

“不见算了，咱这样的店用不着狗。”妈妈说。

“拉……拉……”我哽咽起来，再叫时就哭了。“看看，女子难过了。”翠姨站起来左右看看，放开喉咙叫：“拉拉——”她这一声，打消了我对她的所有偏见和不满。

拉拉真的不见了，我不顾一切地放声哭起来，我怎能没有拉拉呢？它又怎能没有我呢？我的哭声引出了钢钢、焕焕和修鞋的老白，他们纷纷前来问原因，知道是一只狗丢了，都唏嘘起来。“没出息不是？”妈妈说，“拉拉又不是名狗，值几个钱？”我不愿意听妈妈用这种口气说拉拉，跑回去趴在床上，大声哭起来。我甚至怀疑是昝丰骗走了拉拉，又希望是他带走的，放学时能再带回来。又想，不会是跟着爸爸去了吧？我发疯似的在床下刨了一通，又去废品堆的夹道翻了两遍。第一次大着胆子上了二楼，嗵一声推开房门，仔细检查了这间房子的角角落落。没有，到处都没有。“拉拉！”我在心中无数次地呼唤着，无数次地设想着各种可能。

城市少有阳光的天空，由白灰色转成暗灰色时，妈妈接昝丰回来了，他身后没有拉拉。听说拉拉不见了，昝丰叹了一口气，出乎我意料地夸奖拉拉是一只好狗，他的理由是拉拉从没理过他，只忠于它的主人，因此是好狗，这还算一句良心话。不过，昝丰并不难过，叹完气后照样要吃要喝。“妈，我要喝蜂蜜水！”妈妈没有指拨我，她动手给昝丰调了蜂蜜水。我的唯一希望就剩下爸爸了，几次想让妈妈打电话问问爸爸，可总怕得到没有带拉拉出去的消息，而且我也不好意思让妈妈打电话，我从来没求过妈妈什么，虽然是拉拉的事情，也不能例外。我静静坐着，流着泪等爸爸回来。

门外天色变得更暗了，不用看，我就知道天的颜色已由暗灰转成了黑灰，再过一杯茶的工夫，街灯就该亮了。我出去站在街边的道沿上，朝爸爸去的方向眺望。猛地，整个街道一闪，所有灯都亮了，先是一跳一跳的，接触不良的样子，稍过一会儿，就正常了，然后就越来越亮，褪去了淡淡的红光，白光就耀眼地充斥了圆形的灯罩。街灯已经足够亮了，夜市上小红帽那样的圆灯也挂了出来，烤肉的烟味弥漫了半条街道。吃肉喝酒的人像往常一样行起了酒令，他们快乐地吃着喝着，笑着骂着。还是没能盼来拉拉的影子，往常这时候，我和拉拉就是站在这里，看他们吃肉、划拳的。

回到床边刚坐下，就听见了三轮车的响声，爸爸的三轮车是那种哑嗓子的沉闷的嘣嘣声，我听得出来，于是赶紧跑出去。爸爸刚下来要解绳子，“爸爸！”我一叫，吓了爸爸一跳，可能我的叫声太急促了吧。爸爸回头疑惑地看着我。“爸爸！”我知道没希望了，三轮车周围并没有拉拉的影子，我有些胆怯地抱着爸爸的手臂，哭了。

“怎么啦？丰丰又欺负你了？”爸爸扔掉手里的绳子，摸着我的头，“是不是？”

“爸爸，拉拉不见了，一整天了。”我又哭起来。爸爸四下里看了看，说：“爸爸以后给你买一只回来，别哭了，今天，小区的老武还问我要不要，他家有三只，都是名狗，别难过。来！爸爸有好消息告诉你，你姑姑明天就来接你。走！爸爸带你去吃一次烤肉。”

“还没卸完……”

“不管了，一天比一天收得少，今天，物业又给小区放进来两个人，不讲理了。走！”爸爸拉着我朝夜市走去，也不叫楼上的妈妈和昝丰，也不关门，也不看三轮车一眼，快步走开了。我小跑起来，第一次感到爸爸的手很温暖很有力，不过，他的手也抖动得厉害。

“一斤羊肉！两瓶啤酒！”爸爸要酒要肉的声音很大，摊子上的每个人都在看他，爸爸不在乎，让我坐下，又去旁边的商店给我买来一瓶核桃汁，打开来说：“喝！”肉还没烤好，爸爸已经咕咚咕咚喝光了一瓶，说：“回去吧，回去吧，这儿不适合你待。”爸爸又打开另一瓶喝起来，“越收越少了，物业的人不讲道理，你还是回去吧。”爸爸这么颠三倒四地说着，我怀疑他喝醉了。这是我第一次见爸爸喝酒，他应该是没有酒量的，因为脸一下子就变成了紫红色，小红灯一照，连眼睛也是血红的了。爷爷喝酒脸不变色，就算醉了，至多发点儿白，不像爸爸是紫红色的，吓人。

“今早，刚出门，你姑就打来电话，和我商量接你回去的事。……进了小区，看见物业又放进来两个人，唉！……我同意了你姑姑的意见。原来不同意你留在你姑那里，是爸爸不想一家人分开，可是，现在，你看看，哪件事如意？”爸爸喝了酒，可能把我当成大人了，啥话都说，“爸爸今天，今天一直在想，你这一走，咱父女就……”爸爸哭了，我一下子就流出了很多眼泪，说：“爸爸，我不走了。”

“不！走了好，丰丰太霸道，太无理。这娃生在这里，没和你一块儿待过，不懂道理。你别嫌你妈寡情，她这人看不远，天天都在熬煎贷款的事情。你不知道，咱店里贷了别人的钱，快到期了还没攒够本息，爸爸今天去小区几个常打招呼的人家里借，正巧人家都有事……喝！”爸爸举起瓶子咚咚地往嘴里灌。我难过得吃不下也喝不下，看着爸爸喝酒，不知道怎样劝他少喝点儿。“就这样吧，不说了，你明天就回去，别跟你妈说，等你姑姑一到，你马上就走，爸爸……爸爸明天，不送……不送你了。”爸爸又哭了，我从对面坐到爸爸身边来，眼泪像爸爸一样多。“吃肉！大口吃，吃，吃肉！”爸爸说。

爸爸给我面前放的肉越来越多，他自己不吃只是喝酒，爸爸可能在为借不来钱难过，我想起拉拉更止不住眼泪了。今晚，我才知道整天不吭声的爸爸还有着这么多的为难事情。我说：“爸爸，我不要狗了，我好好在店里干活。”

“不！绝不！你回去吧，爸爸不能再耽搁你。现在看来，你爷爷去世后，就不应该带你来，不能上学不说，还总受丰丰欺负。你回老家吧，说不准哪一天，爸爸也会逃离这儿的。你先走，明天就走。”爸爸真的喝多了，舌头不听使唤了。他剧烈抖动的右手从腰里掏了半天，掏出了两张一百元钞票，塞给我说："爸爸只……只有这……这点儿私房钱，你妈她……她根本不……不……不知道，你拿着……拿着回去，上学用。"

"爸爸，姑姑有钱，你还账用吧。"

"不！坚决不！拿……拿着！爸爸，唉，爸爸……"爸爸又哽咽了。

回到店里时，妈妈已经卸完了车上的废品，关上了卷闸门。听见响动，妈妈下楼来，说："哎哟！不过啦？怎么喝酒去了？三轮车和货放在路边也不管，这是怎么啦这是？"妈妈伸手扶住爸爸，爸爸甩脱了说："不要管我！"妈妈说："看看，没有二两酒量，自己又不是不知道。你爸这是和谁喝了？"

"别……别说，不……不告……不告诉她。"爸爸笑了，"你……你……哈哈！一……一辈子，也别想，猜出来。"

这一夜，我没有拉拉在身边，很孤独。这一夜，我拥有了爸爸，很温暖。

第二天，我像往常一样起床、扫地、烧水、抹桌子，唯一不同的是，我穿了一直舍不得穿的石川学校的校服，白底蓝边，就是袖缝和裤缝处有耀眼的蓝色道道那种。爸爸昨晚说不送我了，可是，他今早没有出去，这么长时间来，我是第一次看见他没出去收货。妈妈送昝丰回来时，看见我的穿着，没说什么，像往常一样在磅秤边择菜。

我焦急地等待着姑姑，不过，我不动声色，这是爸爸交代过的。街上像往常一样，人车交混着乱哄哄的。翠姨又过来了，说：“哟，小西的打扮像个学生，穿这么整齐，要上学了还是要回老家了？”翠姨的话吓了我一跳，我赶紧到床边去坐下，捏了捏藏在被子下的我的旧书包，只等姑姑一到，拿着它就走。

爸爸从楼上下来了，到厕所边小声说：“你姑姑马上就到。”说完进了厕所。妈妈喊：“今天咋没出去？看看这空荡荡的屋子，坐得住吗？”我立即紧张起来，害怕妈妈追问爸爸不出去的原因，幸好，来了一位卖废品的老太太。妈妈称过她用手拉车运来的纸箱和报纸，付钱时硬要扣四毛钱，说是好久以前，因我多给她称了分量，多付了四毛钱，现在要扣回来。老太太坚决不答应，说自己单位没有了，儿子失踪多年了，就靠捡破烂生活，不看老来无依的人可怜，怎么能不讲理扣钱呢？她自己从来不记得多拿过四毛钱这件事。妈妈就是要扣，老太太哭了，说妈妈讹她。

我想起来这件事了，可那已经是过去很久的事情了，怎么说得清楚呢？“小西，过来，说说你是不是给她多称了分量！”老太太流着泪说：“孩子，啥时候的事情，奶奶咋不知道哇？”我不过去，也不说话。妈妈吊着脸，提高了声音说：“哑巴了？给她说啥时候的事情。”看着老太太无助的样子，我猛然说：“不记得了。”妈妈大叫：“啥？说什么呢？”老太太站在磅秤边，像一截腐朽的木头，妈妈却像受了严重刺激的疯子。我不理她们，只等姑姑来了就走。

爸爸站在一边不说话，掏出手机看了看，站到门口去了。我又捏了捏装有字典、五年级语文课本、一身衣服、一双袜子和二百块钱的书包，心想我就要回去了，就要上学了，就要和石川村的伙伴们在一起了。不过，我迟早还会回到城里来的，当然与便民站无关。我喜欢城市，喜欢这里的高楼。如果到时候昝丰找到我，我不会理他的。妈妈来找，也许我很忙，没空陪她。要是爸爸来了，就吃一顿饭吧。姑姑和姑父老了，他们没有孩子，当然要和我一块儿住高楼。

不过，离开这里后，我最不放心的是拉拉，尽管还不知道它的死活。

我会时常想你的，拉拉。

羊肉泡馍

一

我是被敲门砸窗的声音惊醒的。震碎玻璃的敲法，恐怕聋子也听得见，不是韩大宝还能有谁？这货稍有点儿小得意，就会来我这里显摆。有时是得了一包好烟拿来给我尝鲜，有时是买回来一张老电影光碟让我去看，当然大多时候是新煮的羊肉刚出锅，来请我吃第一碗。他经常挖苦我，说我长了一根好口条，榆木镇上难找第二根，少放一粒花椒都尝得出来。我知道，这货叫我吃羊肉是假，替他尝味道才是真的。

又是一阵炮火连天般的撞击，我知道没啥紧事，偏偏不吭声。

韩大宝扯开驴嗓子喊："软哥，不吭声咋哩？"

嘭嘭……嘭嘭……

远处有女人搭了腔："可能不在！"

"太阳下山羊肉出锅，多年的老习惯他总记不住。"听声音大宝下了台阶，"嫂子！裤子哥常年在外，守活寡的日子难熬吧？兄弟给你开一次洋荤，咋样？"

"好货！董苓的小火锅能烧开就够你显本事了，还想烧……嘿嘿……老娘的豆腐锅。"传来裤子婆娘沙哑的嬉笑声。

"兄弟最会烧豆腐锅，"韩大宝说话的声音随着脚步移动渐渐远了，"烧得你溢锅才美呢，嘿嘿……"女人惊叫中掺杂着嘻哈声，大宝肯定在那婆娘身上捏开了。

韩大宝是开店卖羊肉泡馍的，心性不是踏实人，手头稍有两个闲钱就往省城跑，玩够了，买几件乡里人看不顺眼的奇装异服，穿在人面前显摆。他常常用花布包了头，将下颌上稀疏的胡子编成小辫，上身穿白布汗褂，下身穿哈雷裤，脚上肯定是北方不多见的草鞋，似乎要做行为艺术家，反正你越是看不惯，他就越得意。

董苓牵着女儿，抱着小儿子从街上过去时，总能听见裤子婆娘浪声笑话大宝的衣着。董苓只会说："他丢自己人哩，用得着你操心？"这婆娘从不把董苓当回事，照样嘻嘻哈哈。

榆木镇纵横六七条街，一千多户人家羊群一样簇拥在狭窄的街巷里。虽说各家关注的事情不同，但说起韩大宝那锅羊汤，都会点头说一声“地道”。只要闻见弥漫在镇子上空羊肉的香味，每个人的馋虫就会爬出嘴来。裤子婆娘搞不明白，怎么就扛不住大宝家羊肉的诱惑？每次看见韩大宝，条件反射似的都会流口水，口水多得简直能撑破肚皮。大宝自然成了她的座上客，她由坐凳子也就变成坐大腿了。

裤子婆娘吃过大宝带来的腱子肉，从他怀里站起来，掩耳盗铃般地给旁人说：“大宝心黑，十块钱切不了两片肉。”大宝不在乎她说什么，还调笑道：“就你那两片肉金贵，我的羊肉就不金贵了？”听了这话，婆娘肯定会用那双母鸡眼剜他，说：“猪嘴里吐不出象牙。”

羊肉馆子生意好，韩大宝就得意，牛哄哄地骑着电摩到处乱窜，你好意问他话，他装听不见，你不理他，他却来敲门。有好手艺，脾气就暴，动不动骂董苓：“煮了多年羊肉学不会放盐，放多放少拿不住，放迟放早也颠三倒四，我看你是想挨揍！”董苓清楚大宝的德行，多数时候不吭声，少数时候也嘟囔：“知道你有手艺，也用不着大声骂人。”

“敢翻嘴！”他一吼，脑子里就会出现二战老电影中的许多战斗场面，尤其肉搏战对他刺激最大，随时想起随时激动，简直热血沸腾。随着吼声，他伸胳膊跨腿扑上去就打，董苓血头羊一样，流着鼻血哭开了。她哭累了就不哭了，挽起袖子又干活，先问："羊肉焯过了，脏东西洗净了，要不要下锅？"

"看你这死羊样子。一次把水添够，中途不敢加冷水，记住了？"

"记住了。"

"记住了还不快去？迟早宰了你泡馍吃。"

董苓吊着脸小心干活，心里恨韩大宝对自己寡情。被打过的地方仍在隐隐作痛，心里就骂："狗 × 的杀羊不眨眼，一刀子下去见血，打我也心狠手辣。"但也只能在心里骂两句解恨，千万不敢露出一字半句，不然就会像挨宰的羊一样被放翻在地。

二

新年刚过，春天还在雪里埋着，韩大宝就急不可耐地换下披了一冬的棉衣，穿西服戴礼帽骑上电摩东奔西跑地找羊去了。大宝做事向来出人预料。比如，每年五六月份生意正好时，他关门去省城逛荡，整个夏天不营业；立秋重新开门，刚进入腊月就关门了；开年生意淡，他却天天坐在店里待客。

董苓大着胆子才敢问一句："没人开门干啥？"

"做生意得守时，没人也得按时开门，宁让主等客，莫让客等土。”拌起嘴来，董苓照样不是对手。

大宝在董苓面前威风八面，看见西门队的鬼三进门来就尿了，赶紧起身迎接说：“三哥！近来可好？”汉奸迎接日本人就是他这样子，估计他这是从电影里学来的。

“还没死！”鬼三从来都是带瞧不瞧地瞥大宝一眼，“双份！”鬼三最瞧不起大宝，大宝也知道不敢跟鬼三比。鬼三多厉害，不光黑白通吃，还敢砸派出所，借他韩大宝十八个熊胆挂在身上，也不敢想这事。

“双份羊肉！”大宝装出愉快的样子大声喊。瞧不起归瞧不起，但鬼三肯给大宝面子，大宝知道鬼三图的是只记账不结账的这碗泡馍。别人敢不敢拒绝鬼三赊账没人知道，大宝却知道自己从来就没想过拒绝这两个字。他习惯红着脸说：“谁拿三哥有啥办法？当自己女人面敢揣别人婆娘。”大宝说这话多少有点儿无奈，又给自己宽解，“金粟山里有杀不尽的羯子羊，他能吃多少？”

大宝能忍受鬼三赖账，董苓却忍不了，女人有女人的道理，根本不想男人世界里乱七八糟的事情。她直接说：“三哥，不怕羊汤烫了舌头？只知道吃咋不知道结账哩？谁做生意没有成本？”

鬼三之所以对董苓客气，是一直想认她做干妹子。董苓知道鬼三对自己不怀好意，板着脸说：“谁敢打我主意，大宝就敢像宰羊一样宰了谁。”后面再加一句，“我就敢把狗 × 的当羊肉炖了。”

鬼三从不把董苓的话当回事，笑笑说：“你是哥的亲妹子，谁敢动你就是活腻歪了。”

董苓吊脸催账，鬼三也从来不恼，回道：“等哥有空了，把信用社眼镜王绑来给你结账，得成？”

这话说过没几天，信用社王主任还真来了，不管哪年哪月的，只要董苓说是鬼三的账，眼镜王全认。

韩大宝一直想做混混，可就是做不来。不过，他骨头缝里多少沾了些混混基因，比如挣两个花三个的败家子德行。这导致他和大多数混混一样，日子总是过得紧紧巴巴的。

多亏了先人会占地方，这三间店正好在镇街中心，不用租别人店面，省下老大一笔费用，这也是大宝心宽的主要原因。他经常说他家这店关门歇业不产生租金，开门营业，钱长了腿一样往家里跑，稍微挣点儿钱，就拍着胸脯喊：“够了，挣够了，该逛了。”关了门，急头急脑地跑去城里。不管逛多久，除了装扮自己，总忘不了买回来几十盘老影碟。他要用老电影教育孩子，还说自己从老电影里学会了不少做人的道理。

这两口子有个好处，只要做了稀罕饭菜，就会打电话叫我。有一次，我刚进门，就看见韩大宝七岁的女儿和五岁的儿子坐在小木凳上看黑白影碟，两个孩子稍不专心，大宝就吼：“你妈的水绺了就生不出来好娃。你们两个说，敌人抓住了海娃，咋办？面对刺刀，蛋，你怕不怕？”儿子蛋被他吓哭了，他就抡起巴掌扇蛋的屁股，“靠你给老子争光哩，你尽给老子哭丧哩。”

“打娃咋哩？”我一喊，董苓趁机拉开蛋说：“哥来了，快进来，大宝教育娃哩。”

“不打不成才，小时候，我老子就差打死我了。”大宝边让座边关了碟机。

我故意问：“你成材了？”我在二级抽黄站管内勤，隔三岔五就有一两顿招待饭。有这点儿特权就敢说他，再不愿意，装样子他也得听着。

“不是我老子的巴掌，羊肉泡馍这绝活我能学会？”大宝说道理时，嘴能翻出花来。

董苓见到我是真心欢喜，笑脸明媚灿烂。大宝的笑脸显然是摆弄出来的样子，眼角虽有笑纹，眼光却是冷的。

“哥，烫面油饼，软和得很。”端饭菜时，董苓顺手拿出来半瓶子西凤酒。

大宝吊着脸说：“你还真舍得？没说喝酒，就敢拿出来了？”混混有个通病，就是说话不留情面，再涩口都说得出来。有一次，他给裤子婆娘说：“嫂子，让兄弟给你注射一针营养。”婆娘不知道啥意思，傻乎乎问：“啥营养？”他笑着说：“不要钱的高蛋白，快上炕。”婆娘说：“怎么注射营养还得上炕？”猛地回神想开了，扬起手捶他，大宝趁机就得手了。

“哥轻易不来，喝两口，你们兄弟俩高兴高兴。”

大宝嘟着嘴说：“那就喝吧，看看还有啥稀罕东西，都拿出来让软哥见识一下。”

多亏我平常打交道的人多，练就了一张厚脸皮，一般人受不了这几句话，我却不管，就是要喝酒，他心疼活该。整块给裤子婆娘送羊肉，咋没见他心疼过?

“不是舍不得让你喝酒，是受不了这婆娘对你好。你进门前，她就跑去门口瞭过三五趟了，还问我是不是打错电话了。你说说，这婆娘是不是有了外心？”当我面说他婆娘对我好，这种男人还真少见。

“我对谁都不好，谁也别对我好。”董苓吊着脸给我续酒，“信用社那骚狐狸才对哥好，哪里轮得上我？”

“咋哩？”大宝脸一沉，“轮不上你，还吃醋了？”

“哥在这里，你就不会说两句好听话？就知道整天学驴叫。”气极了，董苓才顶这么两句。

“好你个鸟婆娘，反了不成？”

董苓不看他，头一昂说：“我只敢反鬼三，哪里敢反你。”

这句话等于揭了大宝的短处，他受不了，开始挽袖子，说：

“三天不打，上房揭瓦。”不一会儿，两口子就开战了，两个娃旋即哭叫起来。

也许有我在当面，董苓并不十分怕他，手脚嘴巴全用上了，一口下去大宝就哇哇乱叫。我不好明显帮董苓，但我会抱住大宝，让他施展不开拳脚，董苓就占了便宜。不过，第二天，董苓准是熊猫眼，见了我还不忘招呼我：“哥，啥时妹子给你摊煎饼？”听得我心里疼疼的。

三

董苓说的狐狸精是信用社会计秋叶。她误会我了，我和秋叶没有关系。眼镜王爱打麻将，时不时喊我过去支腿子。在座的肯定有镇长和鬼三，偶尔还有计生办的主任小芳，她不专心打牌，只是一个劲儿笑着偷瞄镇长。每次打牌秋叶是端茶倒水的角色，上不了桌子，我也是看多战少。秋叶的男人在部队上当连长，我也在部队待过，她就时常叫我去她的房间说部队上的事情。有时候话多，离开得稍微晚些，一来二去就有了闲话，其实我吃了哑巴亏。秋叶说肚里没冷病，不怕吃西瓜。

鬼三说：“怕啥哩？秋叶妹子浑身雪花肉，也不亏欠了你。”

秋叶就骂："说闲话的烂嘴掉牙，包括你鬼三！我俩光明正大，说话从不关门。"

大宝对事实真相根本不感兴趣，到处嚷嚷我和秋叶有关系，进了二级站院子也喊个不停，听不见他的声音时，肯定是进了裤子婆娘的鞋店。有时候我出于好奇，站在竹帘子内盯着他，一般情况是，他先装模作样进后院上厕所，从后院出来，即使见到我也不招呼，低头过去。可笑的是，他的表情还有点儿凝重，好似战斗打响之前，反派阵营里的指挥官。

"嗨！"我故意喊一声。

"我没见到你，你也没见到我。"他不想理我时总用这句话搪塞，然后从开在二级站院子的后门进到鞋店去。

有一次，我正想破坏他俩的热闹事情，老远看见董苓抱着蛋牵着女子过来了，急急火火地问："哥，看见大宝没？"

"我没见到他，他也没见到我。"

"你咋也耍贫嘴？山前的田大牙送来一只羯子羊，我又不会量膘论价，前后找不见他人，不知钻进哪个婆娘裆里去了。"董苓过去了，我替她着急，就去敲后门，压着声："大宝，大牙送羊来了，在店里等你。"

"你去替我收了。大牙送的羊我知道，比最好的差，比最差的好，杀不出三十斤净肉，最多三百六十块钱，想卖就留下，不卖让带走。”

“这个，羊的事，哥拿不准，收贵了怕兄弟你吃亏。”

“我哥，你咋和董苓一样烦呢？亏了不让你赔，好不？”

“这个……这个，哥没钱垫给你。”

“你呀，不是兄弟说你，啥时才能硬一回？三四百块钱难死你了，羊肉店开门营业，哪天不收回来两千三千的，还怕兄弟赖账不成？”大宝虽这么说，后窗还是拉开一道缝，递出来三百六十块钱，“快去，别来烦我。”

拿了钱我又去大门口站着，果然董苓又过来了，儿子女子都咧着嘴哭，董苓骂：“驴托生的，号啥哩？”

“还没找见？”我实在想说大宝就在鞋店里，又怕惹董苓伤心，搞不好还得挨揍，硬是忍住了。

“狗 × 的钻进坟里了，哪里有鬼形。”

“哥也懂羊，帮你去看看。”

“算了，懂也白懂，大牙不赊账。”

“哥正好发了工资，先给你垫上。”

“哎呀，哥，做事硬得很嘛，这可帮了大忙，快走！”

董苓是娃脾气，刚才还撇嘴吊脸，这会儿又满面笑容了，伸手搀住我的胳膊说：“和我哥过日子的话，咋说这辈子也够本了。偏偏碰上一个恶物！”

到了羊肉店，我故意不理大牙，只是转来转去看羊，看得羊直发愣。大牙嘴里噙着自制“黑拐”，冒出来的烟能呛死人。

“头脸还不错。”我没话找话，故意这么说。

“那是，我贩羊三十年了，这点儿眼力还是有的。”大牙有点儿瞧不上我，态度傲慢，眯着眼往别处看。

我伸手去羊脊梁上按了按，大宝经常这样按，我也来这一手，其实没按出啥感觉，大牙却从嘴角拿下烟来，愣着神瞧我。

“唉！”我故意叹一声。

“咋哩？”大牙有点儿急。

“从头脸看是两三年的羯子羊。”这根本是废话，大宝说过，三年以上的羊就像养了三个娃的婆娘，看不得更吃不得，羊贩子都懂这道理。

“对呀，兄弟，有两下子，”大牙眼里有了暖色。“就这膘水，杀三十五斤肉松松的。”

“后胯都掉了，杀哪里的三十五斤肉？你是老贩子，心比镜还明，三十斤一道坎。老哥，这羊饿着了，料没跟上。”我装出的样子惹得自己都想笑。

“对着哩，羊都没肚子了，奶包子还没我拳头大，不是饿着了是啥？”董苓在边上帮腔。不知她从哪里翻出一盒金丝猴烟，递给我一支，刚点着就满嘴霉味。

“还是经常挨饿。”我赶紧吐了烟，不敢再吸了。

“哎呀，大宝从哪里请来的行家？”大牙脸上居然有了三五丝笑纹。

“我请来的！”董苓的表现和有了两个孩子的女人有点儿对不上。

“三百二至少多给你二十。就这价，你看着办！”我故意说准确数字，让大牙信服我。

“这羊确实是山嘴子刘老汉的，他的儿子儿媳在外打工，老汉病病歪歪，没人经管，不掉膘不可能。再加些，三百六！”大牙一奓右手，做出三和六的手势。

“三百二已经多给了，老哥，我不说三百，是尊重你老贩子的身份。别人输了眼力不算啥，你老哥在这行道三十年了，贩过的羊少说和榆木镇的人一样多。”见大牙脸露得意之色，我继续恭维他，“你老哥输了眼力，丢不起这人。你心里最清楚，羊瘦油少肉柴，这只羊不是上等货色，却卖了上等价格，还为几十块钱计较啥哩？不符合你老哥的身份。”

大牙把羊拴在侧门边的电杆上，说：“不说了。兄弟，数钱。”我递过去三百二十元钱，大牙揣起来，骑上摩托冒着黑烟走了。

董苓满脸兴奋，一下子扑过来抱住我说：“哥，你真是行家。”我赶紧推她，她却把头放在了我的左肩上。

我知道董苓喜欢我，她只要看见我，满脸都是兴奋，甚至在大宝面前也不掩饰，因不善掩饰，估计没少挨揍。不过，我们都是有家有子女的人，遇到这种喜欢，我什么也不能说，更不能做什么。我赶紧掰开她的手，说："瞎猫碰上了死耗子。"

董苓不情愿地放开手，脸红红地说："哥，先喝茶，大宝进门就还你钱。"

随着董苓的话音，大宝闪着腿进了门，吓了我一跳。董苓没事人一样，大声喊："咋哩，谁抽了你的脚筋？走路闪啥哩？"董苓一喊，大宝往直挺了挺。

"大宝干重活累着了。"我笑说，"替你买了一只羊。"

"你会买羊？"大宝贼溜溜的眼睛在我和董苓脸上一扫而过，似乎要发现什么秘密似的，"我看看。"说着话闪出侧门去。

董苓跟出去催："给哥还三百二，快！"

"三百二？"大宝靠在案板边，盯着我说，"能在大牙嘴里掏肉吃，不是一般人。"他的眼神让我极不舒服，像作完案潜回家的贼，先在自家检查起来，担心自己作案时别人偷走他的东西。

他应该没发现不对头的地方，声音清亮起来，说："啊，上次软哥借了我三百六，再还我四十，这笔账就算清了。"他从案头拿起宰羊刀，弯腰去找磨石，"是不是软哥？"

我笑着不吭声。

“借你钱？”董苓满脸狐疑。

大宝蹲下来磨刀，说：“现在有钱就还我，这些小账我记不住。”

我从身上摸出剩下的四十元钱放在桌上，董苓一把抓过去，说：“得奖励哥二十，今天咱们占大便宜了。是你的话，三百六也买不来，多亏没找见你。”

大宝似笑非笑地看了看我，我故意瞪他一眼。

大宝立马要宰羊，横竖没事，就看看他宰羊的手段。大宝是老屠夫，身上有杀气，看羊一眼，羊就吓得打战。他平时吹自己在榆木镇方圆几十里，宰羊是第一好手，剔过的骨头比狗啃的还干净，关键还有个“快”字。

“我动刀，羊没顾上疼就停当了。”他还在吹。

董苓拿来一个大盆，盆里放了切好的碎葱花和花椒面，又搬一张小方桌放到门外。木架常年顺墙靠着，上面挂了两个铁钩。大宝磨好刀，右手的拇指去刃子上刮一刮，觉得够快了，坐下来和我说闲话，两眼却始终不离开门外的羊。羊的确受到了威胁，没心思吃地上的菜叶，惊恐地瞪着大宝。

“你说这羊，是不是老天爷造就的一盘菜？”大宝从不抽烟，递给我一支。

我发现羊眼里有泪，求饶似的望着我，我立即心软了，说：“羊落到你手里，也就走到头了。”

大宝提着刀子，一步跨出侧门。羊苦于挣脱不了缰绳，急得左闪右躲，叫声不断。大宝抓住羊脖子将羊放翻在小木桌上，用左腿跪压住羊的腔子，手起一刀，殷红的血唰地从羊脖子喷射而出，像红色闪电，正好闪进葱花盆里。

“这狗 × 手硬，”董苓默默站在我身边小声说，“不为挣钱糊口，谁舍得害羊命？”

放完血，羊不折腾了。大宝一刀从脖子劐到后胯处，刀口处羊皮向外翻开，他噌噌几下就把羊皮搭在了木架上，铁钩钩住后腿吊上了架子，剖开羊腹，下水流出来放进竹筛中，董苓就开始挽袖子。

“嫁了当官的做娘子，跟了宰羊的翻肠子，董苓——”大宝一喊，董苓端上筛子翻洗肠子去了。

“眼观脉络，刀走肋缝，一划一割一剔，筋腱分离。嗨，羊鞭一根，晚上你有口福了。”大宝说着话，手下不停，卖弄能耐似的。

“别再给我吃这玩意儿。”

“别人想吃还吃不到哩，你倒腻了。咋样？秋叶是不是很受活？”聊着闲话，一只羊成了一摊肉，骨头真如狗啃一样干净。山南里红旗吹自己刀功好，可杀过的羊像狼咬死一样，哪有大宝这等手段？

杀好的肉上秤一过，三十五斤半，大宝笑了，说："我哥，你凭嘴说回来五斤半净肉，给你两斤，拿过去和秋叶包饺子，绝对鲜嫩。"

看了半天，落下这么句扫兴话，我起身走了。

四

傍晚，董苓哭着来叫我吃肉时，我一个人正在房间发呆。

"董苓，咋了？"我听见裤子婆娘问，"谁欺负你了？"

"关你屁事？"董苓说，"你倒会装好人。"

婆娘不吭声了，董苓进门坐在椅子上哭着说："哥，肉出锅了，过去吃吧。"

"哥吃肉又不是不给钱，哭成这样子咋哩？"我故意逗她。

"我最爱面子，他却从来不给我面子，迟早离了婚，我才有面子做人。不然，早晚会死在这货手里。"

"又怎么了？"

"还不是些鸡毛蒜皮的事？十多年了，这只狼没让我舒心过一次。哥，妹子实在扛不住打了，哇……"

她难过，我心里也不好受，却找不到合适的话安慰她，只能静静地坐着抽烟。她趴在桌头越哭越伤心，裤子婆娘挑起竹帘子偷看，满脸得意。我瞪她一眼，她迈着碎步去了后院。

两支烟抽完，她还在哭，瘦弱的肩膀一耸一耸地摇晃，淡黄的短发随着摇晃一抖一抖的。我递给她抽纸，她抓过去擦鼻涕眼泪。

“妈——妈——”董苓的女儿领着儿子找来了。

“讨命鬼，不是这两个娃，我……我……”眼泪又下来了。

孩子看见妈妈在哭，跟着也哭了，董苓盯着孩子，不知在想什么。我来榆木镇七八年，她来我房子哭过五六次。我掂量了半天，觉得还是不说什么为好。

为打架这事，我说过大宝不下百回，讲道理时他啥都懂，好不了两天又打上了。我进店坐下，又开始给他讲道理。

“她干了什么见不得人的事了？”

他摇头。

“那为啥打她？”

“她永远不长记性，和电影里忘了密码的女特务一样没用。”他老是用黑白电影里的情节衡量董苓，指导他处理生活问题的依据，就是看过的二战老电影，除了战争还是战争。

过了几天，我去羊肉店闲转，董苓老远看见我，一闪身进了后厨，我和大宝说了半天话也不见她出来。我问大宝，大宝说她出麻疹。多大年龄了还出麻疹？我不信，进后厨去，看见董苓坐在灶口发呆，见我进来赶紧捂脸。

“哥，你出去，我见不得人。”

“这是咋了？”捂脸的瞬间，我看见她两边脸颊上布满了大小不一的黑色圆点。

大宝跟进来，脸拉得驴脸一样长，说：“软哥，管过界了吧？董苓又不是你的什么人，这么关心她，兄弟可要警告你了。”大宝挽着袖子，把自己弄得有点儿像电影里正在行刑的刽子手。

我发火了：“天天和自己女人过不去，算啥本事？咋不去找鬼三拼命？说到底是个窝里横的软蛋！”

大宝冷笑着斜眼瞄我。

后来听裤子婆娘说，因煮羊肉水没添够，大宝发脾气，董苓说添够了，也许火大熬下去了，大宝不管啥理由动手就打。董苓挨了打，委屈着给娃做饭，炒瓢里油刚烧热，大宝从后面一瓢冷水倒进去，飞溅的煎油把董苓烫成了大花脸。这种事只有大宝做得出来，也只有董苓受得了。

五

鬼三仍像往常一样，骑一辆红色五羊 125 摩托窜来窜去，董苓照旧哭着从街上过去，大宝照常怀揣羊肉来鞋店找裤子婆娘。只要她后门飘出羊肉味，保准大宝来过。看见我，她说：“现在羊肉金贵，一双鞋换不了两斤肉。”我说：“再贵大宝也不敢收你的钱。”

“别胡说。”婆娘正色道，“大宝那脏手能做出啥好味来?昨天下午，我娘家兄弟送来两斤羊肉，他在蒲白三舍店帮忙，生意比大宝好多了。”

我点上一支烟，嘿嘿两声，慢步过去。

晚上，眼镜王过来叫我打牌，说镇长和鬼三已经到了，秋叶刚泡好陕青茶水，就等我过去开牌。我坐在摩托后座上就去了。进门并不见镇长和鬼三，秋叶虽在可没泡茶水，招呼我一声，低头继续在灯下洗衣服。

“人呢？”我问。

“没人，是我找你。”眼镜王开了办公室门，我只好跟进去。

“啥事？”

“大宝的事。”

“他的事我管不了。”

“怎么管不了？今儿早上，大宝还说让你担保哩。”眼镜王开始沏茶递烟。

“担保贷款？”

眼镜王点头。

我正色道：“担不了！”

大宝经常贷款，多则两三万，少则五六千。以前，我替他担保过几次，可他到期还款没利索过一次，还替他挨过罚息，实在受不起这种折腾了。

“大宝早上来办手续，拿了你的私章，我还以为……”

“拿我的私章？”

“是啊，”眼镜王一惊，“你不知道？多亏我多了个心眼，借口月底结账让他缓两天再来。”

我急急忙忙回到二级站打开抽屉一看，私章躺在印泥盒里。他私自刻了我的章子？我给眼镜王打手机，听见眼镜王惊叫：“哎呀，问题严重了。”

严重了能怎样？去派出所告大宝盗刻私章？没用。榆木镇这鬼地方用这种方法没效果，只能堵死眼镜王这条路，然后静观其变。

三天后，大宝笑嘻嘻来了，我躺在沙发上抱着一本书，不正脸对他。

“我哥，我哥哎……”他和没事人一样，“别生气了，章子确实是我让三秃子刻的，三秃子说你不给话他不敢刻，我许他三碗羊肉泡馍，他就服软了。别生气了，我哥，真等钱用哩。这样吧，两条羊鞭三碗泡馍，行了吧？嘿嘿，兄弟没有隔夜仇，我哥。”

我不吭声，看他还能耍什么把戏。他提高声音说：“行啦，别拿捏了，看在董苓的面子上，这事就算过去了。不过，贷款的事还得你担待，这次要贷十万。办两件事，一是咱这馆子多年没刷新，墙上都起了黑斑，得刷一遍；二是嘛，告诉你也没关系，我要买蒲白三舍店羊羹泡馍的配方。裤子婆娘的弟弟在这家店里，他前两天来说，半个蒲白城的人天天都要去三舍店吃一碗，一天不吃害心慌，三天不吃就活不下去了，一碗羊羹汤喝下去，才能找到魂。你说，该不该把人家处理肉的方子买回来？”

听他这么说，我有点儿急了。前多年，他把羊肉泡馍生意停了，说在西安买了诸葛烤鱼的私方，结果烤鱼赔光了卖羊肉赚来的钱，不得已又回头卖羊肉。没隔两年，又说学会了渭南时辰包子的秘招，卖包子三个月，打架砸烂了三口锅，再回头卖羊肉泡馍，总算坚持到了今天，听这口气又要折腾了。

榆木镇方圆十里八里，谁不说大宝手艺好，买羊是行家，杀羊是熟手，煮肉有偏方？整个镇街上，就数他生意好，一年挣回来半个店不成问题。自己的绝活已经获得了公认，还用出钱买别人的狗屁配方吗？我啥白生气这货不成器。

“哥哎，人家那叫绝活，咱这传统手艺见不得人，不是一个档次。再说是我贷款欠账，你有什么想不开的？挣了不给你分钱，赔了不让你还债，你咋比我负担还重？”大宝平常就这德行，啥话都说得出口。

我不想辩解，低头继续翻书，他就是嘴上开花把死羊说活，我也绝不替他担保。

“你是不了解，所以才担心。人家三舍店用的是秦朝老祖宗处理肉的方子，有一股钻鼻子的香味，这种香味入了口鼻，这辈子就别想忘了。闻过这种香味的人，一辈子都是你的客，不想挣他钱都难。人家愿意卖配方，已经开恩了，这么好的机会，为啥要错过呢？”大宝左腿压右腿搭在茶几上，“我算是想透了，多年发不了家，就是因为没学会这手绝活。”

我实在忍不住了，气愤地坐起来，瞪着他说：“放屁还能熏人，说这种话有意思吗？你这么多年要是不挣钱，拿什么去省城潇洒？咋不见饿死你哩？”这段时间我在戒烟，他这一通话气得我又抽上了，点上一支，吐他一脸烟。他头搭在椅背上，瞪着天花板上用报纸遮起来的吊扇出神。

六

羊肉馆门外一侧的铁炉子上，坐着一口白铁皮桶子锅，在杂木柴火的威力下，热气争先恐后地往高处升腾，各条街很快就被带着浓香羊肉味的蒸汽笼罩了。桶子锅里并没有羊肉，只是一锅煮过羊肉的原汁汤，上面漂一层白色泡沫一样的羊油，客人来了才切肉浇汤。

榆木镇的人讲究早起下炕就吃羊肉泡馍，八九点钟客人最多，大厅里外人满为患。有一家人来吃的，占一张桌子和和气气地吃肉喝汤。有的人家儿子老子互不通气，在店里碰了面也不打招呼，各守一方自顾自吃得热火朝天。一碗羊肉汤两个烧饼，汤上撒一层香菜蒜苗末，再挖一勺油泼辣子，吸吸溜溜连吃带喝。吃毕，抹着汗喊一声："美！"满意地哼着秦腔离开了。

要承认大宝的确有两把刷子，他能记住客人的口味习惯。看见西门外盖盖老爹来了，大声说："多放浮油，叔好这口，是吧？"老汉就笑了。东街电工瞎锤子的老娘来了，大宝会喊："少放油泼辣子，给老婆姨多切两刀肉里油。"老婆姨就夸大宝人好。被人一夸他就激动，会一直扶老婆姨坐下。客人围着桶子锅叫，他不着急，大声说先让老婆姨坐好，年龄大了腿脚不便，比不得锅边那几个叫驴一样的拐子腿，气得客人直翻白眼。

董苓的任务是拿饼端碗收钱，韩大宝穿着遮胸白洋布围裙，戴顶从省城买来的一尺高的厨师帽，围在锅边指手画脚，指挥董苓干这干那。

只要营业，十二点以前最忙。有一天早上我去了，喊一声大宝，他摆一摆马勺，连眼也不抬。董苓过来招呼我："哥来了！"我说你去忙吧，要了一碗肥瘦羊汤，坐下来和熟人边吃边聊。正吃着，听见两口子吵开了。大宝手举长柄马勺舞起来，董苓左闪右躲，马勺就砸烂了放烧饼的玻璃柜，哗啦一声，客人们全愣了。

"大清早就磨磨唧唧，找打！"大宝喊。

"跑起来了你还嫌慢！"董苓也喊。

"敢翻嘴！"大宝扔掉砸弯了的马勺，抡起拳头就打。

董苓急了，将端在手里的一碗羊汤泼向大宝，大宝躲闪不及，嗷一声叫，估计烫着了，同时这也将他激怒了，一脚踹倒董苓。我赶紧过去拉架，大宝连踢带打，我一把抱住他，董苓趁机爬起来，不过她没打大宝，而是疯踩滚落在地的烧饼。她边哭边擦鼻血，又端起烙饼用的木炭，叫一声"去你妈的"，全部倒进了羊汤锅里，汤面上随即冒起了黑色水泡。

"你这个臭女人！"大宝挣脱了我的控制。董苓见状，撒腿跑到了街上。

大宝操起切肉刀要扑出去，被客人们拦住了。趁着混乱，董苓跑得没了人影。

过了几天，对了，我是去买烟时看见董苓的，她嘴脸乌青，头发像被风吹乱的老鸹窝，半昂着头走过去，好像没看见我。我喊了一声，她走得更快了，再喊一声，她竟跑了起来。

裤子婆娘笑着瞅我，说："叫董苓咋哩？你一个大男人，人家可是小媳妇。"我斜她一眼。她又说："你就知道窝在房子看书，这两天董苓挨了三顿打，大宝硬是累得打不动了才饶了她。这小女人真扛打，今天又能走能跑了。"

"为啥事又打开了？"我本来不想问，可这种事又不好去别处打探，顺口就问了。

"大宝没贷到款本就窝火，加上董苓坏了一锅羊汤，不打她打谁？"婆娘挺着胸脯，面带笑容，很轻松地说董苓挨打的过程，"全身上下基本没剩一块好肉，你刚看见的是背面，那张脸没法看了，看了你也不认识。女人的命，唉，满街道找不出几个好的。就说我吧，裤子一走一年，活不见人死不见尸，哎！别走呀，哎……"她唠叨开了，我没兴趣听，转身回房看书。她还在嘟囔："怎么说走就走了？这人真是……"

眼镜王说过，混混毕竟是混混，大宝经常穿西服戴礼帽，混混的本质却变不了。鬼三时常也收拾得齐整，头发牛舔过一样光溜，可那眉眼总透着匪气。

“那你怎的还给鬼三结账？”我故意调笑他。

眼睛王很认真地说：“信用社在西门队地面上，鬼三是队长，他拿尺子丈量信用社用地，硬说门外的路没在土地证内，我说那是市政用地，当然不能算在信用社用地面积内。他笑了，说市政用地就好办。”

眼镜王和镇上的头头脑脑、大小人物都熟悉，办事从没不顺过，可说起这件事有点儿皱眉，说：“鬼三动员了村里四个青年，不知从哪里拉来几车垃圾堵住了信用社大门。我讲理他也讲理，我说堵门不对，他说没堵门，垃圾倒在市政用地上，还笑着给我递烟哩。你说气人不？”

“镇政府不管？”这句话可能问多余了。眼镜王干瘦的脑袋一昂，说：“管！当然管。镇长的确出面管了，结果我就去结账了。”

“噢，还以为你和鬼三是哥们儿哩？”眼镜王点上一支烟，冷冷一笑，没再说啥。

七

好久不见大宝，也没看见董苓的影子。裤子婆娘没生意做时，一天到晚坐在门外往街上抛媚眼，逮住能说话的就高声聊两句。我站在大门外，装作没事人一样，尽量用无意的口气问：“大宝最近干啥哩？”

“不知道。”

“不知他们两口子的关系缓和了没有？”

“不知道。”

“羊肉店怎么关门了？”

“不知道。”

她连说三个“不知道”，我才醒悟这婆娘是有意的，她怎么会不知道？我乜斜她一眼，她笑了，说：“去呀，回房子看书去。”

原来她在嘲弄我，我忍住继续问大宝两口子近况的想法。

“两口子打架了，羊肉店关门了，这些你都知道，还问啥哩？”

“我想知道他们去了哪里？”我竟然给这婆娘笑了一下。

“是关心大宝哩，还是关心董苓？”这贼婆娘嘴里吐出的每个字都变成了飞刀，专拣私密部位往里扎，“说，你到底关心哪一个？”

“嗯……你关心剩下的那一个。”我故意这么说，也嘲弄她一下。

“噢，你说的原来是大宝呀。他在哪里我怎么知道？”听见没有？这就叫小聪明。虽是小聪明还是封了我的口，我没法问下去了。婆娘乜斜着我似笑非笑，我也乜斜着她似笑非笑。

鞋店有两层，一层营业，二层住人，有个小小的内楼梯连通上下。我正似笑非笑地不知如何开口时，小楼梯上走下来一个人，我一看乐了，这不是大宝又会是谁？

估计大宝还记恨我没给他担保贷款这码事，不理我，吊着脸出门往西去了。

“这人是谁？”我故意不解地问。

“娃他舅。”婆娘满脸坦然。

“噢，裤子兄弟恐怕还不知道孩子们有这么一个舅。”

“我也不怕你乱说，告诉你吧，大宝离婚了。满意了吧？”婆娘嘴软了。我趁热打铁问：“那……董苓去了哪里？”婆娘一笑，说：“看把你急的。听说回了娘家。全告诉你算了，还听说鬼三到老鸹崖追董苓去了。”

“老鸹崖？”

“董苓的娘家在老鸹崖，满街人都知道，就你不知道，书把你看傻了。嘿嘿。”

“离婚了？”我不由得小声重复了一遍。她逮住我尾巴一样，一句追一句问：“咋哩？有想法了，哈哈哈，想去给董苓做伴？不怕鬼三剥了你的皮，秋叶知道了也不会放过你，哈哈……哈哈哈……”我转身回房去了，本想多聊一会儿，但这婆娘胡言乱语，搞得我实在没了心情。

八

大宝与董苓离婚的消息像榆木镇的春天一样，一晃就过去了。我一直没看见大宝，喜欢吃羊肉泡馍的人似乎集体得了遗忘症，记不起这号人物了。

这两天，眼镜王换了一个人似的，不仅衣着整齐，而且心情大好，总是打电话叫我喝酒。我不喜酒，他是知道的。记得是夏天将尽的一个下午，他三四次叫不到我，便带着酒和猪蹄进了二级站院子，进门就摆上酱色猪蹄，拧开带来的西凤酒。

“来，来，喝一口，总看书会伤眼睛，快来！”

“不是爱打牌吗？怎么又好上这口了？”

“打牌？那是镇长和鬼三的爱好，我从没爱过打牌，全是为了应付这对二扆。”

我挪过去，陪他吃喝，“你骂镇长？”

“骂了，咋哩？这对二扆不该骂？还是镇长哩，天天和鬼三搅在一起，能是啥好鸟？多亏调走了，不然……”他又喝一口酒。

“难怪你敢骂了。”我揶揄他。

“早想骂了，鬼三嚣张成这样，都是歪嘴镇长惯的。鬼三收卫生费、工商费、水电费，都是歪嘴给联系的生意，把榆木镇南来北往的乡党们祸害成啥了？”一根蹄筋在他嘴角跳动着，他含糊道，“没听说吗？鬼三可能犯了强奸罪，被收监了。”

“强奸？”我一下子想到了董苓，赶紧问，“强奸谁？”

“大宝那个媳妇嘛，还能有谁？听说她跑到派出所告了，鬼三就进去了。”

我没心情了，本来硬撑能喝一二两，这下好了，半两也喝不下去了。我赶眼镜王回去，他正喝到兴头上，就是不肯离开。

董苓离婚，鬼三缠她我知道，伤她的事就不清楚了。眼镜王是信贷员出身，跑了十多年揽储放贷生意，榆木镇方圆几十里哪个村子不熟悉？熟人多消息就灵通。我相信他说的鬼三的事十有八九是真的，能被收监，估计是真伤了董苓。

九

自上次在鞋店见过大宝后，又过去了半年，再没瞧见人影，裤子婆娘也失去了学说这件事情的兴趣。我多次去鞋店外闲转，问大宝近况，她说大宝又不是她儿子，怎么会绕着她转？接着叹一口气，自语般小声道："娘娘葱，独头蒜，昂头女，低头汉，这才是厉害角色。"

"有道理，娘娘葱比辣子还辣，独头蒜更绝，专门辣心。"我胡乱解释。

"董苓正好是低头走，大宝走道偏又昂着头，都不是厉害人，倒想做厉害事情，好好的日子，也就散了。"

"原来你也懂道理？"话一出口，婆娘就瞪我一眼。不过，她又叹了一声，说："唉，多日不见羊肉，肚子少了油水，人也没劲儿了，光想睡觉。"

"做羊肉泡馍的没影了，羊高兴了，没想到你却难受了。"这句话说得我直后悔，怎么能和这女人开玩笑呢？不是自讨没趣吗？果然，她转身关门上楼睡觉去了，晾我一个人在门外，无趣极了。

夏天是在恍惚中过完的，听见秋雁有一声没一声的失去儿子一般的哀鸣声，才知道秋天快要结束了，不由得心里冰冰凉凉的。眼镜王兴奋过一阵后，像秋雁一样也要南迁了。调去县上工作，他却不高兴，说在榆木镇吃有羊肉，睡有热炕，洗衣有秋叶，脸上布满了不舍得离开的表情，还说他离开后，秋叶就没人照顾了。

"哇！"我一惊，"王主任，我替你背了多年黑锅，你得请我吃羊羹汤。"

我俩约定第二天早晨去三舍店吃羊羹汤。我早早起床，等眼镜王骑他那辆钱江 120 摩托接我。

第二天一大早，我刚起床收拾屋子，就听见街上传来敲打锣锣鼓鼓的声音，当——当当——咚，没一声敲在韵点上，孩子玩一样。

“惩治流氓鬼三！”我一愣，还在疑惑自己的耳朵时，又传来男孩女孩不太整齐的娇嫩的和声，“惩治流氓鬼三！”

我放下洗好的茶杯，跑出院门，第一眼就证实了我的猜想，果然是大宝。前面走着两个孩子，女儿胸前挂着小鼓，儿子颈上吊着小锣。两个孩子举着一面小小的横幅，上面写了四个字：我要妈妈。大宝形若枯槁，死羊一样的双眼空洞洞的，灵魂出了窍似的。

“我要妈妈！”他喊一声，还举一下干瘦的拳头。

“我要妈妈！”两个孩子跟着喊，也举拳头。

大宝肩扛的黄旗上写的是：惩治鬼三，还我家庭。

一大两小三个人从我面前喊着口号过去，街道两边的所有大门前都站有两三个人，每个人都瞪大眼睛竖起耳朵在看在听。本来有传言说，鬼三强奸未遂，大宝这么一闹，岂不证明遂了？这个愚蠢行为，等于将董苓的面子揭得荡然无存，可怜董苓又是极爱面子的人。

我被大宝这一招搅扰了心情，不想去蒲白了。正好眼镜王骑摩托进了院子，他一身整整齐齐的藏蓝西服，后座上居然坐着秋叶。

“走！”眼镜王满脸兴奋。

我冲他摇摇头，失神地坐在桌边，端起茶杯抿了一口半热的茶水。

十

这段时间，无意中和裤子婆娘走得近了，时不时就坐在鞋店外的台阶上聊两句。他们的很多事都是这女人撇着嘴告诉我的，她似乎不屑于说这种事，其实她说得很详细，连两口子想什么她都知道得清清楚楚。

她说，那段时间，大宝心情烦躁，天天在家找事，大多时候，董苓不敢作声。说到贷款的事，董苓小心劝他，说自家生意也不错，何必贷款买别人的配方！

“再好的生意，也扛不住你用木炭糟蹋！”话一出口，大宝的手脚就上去了。按照惯例，董苓先是像被放倒的羊一样紧张地急促喘息，在他雨点般的拳脚下，她要么反击，要么哭叫，要么逃跑。不过，这次动手他却觉出了异样，随便怎么踢打，董苓不反抗也不逃跑，而且声息全无。他有些胆怯，吃不准董苓今天怎么回事。没有哭叫声，施展的拳脚就像没有谱曲的歌词，找不到节奏和旋律。他顿觉索然无味，停住手脚，给自己壮胆似的骂一句："狗东西，竟敢破坏自家生意！"

他斜靠在木椅上，董苓在地上躺了一会儿，坐起来问："还打不？不打我就起来了。"

他重重哼了一声。董苓见他没有再打的意思，爬起身拍了拍裤管，喝了杯白开水，晃晃悠悠出门去了。大宝以为像往常一样，她去洗嘴角的血，去收拾打乱的头发，或者去找吓跑到街上的孩子，哪知等到天黑，也不见董苓的影子。他前前后后检查了一遍，任何东西都没有动过的痕迹，不会吊着两只空手逃跑吧？坐到半夜，他开始慌了，在屋里院里走来走去，却不知道该想什么，像电影里的败兵一样沮丧、无奈又无助。

总算天亮了，毛毛草草收拾了孩子，无精打采地开门营业。他想是不是该去找找董苓，随即又想，如果去找，等于自折威风。忐忑着，犹豫着，迟疑着，猛然听见吃泡馍的客人提到鬼三的名字，神秘兮兮地一个劲儿翻眼睛瞅他。人在病中心事多，大宝得的是心病，心事就更多了。他似乎还听到老鸹崖如何不安宁的话，头发噌地立了起来，顾不得关门，把客人丢在店里，骑上电摩疯了一样去了老鸹崖。果然，除了董苓，鬼三也在那里。

“总算来了，走吧，去民政办。”看不出董苓生气的样子，她语气平缓，表情平静。鬼三坐在一边喝茶，笑笑地望着大宝。

“你来干啥？”大宝听董苓说要去民政办，心里一乱，忘记害怕了，不管鬼三鬼四，只想打架。

鬼三没吭声，把上衣前襟撩起来扇了两下，大宝瞭见鬼三怀里别着一把比杀羊刀长一半的杀猪刀，还有一把自制八连发。这种枪打霰弹，一旦射中，少说会往肉里钻百十个米粒大小的钢珠，虽不要命，却会令人立即失去战斗力。尽管大宝很窝火，可鬼三的装备吓得他退缩了。

董苓其实希望大宝扑上去打败鬼三。她烦透了鬼三，不知他从哪里得到了消息，一大早就坐在老鸹崖要认董苓做干妹子，她骂也骂不走。他还口口声声说要保护董苓，董苓怎会不知道他葫芦里卖的什么药？大宝若能将鬼三打跑，她的气至少会消去一半。如再软着声恳求她几句，保证以后不再动粗，她也就回去了。毕竟卖羊肉泡馍重要呀，闹别扭已经耽搁了生意。可是大宝怯了，软了，退了。

董苓想，十多年来，自己说出口和未说出口的所有愿望，韩大宝没有满足过一个，她不愿意接受的，倒是给了不少。她越想自己的婚姻越觉得是个可笑的错误，离婚的决心随即又坚定起来。

董苓拿着离婚证，带着失落和空虚回到老鸹崖时，鬼三狗一样蹲在她娘家的门口。她的母亲早已离世，她和娘家弟弟是同父异母的姐弟，这个弟弟常年在老鸹崖周边打零工对付日子，对鬼三这号人物那是不敢用正眼看的。鬼三当天晚上就跳墙进了院子，竟然无法无天，拉亮所有灯，挨房子找董苓。

“已经离了，哥追你就是合法的。”鬼三嬉笑着挨门查看。

睡觉时，董苓多了个心眼，把菜刀放在了枕边，听见有人跳墙，第一反应就是鬼三来了。她连忙穿好衣服，紧握菜刀缩在炕角，哆哆嗦嗦地不知如何应付。侄女哭了，但只传来一声就没了动静，像给滚开的锅里倾入了一瓢冷水，瞬间平静下来。听得出来，是弟妹捂住了孩子的嘴巴。

“剩一间房子了，妹子，你肯定在里头。”鬼三很得意。

“我在这里，你敢进来，我就自杀。”听见鬼三说话，董苓倒不慌了。她只有一个意念，鬼三敢用强，她就抹脖子。

“哥不受威胁，也不怕威胁。”鬼三冲进房子跳上土炕，董苓有刀也没用，鬼三根本不避，一伸手就抓住了她的手腕。

据说，鬼三将要得手时，董苓的弟妹悄没声息地进门来，将一柄三股铁叉插在了鬼三的脖子上。看见血流如注的场面，两个女人吓软了，鬼三也慌乱起来，顾不得热闹事情，逃走保命去了。

董苓立即拨打了110。现场保存完好，刀叉俱全，证据确凿，事实清楚，鬼三被关进了县上的监所，董苓抬脚去了西安。

十一

时间在日复一日的问候、叹息、希望和失望中度过了。我问候熟人同事，叹息生活多难。裤子婆娘希望大宝能像过去一样光顾鞋店的小二楼，不过，失望的次数越来越多，终于忍耐不住，看见我就喊：“软哥，你说大宝跑到哪里去了，活人死鬼咋都看不见影子？”婆娘满脸不悦，双眼含愁，看来是把大宝当回事了。

“可能去找董苓了吧。”

“现在去找？迟了！太迟了！”这婆娘把自己当成了预言家，语气相当坚定。

她喊过“太迟了”之后，冬天就来了。雪片像带着天外信息的使者，轻盈地舞动着，想找一块干净得像自己一样洁白的地方落下来，不管落到哪里，到头来都变成了黑色烂泥，堆在榆木镇的角角落落，在庄稼人忙碌的脚下沾着。

肮脏的雪泥无法与当日凌空飞飘的雪花相比，我在屋子里转来转去，举着手小声自语：“雪花遭到人脚蹂躏，纯洁变成了龌龊。”

“快别酸了，”不知啥时裤子婆娘站在了门口，“大宝回来了。”她的口气前所未有地软和。

其实我早知道，大宝在羊肉店后面的小房子窝着，没心思开门营业，天天对着空气发呆。我去过，没问出一句有用的，无用的也没问出半句。他躺在床上，两眼瞪着天花板，呆子一样，任你说啥都没反应。

天空总阴沉着，怀了重重的心事似的。镇外雪野上，农人撒的麦草灰，在冬风中飘浮在野地的上空，炊烟中已可闻到煮肉炸鸡的香味。时不时，就有了鞭炮响声，村子上空蒸腾的雾气越来越浓。虽然空气凝重，却压抑不住人们迎春的兴奋心情。喝过腊八粥的镇民们在商量过年需要采买的年货时，董苓悄无声息地回到了羊肉店。

董苓的出现，完全出乎大宝的预料，也出乎所有知情者的预料。董苓进门后一声不吭，挽起袖子就干活。大宝像吹了气的猪尿脬，立时胀了起来，跑前跑后给董苓帮忙。

“孩子呢？”董苓并不看他。

“爸妈接走了。”两个人离婚后，孩子一直在大宝父母家里。

“接回来吧，该过年了。”

“好，我去，现在就去，顺便买些年货。”

董苓并不是回来复婚的，是想孩子了。她想和大宝商量，儿子女儿随便让她带走一个，这才是回来的目的。她不想年前提说这事，等过完年再提出来。大宝如果不给，她也就死心了，如果不回来说一次，会后悔半辈子的。

大宝兴冲冲地出门后，董苓边想心事边搞卫生。在厨房门后，无意翻出来一条白布横幅，本想扔掉，瞥眼看到了“妈妈”两个字，好奇布上写了什么，展开一看，写的是：我要妈妈。千不该万不该让她看到了另外一面旗子，就是大宝扛着游行的那面，黄底黑字写着：惩治鬼三，还我家庭。

看到这面旗子，董苓马上猜到大宝干了什么愚蠢事情。她最怕的就是坏了名声，现在好了，坏自己名声的不是鬼三而是大宝。这不是逼我死吗？她静静地坐在厨房那个坐过多年的木凳上，一遍遍在心里叫着孩子们的名字，脑海中突然闪过一只绿色玻璃瓶的模糊轮廓，上面隐约有“百草枯”字样，就塞在后门外的墙缝里。她不知道怎么会出现这个闪念，难道是老天爷的意思？

似乎有人领着她找到了药瓶，然后给她灌了下去。舌根刚感到苦涩，肚子就剧烈疼痛起来，像被大宝踢中一样，对这种钻心的疼痛她是熟悉的。疼痛中有了麻醉感，这感觉也不陌生。过去，她好多次被打得休克，苏醒时，浑身就有这种麻痛感。董苓模糊意识到，自己命真苦，喝药求死都有挨打的感觉。疼痛感逐渐消失，思维也慢慢离她而去。突然，她感到舒服极了，舒服得手指都不愿意动一下。同时，眼前出现了许多亮点，亮点不断变大，原来是旋转的彩色光圈，她毫不犹豫地走进了洁白的光圈之中……

十二

大宝带着两个孩子回到羊肉店，一眼就看见倒在案板边的董芩，街道上拉人送客的小面包车帮忙将董芩送到了县上的二院。司机双龙擦黑回到镇上，逢人便说董芩喝药的事。瞬时的工夫，此事传遍了整个榆木镇。裤子婆娘受了惊吓似的在院里大叫："董芩喝药了！"

董芩在镇上？怎么就喝药了？这婆娘一惊一乍地也说不清楚，被马蜂蜇了屁股一样坐不下来，来回在后门外转悠。

这一夜，在我三十七岁的生命体验里，是最漫长最受煎熬的一夜。

天刚亮，我就去敲双龙的家门。双龙嫌太早不愿意出车，我塞给他五十元钱，他一愣，没洗脸，披上衣服发动了车。

赶到二院，我看见大宝坐在三楼楼道的连椅上，抱着头一动不动。

"人在哪里？"我急着问。他好像知道我要来，没有一点儿惊讶之色。

“在这屋里。”他伸手一指。

“你怎么不进去？”我有些疑惑。

“医生赶我出来的，说见到我她就休克。”

我不知道是不是应该安慰他。一个双眼通红、精神萎靡，甚至有些垂头丧气的医生走出门来，声音沙哑得像沙子打磨过，说：“刚醒了……”

大宝站起来，医生赶紧伸手拦住，说：“你千万别进去。”

“我去看看，是我妹子，医生。”医生没有表态，大宝也没吭声，我推门进去了。

偌大的白得透亮的病房里，只有一张床，董苓躺在上面，白色被子和她的脸色差别不大。她闭着眼，没有丝毫声息，两个护士在她身侧悄悄地忙碌。

“董苓，”我小声叫，“董苓……”

她没答应我，我不敢再叫了。

“护士，这……”我小声问。

护士点点头，说：“她很累，能听见你说话。”

“哥……”董苓叫我，同时眼角渗出了泪水，“不……能……给你……”她始终没睁开眼，“端羊……肉……泡馍了。”

我再也忍不住了，像将被宰杀的羊，眼泪没法控制地淌到了胸前。我以前不知道自己竟有这么多眼泪，鞋面都被打湿了。我控制着不哭出声来，怕影响董苓的情绪。

“不想……让你看……见……我这……这样子……”她竟然笑了，虽然泪水还在流，虽然一直闭着眼，“哥……”又一笑，“别……别哭……”

2018年2月6日23时48分草竣于木塔寺

5月11日再改于南二环